Kalter Krieg

Weitere Bücher von Keira Andrews

In deutscher Sprache

Im Notfall
Jenseits des Ozeans
Geisel des Piraten
Codename: Valor
Testphase Valor

In französischer Sprache

Kidnappé par un pirate
Un faux petit ami pour Noël
Lune de miel en solitaire
Huit Nuits en Décembre
Quand l'amour brille de mille feux…
Transfert à Ottawa
Au Pied du Sapin
Par-delà l'océan
Si ce n'est qu'un rêve
Rumspringa Interdit
Un Nouveau Départ
Trouver son Chez-soi
Le Voeu de Noël
Passion en Arctique
Vaincre les Ténèbres
Combattre la Marée

In italienischer Sprache

Arctic Fire
Luna Di Miele Per Single
Il Patto Di Natale
Rapito dal Pirata
Segni d'intesa
In Capo Al Mondo
Beyond the Sea (Edizione italiana)
Sogno di Natale
The Next Competitor (Edizione italiana)

Valor on the Move (Edizione italiana)
Test of Valor (Edizione italiana)
Contro La Tenebra
Contro La Marea
Rise: Una favola gay
Una Passione Proibita
Una Nuova Vita
La Strada Verso Casa

In englischer Sprache

Contemporary

Honeymoon for One
Beyond the Sea
Ends of the Earth
Arctic Fire
The Chimera Affair

Holiday

The Christmas Leap
Only One Bed
Merry Cherry Christmas
The Christmas Deal
Santa Daddy
In Case of Emergency
Eight Nights in December
If Only in My Dreams
Where the Lovelight Gleams
Gay Romance Holiday Collection

Sports

Kiss and Cry
Reading the Signs
Cold War
The Next Competitor
Love Match
Synchronicity (free read!)

Gay Amish Romance Series

A Forbidden Rumspringa

A Clean Break
A Way Home
A Very English Christmas

Valor Duology

Valor on the Move
Test of Valor
Complete Valor Duology

Lifeguards of Barking Beach

Flash Rip
Swept Away (free read!)

Historical

Kidnapped by the Pirate
Semper Fi
The Station
Voyageurs (free read!)

Paranormal

Kick at the Darkness Trilogy

Kick at the Darkness
Fight the Tide

Taste of Midnight (free read!)

Fantasy

Barbarian Duet

Wed to the Barbarian
The Barbarian's Vow

Kalter Krieg

VON KEIRA ANDREWS

Cold War
Geschrieben und herausgegeben von Keira Andrews
Cover von Dar Albert
Formatting: BB ebooks

Copyright 2020 Keira Andrews
Print Ausgabe

Dritte Ausgabe. Zuvor unter dem Titel *The Winning Edge* (Copyright 2018 Keira Andrews) veröffentlicht

Erstveröffentlichung unter dem Titel *Cold War* 2014 und *Holding The Edge* 2014 von Keira Andrews

ISBN: 978-1-988260-84-6
Print: 978-1-988260-85-3

Widmung

Für die Eiskunstläufer*innen aus aller Welt, die mich mit ihren athletischen Fähigkeiten, ihrer Entschlossenheit und ihrer Kunstfertigkeit begeistert und inspiriert habe.

Danksagung

Vielen Dank an Tatiana für ihren großzügigen Expertenrat zu russischen Phrasen, Grammatik und Kultur. Und auch an meine beste Freundin Rina für die detaillierten Einblicke in die Kultur von Kerala und für die Erlaubnis, ihre Familie als Modell für Devs Familie heranzuziehen. Des Weiteren danke ich Anara, Leta und Lisa wie immer für ihre Unterstützung.

Anmerkung der Autorin

Die in diesem Buch beschriebenen Eisläufer*innen und Trainer*innen sind allesamt frei erfunden. Außerdem habe ich dem Erzählfluss zuliebe bei meinen imaginären Olympischen Spielen die Eiskunstlauf – Mannschaftswertung weggelassen, aber sie ist Stand heute (2022) immer noch Teil des Wettbewerbs.

Teil Eins

Kapitel Eins

Dezember: Das Grand-Prix-Finale

DEV GRIFF NACH der Hand seiner Partnerin, und er und Bailey glitten auf die Eisfläche, beide mit einem künstlichen Lächeln auf den Lippen, als eine Stimme verkündete: „An zweiter Stelle, und Gewinner der Silbermedaille, die Vertreter der Vereinigten Staaten von Amerika – Bailey Robinson und Dev Avira!"

Donnernder Applaus erfüllte die Arena und Blitzlichter leuchteten auf, als sie sich verbeugten und der jubelnden japanischen Menge zuwinkten. Dev wünschte, er könnte ihre Liebe in sich aufsaugen und die heiße Verbitterung hinunterschlucken, die gerade irgendwo hinter seinem Brustbein feststeckte.

Immer noch eisern lächelnd hüpften er und Bailey auf den Teppich um das Podium, auf dem bereits die Goldmedaillengewinner in ihrer ganzen mit Pailletten und roten Federn geschmückten Pracht warteten. Wieder mal typisch, dass die Russen ihre Feuervogel-Kostüme so wortgetreu wie möglich gemacht hatten. Kisa Kostina, das platinblonde Haar tipptopp frisiert, beugte sich mit strahlendem Lächeln vor und hauchte Luftküsschen auf Baileys Wangen.

Dev biss die Zähne zusammen und schüttelte Mikhail Reznikov die Hand. Er hasste sich für das elektrisierende Kribbeln, als sich ihre Blicke trafen und ihre Handflächen berührten. Mikhails

Lippen verzogen sich kurz zu einem angedeuteten Lächeln. Er war einunddreißig und sah mit seinen kurzen, dunkelbraunen, schwungvoll über die Stirn gekämmten Haaren und stahlblauen Augen, seinen breiten Schultern, seiner hochgewachsenen, schlanken Gestalt und seinem wirklich spektakulären Hintern einfach irrsinnig gut aus.

Arschloch.

Dev tauschte ebenfalls Luftküsschen mit Kisa aus und half dann Bailey auf die zweite Stufe des Podiums. Er nahm seinen Platz hinter ihr ein und winkte dem Publikum erneut zu, während die drittplatzierten Kanadier aufs Eis kamen, um sich zu verbeugen, gefolgt von weiteren Luftküsschen und Händeschütteln. Obwohl Dev und Bailey das kanadische Paar aufrichtig mochten, war dieses Ritual so unecht, dass es fast wehtat. Sie waren alle hier, um zu siegen, und es gab nur ein zufriedenes Paar auf dem Podium.

Und zufrieden waren die Russen allemal. Mit seinem majestätischen Gehabe war Mikhail so ziemlich der pompöseste, egoistischste Mensch, den Dev je getroffen hatte. Er war der König der Paarlauf-Welt und wusste das verdammt genau. Die scharfäugige Kisa war die Eiskönigin, und zusammen waren sie ein perfektes, humorloses Traumpaar. Wenn sie nicht auf dem Eis waren, hielten sie sich abseits, immer höflich, aber nie freundlich.

Oh, wie gerne Dev Mikhail Reznikov einmal auf den Knien gesehen hätte. Er ignorierte das Aufflammen von Begehren bei der Zweideutigkeit des Gedankens und konzentrierte sich wieder auf seinen Groll über Mikhails Podiumsplatz.

Das Grand-Prix-Finale war der letzte internationale Wettbewerb, bevor sie alle wieder für ihre Landesmeisterschaften Ende Dezember und Anfang Januar nach Hause zurückkehrten. Dann wurde die Olympiamannschaft zusammengestellt, und danach ging es weiter zu den Spielen in Annecy im Februar. Seit seinem siebten Lebensjahr träumte Dev davon, olympisches Gold zu gewinnen. Er war so nah dran, dass er es schmecken konnte.

Die Preisrichter überreichten Blumen und Medaillen, und Dev spielte jovial seine Rolle. Hier auf dem Podest zu stehen bedeutete, dass sie unter den Besten der Besten waren, und doch hing die Silbermedaille um seinen Hals wie ein Bleigewicht. Er wusste, er sollte dankbar für das sein, was er hatte, und stolz auf alles, was er und Bailey erreicht hatten. Und das war er auch. Aber der zweite Platz war nicht gut genug.

Er wollte gewinnen.

Als die nur allzu vertraute Hymne der Russischen Föderation erklang, sah Dev zu, wie die Flaggen über der Arena hochgezogen wurden. Er wünschte, die Stars and Stripes würden nur einmal die Mittelposition einnehmen.

Ja, er und Bailey hatten viele Wettkämpfe gewonnen. Sie hatten es nur knapp nicht in die letzte Olympiamannschaft geschafft, und diese Enttäuschung hatte sie angetrieben. Seither dominierten sie das amerikanische Paarlaufen. Dreifache US-Landesmeister. Siege in zahlreichen Grand Prix- Veranstaltungen, einschließlich Skate America, Skate Canada und Cup of China.

Aber sie hatten Kostina und Reznikov nie geschlagen. Jedes Mal, wenn sie den Russen gegenüberstanden, zogen sie den Kürzeren. Sie waren die amtierenden Weltmeister im Silberme-daillengewinnen, und obwohl sie endlos an ihrem künstlerischen Ausdruck, ihren Verbindungselementen, ihrer Fußarbeit und ihrer Choreographie arbeiteten – es war nie genug.

Nicht, dass die Russen nicht gut gewesen wären. Dev musste zugeben, dass sie fantastisch waren, vor allem in technischer Hinsicht. Sie waren dreifache Weltmeister, und wenn sie richtig gut drauf waren, waren sie unschlagbar. Aber heute war Kisa beim Wurf-Salchow gestürzt, und sie waren bei ihren Synchron-Pirouetten nicht ganz einheitlich gewesen. Und trotzdem hatten sie mit acht Punkten Vorsprung gewonnen. *Acht!* Na schön, Bailey hatte beim Synchron-Dreifach-Toeloop mit einer Hand das Eis berührt, aber das war ein geringfügiger Fehler. Es war, als hätten sich die Preisrichter auf Kostina/ Reznikov als Sieger festgelegt, bevor auch nur eines der teilnehmenden Paare das Eis betreten hatte.

Die Menge jubelte, als die Hymne endete, und alle Paare quetschten sich für die Fotos auf die oberste Stufe des Siegerpodests. Mit einem Meter siebenundsiebzig war Dev nicht der Größte unter den männlichen Paarläufern, aber die zierliche Bailey reichte ihm nur bis zur Schulter. Mikhail überragte ihn um gut acht Zentimeter, weil er natürlich bei absolut allem besser sein musste. Dev grinste für die Fotografen und hielt seine Silbermedaille hoch, während er gleichzeitig davon träumte, Mikhail mit dem Ellbogen rückwärts vom Podium zu schubsen.

Die Tortur ging weiter, als die Paare für weitere Fotos mit ihren Flaggen auf dem Eis posierten. Dann war es Zeit für eine Ehrenrunde um die Eisbahn. Dev und Bailey hielten an, um einige Fans zu umarmen, einschließlich Amaya und Reiko, zwei junge Frauen, die fast jeden Wettkampf in aller Welt besuchten. Dev hatte keine Ahnung, wie sie sich das leisten konnten, aber er war immer dankbar, sie auf der Tribüne zu sehen.

Reiko überreichte ihm einen Plüschelefanten. Der Elefant war das Wappentier von Kerala, der südindischen Provinz, in der seine Eltern aufgewachsen waren, bevor sie in die USA auswanderten, wo Dev geboren war. Er hatte einmal bei einem Interview erwähnt, dass sein Glücksbringer ein winziger Elefant aus Jade war, den er bei jedem Wettkampf an einer Silberkette unter seinem Kostüm trug.

Seither schenkten ihm Fans Elefanten jeglicher Art, von Puppen über Statuen bis hin zu albernen Hüten. Er liebte jeden einzelnen, und seine Mutter sammelte sie in ihrem „Elefantenzimmer" zuhause in Belmont im Randbezirk von Boston.

Er küsste Reiko auf die Wange. „Danke, Schatz. Ich hoffe, wir sehen euch in Annecy?"

Sie hüpfte. „Oh ja! Wir würden nicht verpassen. Und wir lieben neue Kostüme!"

„Freut mich zu hören!" Dev grinste.

Nach der japanischen NHK-Trophy hatten sie ihre ursprünglichen Kostüme ausrangiert, da sie die düster-romantische Note ihres *Jane-Eyre*-Langprogramms – offiziell Kür genannt – zur Filmmusik des Kinofilms von 2011 nicht richtig einfingen. Jetzt trug Dev eine dunkelblaue Hose und ein geknöpftes Seidenhemd mit einer schlichten weißen Krawatte, während Baileys dunkelblaues Kleid mit zarten weißen Stickereien an Handgelenken und Halsausschnitt ihr rotbraunes Haar perfekt zur Geltung brachte, das sie zum Zopf geflochten und hochgesteckt trug. Dev hatte sein dichtes, schwarzes Haar oben etwas länger wachsen lassen, wo es sich zu einem, wie er fand, verwegenen Lockenschopf wellte.

Reikos Lächeln wich einem Stirnrunzeln. „Die Ergebnisse nicht richtig. Du und Bailey heute wahre Sieger. Alle denken das."

Amaya nickte heftig.

„Danke, Leute. Wir lieben euch!" Bailey umarmte sie erneut, dann glitten sie weiter.

Nach noch mehr Fotos flüchteten sie schließlich hinter die Kulissen. Ihre Trainerin, Louise Webber, begleitete sie zu den Umkleideräumen. Luise war in ihrer Jugend selbst Paarläuferin gewesen, obwohl sie nie über die nationale Ebene hinausgekommen war. Jetzt, mit Mitte Vierzig, war sie immer noch bemerkenswert gut in Form, was sie ihren „asiatischen Genen" zuschrieb. Keine einzige graue Strähne fand sich in ihrem kurzen, schwarzen Haar. Und obwohl sie oft behauptete, Bailey und Dev würden ihr Falten verschaffen, wenn sie ihre Anweisungen nicht zu ihrer Zufriedenheit befolgten, waren keine zu sehen.

Dev wollte nur zurück ins Hotel, aber vorher war noch die obligatorische Pressekonferenz zu absolvieren. „Ist es denn immer noch nicht vorbei?"

„Ihr habt da draußen euren Job gemacht. Der Rest liegt nicht in euren Händen. Ich bin stolz auf euch." Louise drückte sie beide an sich. „Nehmt es euch nicht so zu Herzen."

„Mach' ich gar nicht. Alles ist gut. Mir geht's gut", beharrte Dev.

Bailey schnaubte. „M-hm." Sie tätschelte ihm die Hüfte und verschwand dann in der Damen-Umkleide. „Bis gleich."

Von den sechs Paaren, die sich für das Grand Prix Finale qualifiziert hatten, waren die drei, die es nicht aufs Podium geschafft hatten, schon längst weg. In der Herrenumkleide zog Roger Jackman, der Kanadier, bereits den Reißverschluss seiner Kapuzenjacke hoch und zwängte die Füße in seine Turnschuhe.

„Hey, Mann. Ich muss meine Frau zuhause anrufen. Das Baby kann jetzt jede Minute kommen, und ich will sie heute Abend noch erwischen, bevor es zu spät ist. Oder zu früh. Diese Scheiß-Zeitverschiebung macht mich ganz kirre. Lass dir Zeit beim Umziehen, okay? Ich brauch' ein paar Minuten extra. Wir sehen uns dann im Presseraum."

„Klar, kein Problem." Dev streckte ihm die Faust entgegen. „Toller Lauf heute."

Roger wechselte einen Fauststoß mit ihm. „Eurer auch." Er zuckte die Achseln. „Was will man machen, stimmt's?"

Als Mikhail hereinstapfte, eilte Roger hinaus und tippte dabei auf seinem Handy herum. Dev setzte sich auf eine Bank und schnürte seine Schlittschuhe auf. Aus dem Augenwinkel sah er zu, wie Mikhail sich aus seinem schwarzen, in dunkelorangen und roten Nuancen schimmernden Bodysuit pellte. Einige Federn flatterten auf den Fliesenboden. Darunter trug er ein schwarzes Tanktop und schwarze, hautenge Boxershorts, die sich an seine schmalen Hüften und muskulösen Oberschenkel schmiegten.

Dev schluckte krampfhaft. Hastig streifte er sein Kostüm ab und verfrachtete es in einen Kleidersack. Darunter trug er ebenfalls dunkle, enge Boxershorts. Doch als er nach seiner Jogginghose griff, fand er seine Aufmerksamkeit wieder auf

Mikhail gelenkt. Die Umkleideräume des Eisstadions waren mit diversen Garderobenleisten und einer Reihe von Schminktischen mit Spiegeln und Stühlen aufgepeppt worden. Immer noch in seiner Unterwäsche ging Mikhail zu einem der Spiegel und beugte sich vor.

Der Typ hat vielleicht ein Ego! Als ob es nicht schon schlimm genug wäre, dass Mikhail immer gewann — musste er auch noch halb nackt im Umkleideraum herumstolzieren? Trotzdem hatte Dev schwer an dem verräterischen Verlangen zu schlucken, das in ihm brannte. Mikhail schaute ihm im Spiegel direkt in die Augen, und Dev drehte ruckartig den Kopf weg. Seine Wangen glühten. *Idiot!* Beim Anschmachten dieses Arschlochs erwischt zu werden war das letzte, was er brauchte.

„Keine Sorge, dein Eyeliner ist nicht verschmiert", fauchte er und schaute dann wieder hin.

Im Spiegel runzelte Mikhail die Stirn, doch er sagte nichts und entfernte eine Wimper aus seinem Auge.

Aus irgendeinem Grund brachte diese Indifferenz die Wut, die in Dev brodelte, zum Explodieren. „Weißt du, du könntest dich ruhig mal gelegentlich locker machen. Schon klar, du bist ein *Artiste*. So gequält und so... russisch. Mit eurem Rumgefuchtel und euren Neunen für Ausdruck und Umsetzung, obwohl ihr alles nur mechanisch runterspult. Ihr kriegt immer Neunen, und ich wette, die habt ihr heute auch gekriegt, obwohl Kisa bei diesem Wurf mit dem Arsch das Eis geküsst hat. Wenn man die Preisrichter so reden hört, *stürzt* ihr zwei ja sogar künstlerisch."

Mikhail richtete sich auf und wandte Dev das Gesicht zu. Er musterte ihn von Kopf bis Fuß und sah ihm dann in die Augen. Mit verächtlich geweiteten Nasenflügeln fragte er: „Hast du ein Problem?" Er sprach mit starkem Akzent, doch da er in seiner Jugend in Connecticut trainiert hatte, war sein Englisch ausgezeichnet. „Rede mit Preisrichtern. Wir kontrollieren sie nicht."

Dev schnaubte humorlos und trat einen Schritt näher. „Wir

wissen doch beide, dass eure Föderation die Preisrichter in der Tasche hat. Beim Eiskunstlauf geht es immer um Politik, und ganz egal, welches Wertungssystem sie einführen – es wird immer so sein." Er schüttelte den Kopf. „Warum lass' ich mich überhaupt darauf ein?", murmelte er, mehr zu sich selbst als für Mikhail. „Vergiss es." Er steuerte auf die Toilette zu.

Mikhail blieb regungslos stehen, und vielleicht legte Dev es ja darauf an, ihm ein bisschen zu nahe zu kommen und mit der Schulter anzurempeln. Aber er hatte definitiv nicht vorgehabt, sich von Mikhail an den Armen packen und gegen einen Spind knallen zu lassen. Mikhails Augen glühten und sein Gesicht war verzerrt. Devs Haut brannte, wo Mikhail ihn berührte.

„Du denkst, für uns ist es so einfach? Du weißt nichts. Nichts!"

Dev stemmte Mikhail die Hände gegen die Brust und versuchte ihn wegzustoßen, aber er rührte sich nicht vom Fleck. Die Finger in Mikhails Tanktop verkrallt, hatte Dev Mühe, sich zu konzentrieren, da er ihm nur allzu gern das Baumwolltop vom Leib gerissen und die blasse Haut darunter angefasst hätte. „Oh, heul doch! Ihr habt ja schon gewonnen, wenn ihr euch nur blicken lasst. Du könntest Kisa viereinhalb Minuten lang an den Haaren hinter dir her schleifen und ihr würdet trotzdem Gold einsacken."

„Poshel na hui", fauchte Mikhail.

Dev war oft genug mit Russen zusammen gewesen, um das übersetzen zu können. „Fick dich selber."

Ihr raues Atmen erfüllte die Luft, Finger gruben sich in die Haut des anderen, ihre Körper waren so nah beieinander und –

Sie küssten sich, mit offenen Mündern, gingen mit Zähnen und Zungen aufeinander los wie brünstige Tiere. Das Metall des Spinds war kalt an Devs Rücken, aber alles andere war Feuer – Verlangen, das durch seine Adern schoss, und der unaufhaltsame Drang, näher ran zu kommen, näher, näher. Er japste hörbar nach Luft, als sein Hirn Verbindung mit seinem Körper aufzunehmen versuchte.

Was mache ich hier nur? Stopp!

Sein Körper ignorierte ihn, und er spreizte die Beine, als Mikhail einen Oberschenkel dazwischen zwängte. Sie hatten beide bereits einen Harten in der Unterhose, und Mikhail stöhnte auf, als Dev ihm an den Arsch fasste und sich an ihn presste. So sehr Dev ihn auch hasste, er konnte nicht aufhören, ihn zu berühren. Seine Hände glitten über die harten Konturen von Mikhails Körper, und er keuchte in ihre feuchten, versauten Küsse. Mikhail packte Dev an den Hüften und stieß den Unterleib vor, so dass ihre Schwänze aneinander rieben.

Jeder könnte hier reinkommen. Stopp! Ich hasse ihn! Falsch, falsch, falsch!

Die verstreuten Gedankenschnipsel ließen seinen Herzschlag nur noch lauter dröhnen, und seine Hoden zogen sich vor Sehnsucht nach Erlösung bereits zusammen. Ihre Körper zuckten in einem vulgären Tanz, und Dev konnte nur dem Wahnsinn nachgeben, der das Kommando übernommen hatte.

Als Devs Orgasmus durch ihn hindurchfegte, wurde sein Aufschrei von der Hand erstickt, die Mikhail ihm vor den Mund schlug. Mikhail krümmte sich zusammen und rieb sich an Dev wie im Rausch, japste leise an Devs Hals nach Luft, warm und feucht. Er kam lautlos, bebend unter der Wucht seiner Erlösung. Dev zitterte selbst noch am ganzen Körper, und er schloss die Augen und atmete heftig durch die Nase, da Mikhails Hand immer noch seinen Mund bedeckte.

Dann verschwand die Hitze, und Dev öffnete die Augen. Mikhail wich Schritt um Schritt zurück und schüttelte langsam den Kopf, die Augen geweitet. Dev lehnte immer noch reglos an diesem Spind, mit klebriger Unterhose und hängenden Armen. Sie starrten einander an, während die Sekunden verstrichen.

„Hallo?" rief eine Männerstimme, begleitet von einem lauten Klopfen an der Tür. „Meine Herren, wir wären im Medienzimmer dann soweit.“

Sie stürzten los, warfen sich in Windeseile in saubere Unterwäsche, Straßenkleidung und Schuhe, ohne einander anzusehen. Dev schaffte es als erster hinaus, und er lächelte und entschuldigte sich bei den Funktionären, während er ihnen in den Presseraum folgte. Verschwitzt und klebrig und ohne die Dusche, die er so dringend gebraucht hätte, zupfte er an seinem Fleece herum und fühlte sich bloßgestellt, auch ohne verräterische feuchte Flecken auf der Trainingshose.

Im Presseraum saßen die anderen Eiskunstläufer auf einem erhöhten Podium hinter einem langen Tisch, Kisa in der Mitte, die Kanadier links und Bailey rechts von ihr, alle nach ihrer Medaillenposition platziert. Auf den Stuhlreihen vor dem Tisch warteten die Medienvertreter, Trainer und diverse Veranstaltungs- und Verbandsfunktionäre. Dev vermied jeden Blickkontakt mit ihnen, als er seinen Platz einnahm.

Bei seiner Partnerin war das nicht möglich, und er lächelte und hoffte dabei, ganz normal und ungezwungen zu wirken. Sein Mund fühlte sich wund an. *Jesus, hab‘ ich etwa Bartbrand?* Zwischen Baileys Augenbrauen erschien eine Furche, und sie hob die Hand und strich ihm die Haare glatt. Mist. Seine Haare.

Alle wissen es! Es steht mir mit Neonschrift ins Gesicht geschrieben. In Neon und Großbuchstaben!

Er atmete tief durch und mühte sich mit dem Verschluss der Wasserflasche ab, die vor ihm auf dem Tisch stand. Er brauchte zwei Versuche, um sie zu öffnen, aber schließlich schaffte er es und trank gierig. Sein Herz pochte so laut, dass er sicher war, alle müssten es hören.

„Alles okay?“, murmelte Bailey.

Er nickte.

Unter dem Tisch drückte sie ihm den Oberschenkel. „Wir haben es fast geschafft. Denk nur – morgen haben wir Kyoto hinter uns und können wieder in unseren eigenen Betten schlafen.

Wenigstens für zwei Wochen."

Mit einem Aufwallen von Zuneigung nahm er ihre Hand. Wenn es eins gab, worauf er zählen konnte, dann darauf, Bailey an seiner Seite zu haben. Er atmete aus und konzentrierte sich auf ihre vertraute Wärme.

Mikhail betrat den Raum, erhobenen Hauptes und Schultern gestrafft, das Haar schwungvoll über die Stirn frisiert. Er schaffte es, Aufwärmhosen und seine rote Teamjacke wie Armani aussehen zu lassen. Mit ruhiger Miene nahm er neben Kisa Platz. Während Dev vor lauter Gefühlschaos – von Schock und Zorn bis zu einer beschämenden Gier nach *mehr* – schier aus der Haut fahren wollte, wirkte Mikhail Reznikov gänzlich ungerührt.

Dev hatte ihn noch nie mehr gehasst.

Kapitel Zwei

Februar: Die olympischen Spiele

„DU MUSST MAL wieder poppen.“

Dev verschluckte sich an seinem Energydrink und warf einen Blick durch den Bus, um zu sehen, ob einer ihrer Mannschaftskameraden das mitbekommen hatte. Andrew Quinn auf dem Sitz hinter ihm grinste.

„Da hat sie nicht unrecht.“

„Siehst du?“ Bailey, die neben Dev auf dem Fensterplatz saß, lächelte Andrew zuckersüß an. „Sogar der Pimpf erkennt das.“

Andrew protestierte. „Ich bin achtzehn! Und der neue Weltranglistenerste im Einzel bei den Herren! Wann nimmst du mich endlich mal ernst?“ Seine hellen Wangen röteten sich bis hinauf zu seinen blonden Haaren.

„Wenn du deine Zahnspange los bist.“

„Die soll angeblich unsichtbar sein“, brummte Andrew.

„Außerdem willst du sowieso keine alte Oma wie mich. Ich würde dich auffordern, deine Rockmusik leiser zu stellen und dir Pfefferminzbonbons aus meiner Handtasche schenken.“

„Du bist gar nicht so alt“, beharrte Andrew. „Dev ist viel älter.“

„Dev ist neunundzwanzig, und das bleibt er auch“, sagte Dev. „Somit bleibt Bailey für alle Zeiten vierundzwanzig. Du hast sie bald eingeholt, Andrew.“

Als der Bus um eine Kurve bog, kamen die glitzernden Weiten des Sees von Annecy in Sicht, ein eisiges Blau im Sonnenschein. Die Gespräche im Bus verstummten, als alle ehrfürchtig den Ausblick genossen. Annecy, nahe der Schweizer Grenze gelegen, wurde oft als eins der Juwelen Frankreichs bezeichnet. Die Alpen ragten hinter dem Wasser in die Höhe, und eine Schicht Neuschnee bedeckte die schmalen Straßen und mittelalterlichen Dächer der Stadt.

Baileys grüne Augen strahlten, und sie atmete tief durch. „Wow. Das ist einfach… wow.“

Sie waren um die ganze Welt zu Wettbewerben gereist und hatten mehr als genug schöne Orte gesehen, aber Annecy übertraf alles. „Ich kann's nicht fassen, dass wir wirklich hier sind.“

„Ich auch nicht.“ Ohne den Blick vom Fenster loszureißen fasste sie zielsicher nach seiner Hand.

Dev drückte ihre Finger. „Wir haben es geschafft, B. Immerhin haben wir es bis hierher geschafft.“

„Jetzt brauchen wir nur noch zu gewinnen. Keine große Sache.“ Sie flüsterte: „Und glaub' ja nicht, ich hätte vergessen, dass du mal wieder flachgelegt gehörst. Hier sind so viele heiße Typen unterwegs. Werd' ein bisschen was von dieser Anspannung los.“

„Was ist mit dir? Du bist angespannt. Wir sind alle angespannt.“

Sie ließ ein Grinsen aufblitzen. „Ich habe die Geschichten über das Olympische Dorf gehört. Glaub' mir, ich kriege jede Menge Sex, sobald unser Wettbewerb vorbei ist. Und inzwischen habe ich meinen Vibrator.“

Andrew wimmerte.

„Aber ganz im Ernst, D. In den letzten paar Tagen warst du total durch den Wind. Wir sind alle nervös, aber…“ Sie wandte sich vom Fenster ab. „Du würdest es mir doch sagen, falls was nicht stimmt.“ Es war keine Frage.

„Natürlich. Ich bin nur aufgekratzt. Das sind die Olympischen

Spiele!"

Sie erschauerte vor Aufregung und hüpfte auf ihrem Sitz auf und ab. „Wir sind bei den Olympischen Spielen! Ich hab's endlich geschafft."

Andrew johlte, und Dev klatschte mit einem Kurzstrecken-Eisschnellläufer ab, der angefangen hatte, auf dem Mittelgang auf und ab zu rennen. Von neuem erfüllte Stimmengewirr und Gelächter den Bus. Es hatte acht Jahre gedauert, aber Dev hatte es erneut zu den Olympischen Spielen geschafft. Er hatte die richtige Partnerin, und er war gut trainiert und bereit.

Jetzt musste er nur noch einen gewissen russischen Teilnehmer aus dem Kopf kriegen.

Nach dem Grand-Prix-Finale hatte er das, was im Umkleideraum passiert war, als vorübergehende Unzurechnungsfähigkeit abgetan und seine gesamte Energie auf die Vorbereitungen für die Landesmeisterschaften im Januar konzentriert. Er und Bailey waren nicht perfekt gewesen, aber sie hatten mühelos ihren vierten US-Titel gewonnen. Sie trainierten hart, um ihren Programmen den letzten Schliff zu geben und sie so gut zu machen, wie sie nur sein konnten. Abgesehen von den üblichen Wehwehchen, die bei professionellen Athleten einfach zum Alltag gehörten, waren sie verletzungsfrei. Alles war in bester Ordnung.

Warum also fühlte sich Dev, als balancierte er über einem Abgrund? Er war schon gegen Mikhail Reznikov angetreten, als sie beide noch Junioren waren. Warum sollte es diesmal anders sein?

Weil wir uns gegenseitig zum Orgasmus gebracht haben.

Überdies hatte Mikhail die Hauptrolle in Devs Wichsphantasien übernommen. Jedes Mal, wenn er Pornos schaute und an andere Männer zu denken versuchte – an *irgendeinen* anderen Mann – weigerte sich sein Hirn. Heutzutage konnte Dev nur noch abspritzen, wenn er an Mikhail dachte und daran, wie sich sein straffer Körper angefühlt hatte, wie sein Mund geschmeckt hatte. Gott, dieser Mund. Dev stellte sich vor, Mikhail vor sich auf den Knien zu haben und ihn in den Mund zu ficken, und ihn dann umzudrehen und seinen Arsch zu nehmen und –

Dev hüstelte, rutschte auf seinem Sitz herum und schlug die Beine übereinander. Bailey hatte recht. Er musste einfach mal wieder vögeln. Die Eröffnungszeremonie war in einer Woche, und ihr Kurzprogramm dann zwei Tage später. Sex war das letzte, woran er vor dem wichtigsten Wettkampf seines Lebens denken sollte, aber vielleicht würde ein Blowjob im Männerklo etwas Druck rausnehmen.

Gabby, eine der jungen Medienkoordinatorinnen des Eiskunstlaufverbands, tauchte mit ihrem üblichen breiten Lächeln im Mittelgang auf. Ihre krausen, dunklen Locken wippten um ihre Ohren, und sie hielt sich an einer Sitzlehne fest, als der Bus um eine weitere Kurve bog.

„Hey, Leute! Der AP-Reporter will euer Interview vorziehen. Wenn wir im Dorf sind, bringe ich euch gleich ins Medienzentrum, wo das Treffen stattfindet. Okay?"

„Klar doch, Gabby. Kein Problem", antwortete Bailey.

„Ihr habt doch jeder einen Ausdruck von Sues Gesprächsthemen bekommen, oder? Sie wollte sichergehen, dass ihr bei der Botschaft bleibt." Gabby lächelte verlegen.

Dev nickte. „Keine Sorge. Wir wissen, wie's läuft."

„Oh, natürlich. Sie wollte nur..." Gabby schien nach einer möglichst diplomatischen Formulierung zu suchen.

„Sichergehen, dass wir absolut keine Persönlichkeit zeigen und unverfänglich höflich sind?", schlug Bailey vor.

Gabby versuchte zu lachen. „Nun ja, sie will nur sicher sein, dass der amerikanische Eiskunstlauf im bestmöglichen Licht dargestellt wird."

Als Bailey den Mund aufmachte, schnitt Dev ihr das Wort ab. „Ist schon okay. Wir verstehen das. Stimmt's, B?"

Sie lächelte zuckersüß. „Ja. Ich verspreche, wir werden nichts davon sagen, wie sehr wir hoffen, dass Kisa Kostina und Mikhail

Reznikov spektakulär einbrechen und die Hälfte ihrer Elemente vergeigen."

Gabby wirkte ausgesprochen konsterniert.

Seufzend drückte Bailey ihr den Arm. „Ernsthaft. Keine Sorge. Wir wissen, dass du nur deinen Job machst, und wir werden unseren machen. Versprochen."

Beide lächelten Gabby an, bevor sie zu ihrem Sitz zurückkehrte. Die Erwähnung von Mikhail ließ Devs Gedanken in gänzlich unangebrachte Richtungen abschweifen, und er konzentrierte sich neu. „Bist du sicher, dass du dafür bereit bist?"

„Kein Problem. Du weißt, dass ich gute Interviews gebe. Vielleicht halte ich mich nicht immer peinlich genau an die Gesprächsthemen, aber das passt schon."

Er schnaubte. „Ich glaube nicht, dass Sue Stabler und die übrigen Funktionäre dir da zustimmen würden."

„Die sehen den Wald vor lauter Bäumen nicht. Ehrlich, was der Eiskunstlauf in Amerika braucht, ist *Persönlichkeit*. Wenn wir alle nette kleine Nummern sind, lockt das keine Zuschauer an. Erinnerst du dich an Matty Marcus? Er war der *Beste*. Das brauchen wir. Persönlichkeit."

„Du weißt, dass ich da ganz bei dir bin, B. Schau, wir versuchen unser Bestes, um uns treu zu bleiben und trotzdem das Spiel zu spielen. Gott, die Politik in diesem Sport werde ich nicht vermissen." Er stöhnte leise. „Als ob ich im Moment auch nur die geringste Lust hätte, mich interviewen zu lassen. Wir sind eben erst aus dem Flugzeug gestiegen. Ich weiß nicht mal, wie spät es ist."

„Es ist" – Bailey zückte ihr Handy – „acht Uhr zwanzig morgens, und wir müssen sowieso den ganzen Tag wach bleiben, um den Jetlag zu schlagen. Da können wir genausogut für die Presse unseren Charme spielen lassen und ein bisschen Beachtung kriegen. Es sei denn, du willst dir was zum Poppen suchen."

„Du denkst wirklich immer nur an das Eine."

„Stimmt. Ich bin total pervers. Aber das ist eines von den Dingen, die du an mir liebst."

Lachend drückte Dev ihr einen Kuss auf den Kopf. „Das kann ich nicht abstreiten."

Andrew räusperte sich hinter ihnen. „Also, wenn du so pervers bist" –

„Vergiss es."

„Aber" –

Während Andrew und Bailey sich kabbelten, schloss Dev die Augen und machte ein paar Atemübungen. Es würde schon gut gehen. Alles war gut. Wenn er und Mikhail sich wiedersahen, würde alles so sein wie immer. Dev würde lächeln und mit den umgänglichen chinesischen Eisläufern herumflachsen, Roger Jackman würde schmutzige Witze erzählen und Mikhail würde alle ignorieren, unnahbar wie immer. Nichts hatte sich geändert, und das würde es auch nicht.

„DEV, SIE HABEN vor acht Jahren zum ersten Mal mit Ihrer vorherigen Partnerin an den Olympischen Spielen teilgenommen. Inwiefern ist diese Erfahrung anders?"

Dev lächelte ungezwungen und versuchte sich zu entspannen. Sie hatten sich in einer sogenannten Interview-Suite verkrochen. In Wirklichkeit handelte es sich dabei lediglich um einen kleinen, fensterlosen Raum mit drei hochlehnigen Stühlen, die einander gegenüberstanden. „Nun, ich bin jetzt älter, und hoffentlich weiser. Beim ersten Mal war ich kein Medaillenanwärter, und somit ging es nur um die Erfahrung. Diesmal sind die Erwartungen viel höher."

Der amerikanische Reporter, ein Mann mittleren Alters, der sich mit festem Händedruck und geschäftsmäßigem Lächeln als „Rich" vorgestellt hatte, wandte sich an Bailey. „Empfinden Sie diese Erwartungen als belastend? Wie bewältigen Sie den Druck?"

Für einen kurzen Moment fürchtete Dev, sie könnte „mit meinem Vibrator" sagen, aber Bailey zeigte sich natürlich von ihrer besten medienfreundlichen Seite.

„Ich habe ein wunderbares Supportsystem. Meine Familie und meine Freunde sind immer für mich da, ebenso wie unsere Trainer und Teamkameraden. Und Dev gibt mir natürlich viel Halt und Kraft. Wir erinnern uns einfach immer gegenseitig daran, dass wir unser Bestes tun und jeden Moment dieser Erfahrung genießen werden, ganz gleich, was passiert."

„Sind Sie enttäuscht, dass der Mannschaftswettbewerb nach dem Probelauf in Sotchi wieder eingestellt wurde?"

Dev und Bailey wechselten einen Blick, und Dev antwortete für beide. „Ja und nein. Natürlich wäre es großartig, gemeinsam mit unseren Teamkameraden aus Eistanz und Einzel um eine Medaille zu kämpfen, aber es war schon viel verlangt, unsere Programme in zwei Wettkämpfen zu zeigen. Vor allem für die Paarläufer, da wir als erste dran sind und der Mannschaftswettbewerb am Anfang der Spiele stattfand."

„Glauben Sie, Sie haben eine Chance auf die Goldmedaille? Die Russen haben im Paarlaufen jahrzehntelang dominiert, und mit Kostina/ Reznikov sind sie an die Weltspitze zurückgekehrt. Viele sagen, sie seien unschlagbar."

Baileys Lächeln war rasiermesserscharf, aber sie behielt ihren unbeschwerten Tonfall bei. „Man weiß nie, was am Wettkampftag passiert. Wir haben unser ganzes Leben lang dafür gearbeitet, und wir werden hundertzehn Prozent geben. Wir glauben mit absoluter Sicherheit, dass wir gewinnen können."

„Sie sehen sich auch einer scharfen Konkurrenz von den Kanadiern und Chinesen gegenüber", bemerkte Rich.

Dev sprang ein. „Ganz genau. Für kein Team ist irgendetwas garantiert." *Außer für die Russen, weil die Preisrichter denken, die scheißen Gold.* „Wir müssen uns alle ins Zeug legen, und wir werden sehen, wer am Ende gewinnt.“

„Es gibt seit mehreren Jahren einige Kontroversen in Bezug auf das Bewertungssystem. Glauben Sie, das System bietet immer noch zu viel Raum für Befangenheit?“

Schwimmen einbeinige Enten im Kreis? Dev behielt eine gelassene Miene bei. „Eiskunstlauf wird immer ein subjektiver Sport sein. Manchmal sind wir mit den Bewertungen der Preisrichter nicht einverstanden, aber wie meine Mutter immer sagte, ‚es allen recht machen zu wollen ist, als würde man von einer Ziege verlangen, ein Elefant zu sein‘.“ Er lachte leise. „Ich glaube, das ergibt auf Malayalam mehr Sinn. Aber vielleicht auch nicht.“

Rich lächelte. „Da wir gerade von Ihrer Familie sprechen: wie ich höre, sind Sie in Südindien eine ziemliche Berühmtheit geworden. Wann waren Sie das letzte Mal dort?“

„Nicht mehr seit meiner Teenagerzeit, aber ich würde gerne wieder mal hinfahren. Die Unterstützung war fantastisch. Nicht nur aus Kerala, sondern aus ganz Indien und von den indischen Gemeinden hier in den Staaten. Viele Menschen haben mir erzählt, dass sie vorher nie Eiskunstlauf geschaut haben, und ich finde es wunderbar, dass unser Sport multikultureller wird.“

„Wie sind Sie beide zum Eiskunstlauf gekommen?“

Bailey sah ihn an und sprach als erste: „Ich weiß noch, wie ich als kleines Mädchen in Evanston die Olympischen Spiele im Fernsehen gesehen habe. Ich habe zu meinen Eltern gesagt, dass ich das eines Tages machen will. Sie haben nur gelacht und gedacht, ich würde es vergessen, aber ich habe ihnen danach eine Woche lang mit Eislaufunterricht in den Ohren gelegen. Und hier bin ich nun.“ Sie grinste. „Bei den Olympischen Spielen. Manchmal muss ich mich zwicken. Dev wollte erst Eishockey-Star werden, aber er ist zur Vernunft gekommen.“

Dev lachte leise. „Allerdings. Meine Eltern haben mich in alle Sportarten gesteckt, die sie als durch und durch amerikanisch betrachteten. Baseball, natürlich, und Football und Eishockey. Es gab Spitzen-Eiskunstläufer auf der Bahn, und ich fand die Sprünge und Drehungen toll. Ich habe mir einen Vorderzahn ausgeschlagen, weil ich mit Hockeykufen einen Sprung versucht habe. Danach haben sie mir Eiskunstlaufschlittschuhe gekauft. Ich habe schon als Kind Musik geliebt, und die Vorstellung, Musik und Sport zu verbinden, war einfach perfekt für mich. Unsere erweiterte Familie hat meine Eltern für verrückt erklärt. Sie haben gesagt, dass indische Jungs keinen Eiskunstlauf machen. Aber sie haben es eingesehen."

„Als Sie und Bailey Ihre erste US-Meisterschaft gewonnen haben, gab es eine Welle von bösartigen, rassistischen Kommentaren auf Twitter. Wie sind Sie damit umgegangen?"

Dev zuckte die Achseln. „Es wird immer unwissende Menschen geben, die mich wegen meiner Hautfarbe einen Terroristen nennen oder sagen werden, dass ich wegen der Religion meiner Familie lüge. Genau wie die Vereinigten Staaten ist Indien ein vielfältiges Land. Wo meine Eltern herkommen, sind zwanzig Prozent der Bevölkerung Christen. Aber wenn jemand glauben will, dass ich heimlich Moslem bin, dann bin ich wenigstens in guter Gesellschaft."

Rich schmunzelte. „In der Tat. Bailey, welche Auswirkungen hat es auf Sie, wenn Dev angegriffen wird?"

„Es bringt mich total zur Weißglut."

„Und Sie dürfen mir glauben, wenn ich sage, dass Sie sich wirklich nicht bei Bailey unbeliebt machen wollen. Sie sieht vielleicht zerbrechlich aus, aber sie ist knallhart", fügte Dev hinzu.

Bailey lächelte. „Glücklicherweise steht die große Mehrheit der Leute da draußen hinter uns, und die anderen ignorieren wir. Sie sind es nicht wert."

„Dev, sie sagten, Bailey sei knallhart. Ich würde meinen, dass man das auch sein muss, nicht nur als Sportlerin, sondern auch als Paarläuferin. Die Hebungen und Würfe können unglaublich gefährlich sein. Haben Sie denn nie Angst, Bailey?", fragte Rich.

„Nie. Ich vertraue Dev vollkommen, und ich fliege gern. Nur aus diesem Grund bin ich überhaupt Paarläuferin geworden. Wirf mich, dreh' mich, wirble mich herum – ich liebe jede Sekunde. Er hat mich noch nicht fallen lassen." Sie grinste.

Dev stöhnte auf. „Schnell, alle auf Holz klopfen." Er pochte sich mit den Fingerknöcheln gegen den Kopf. „Ich kenne natürlich viele Paarläufer, aber Paarläufer*innen* sind eine Klasse für sich. Sie sind nicht unterzukriegen. Bailey inspiriert mich jeden Tag."

Rich überflog seine Notizen. „Sie beide werden von vielen als das beste amerikanische Eiskunstlaufpaar seit Babilonia/Gardner betrachtet. Vor Ihrem ersten Meisterschaftstitel haben wir zehn Jahre lang immer wieder andere Paare an der Spitze gesehen, die keine internationalen Erfolge erzielen konnten. Sie haben letzten Monat Ihren vierten nationalen Titel gewonnen und stehen regelmäßig auf internationalen Podien. Was ist das Geheimnis Ihres Erfolgs?"

„Natürlich viel harte Arbeit, aber ich glaube, was uns wirklich von anderen unterscheidet, ist die Tatsache, dass wir länger als fünf Minuten zusammengeblieben sind", antwortete Dev lächelnd. „Man kann nicht gleich das Handtuch werfen, wenn mal etwas schief geht. Als wir uns zusammengetan haben, haben wir uns langfristig festgelegt. Es hat ein paar Jahre gedauert, bis alles reibungslos lief. Wir mussten geduldig sein."

Während sie die Standardfragen zu Training und Vorbereitung beantworteten, ertappte Dev sich bei dem Wunsch, er hätte einen Kaffee. Er sollte ja eigentlich keinen trinken, aber ohne Kaffee würde das ein langer Tag werden, und ein Laster musste man doch haben, nicht wahr? Sie mussten morgen früh auf der Trainingsbahn sein, und bei dem Gedanken wollte er sich nur noch zusammenrollen und ein Nickerchen machen.

„Sie haben gesagt, Sie wollten sich nach dieser Saison zur Ruhe setzen. Wie sehen Ihre Pläne für das Leben nach dem Eislaufen aus?“

Devs Mutter stellte ihm seit zwei Jahren dieselbe Frage. Dev schaute kurz zu Bailey. „Nun, wir würden beide gern weiterhin beim professionellen Eiskunstlauf bleiben und zusammen an Shows und Wettbewerben wie den Japan Open teilnehmen. Es gibt leider nicht mehr so viele Möglichkeiten für Profi-Eiskunstläufer wie früher. Ich würde künftig gern als Trainer arbeiten. Der Sport ist meine große Leidenschaft.“

„Um ehrlich zu sein, ist es fast unmöglich, über die nächsten zwei Wochen hinaus zu denken. Unser ganzes Leben, vor allem im vergangenen Jahr, war auf die Olympischen Spiele ausgerichtet. Es ist wie…“ Bailey verstummte. „Wie Tunnelblick. Wir wissen, dass nach unserem Ausscheiden aus dem Wettkampfgeschehen eine ganze Welt auf uns wartet, aber das ist alles Theorie. Ich würde gern aufs College gehen und reisen, aber im Moment dreht sich alles um diese Spiele.“

„Nach einer Olympiade gibt es oft einen Rückgang bei den Teilnehmerzahlen an der Weltmeisterschaft im März. Als Gründe werden vielfach Erschöpfung und die Schwierigkeit, sich so schnell wieder für einen wichtigen Wettkampf zu motivieren angeführt. Aber Sie sagten, Sie wollten auf jeden Fall teilnehmen, vor allem, da die Veranstaltung in Devs Heimatstadt Boston stattfindet.“

Dev lächelte. „Allerdings. Wir freuen uns wirklich darauf.“ Ehrlich gesagt konnten sie sich nicht einmal mit dem Gedanken daran befassen, ehe die Olympischen Spiele nicht abgehakt waren. Eins nach dem anderen. „Es ist eine ziemliche Herausforderung, nach so einem Großereignis wieder ins Training zu gehen und innerhalb weniger Wochen noch mal von vorn anzufangen. Aber wir können uns die Chance nicht entgehen lassen, vor so vielen Freunden und Verwandten aufzutreten. Wir trainieren zwar in Colorado Springs, aber wir sind beide aus dem Nordosten, und das wird eine Heimkehr.“

„Haben Sie in Betracht gezogen, nach dieser Saison dabeizubleiben und weitere vier Jahre an Wettkämpfen teilzunehmen? Spitzenpaare im Eiskunstlauf sind ohnehin meist etwas älter, und es ist möglich, dass Sie noch einige Jahre lang Medaillenanwärter sein könnten."

Bailey sah Dev an und antwortete dann für beide. „Wir haben uns das natürlich reiflich überlegt. Aber für uns ist dies der richtige Zeitpunkt, das Wettkampfgeschehen hinter uns zu lassen. Wir haben so hart dafür gearbeitet, das Beste aus uns herauszuholen, und diese Form für einen weiteren Olympiazyklus aufrechtzuerhalten wäre sehr schwierig. Wir haben sehr viel erreicht, und wir wollen auf dem Höhepunkt unserer Karriere aufhören. Zu unseren Bedingungen."

„Nun, ich wünsche Ihnen viel Glück, hier in Annecy und für die Zukunft", sagte Rich und schaltete sein Aufnahmegerät aus.

Nach Händeschütteln und Dankeschön tauchte Gabby wie aus dem Nichts wieder auf, ihr Clipboard in der Hand, und eskortierte sie durch das Gewimmel im Medienzentrum.

„Okay. Morgen habe ich nichts für euch, aber die Aufnahmen für die Klatschstory auf NBC finden übermorgen früh statt. Wir treffen uns hier um Punkt Neun Uhr. Wisst ihr, wo die Shuttle-Haltestelle ist? Soll ich euch hinbringen?"

„Die finden wir schon", sagte Bailey. „Danke!" Sie packte Dev am Arm und zog ihn hinaus in den Sonnenschein und die frostige Luft. „Gott, ich will einfach nur duschen. Ich stinke bestimmt."

Dev zuckte die Achseln. „Nicht mehr als sonst auch."

Bailey ignorierte ihn. „Wenigstens hat er nicht nach Chris gefragt. Ich hab's so satt, über diesen Mistkerl zu reden." Bailey hatte eine Kurzbeziehung mit einem NHL-Spieler hinter sich, der anschließend in einen Penis-Twitpic-Skandal verwickelt gewesen war.

„Gabby ist an dem Fall dran. Keine Fragen über unser Privatleben, Gott sei Dank." Er deutete auf das große Schild, das das Shuttle zum olympischen Dorf kennzeichnete. „Nicht, dass ich keinen Spaß daran gehabt hätte, zum x-ten Mal klarzustellen, dass wir privat kein Paar sind, und um die Tatsache herumzutanzen, dass ich stockschwul bin, ohne es wirklich zu sagen oder abzustreiten.“

Sie grinste. „Wir sind hundert Pro ihr Lieblings-Team. Du weißt, dass es den Feds am liebsten wäre, wenn wir einfach so tun würden, als wären wir zusammen, damit keiner mehr Fragen stellt und wir in ihre perfekte kleine Hetero-Fantasie passen.“

Bailey hatte dem US-Amerikanischen Eiskunstlaufverband diesen Spitznamen verpasst, nachdem sie vor ein paar Jahren einem dreitägigen Medien-Training unterzogen worden waren, bei dem man ihnen eindeutig zu verstehen gegeben hatte, dass sie als Dev und Bailey ein gewisses Image zu wahren hatten und der Presse grundsätzlich nie die Wahrheit sagen durften. Stattdessen erzählten sie sorgfältig zensierte Versionen der Wahrheit.

Als sie bei der weitläufigen Ansammlung von Gebäuden, aus denen das Olympische Dorf bestand, aus dem Shuttle stiegen, hatte Devs Energie nachgelassen. Das würde ein sehr langer Tag werden, aber er konnte nicht dem Jetlag nachgeben und sein Training durcheinanderbringen. Olympiafunktionäre überprüften gewissenhaft ihre Ausweise und führten sie dann zu ihrem Wohnblock. Dev hoffte, dass das Team wie versprochen ihr Gepäck abgeliefert hatte.

Die amerikanischen Eiskunstläufer waren jeweils zu zweit in einem Zimmer untergebracht, auf demselben Flur wie einige andere amerikanische Sportler. Baileys Zimmergenossin, eine Eistänzerin namens Shelby, kreischte vor Freude, als sie die Zimmertür öffnete, und Dev überließ die beiden ihrer Begeisterung. Er teilte sich das Zimmer mit Andrew, der schlafend auf seiner Olympiadecke lag, leise schnarchend und immer noch in seiner Teamjacke, einer abgewandelten Cabanjacke in Marineblau mit roten und weißen Akzenten.

Dev brachte es nicht übers Herz, ihn zu wecken.

Er inspizierte das nette Zimmer mit seinen zwei Einzelbetten, einem bescheidenen Wohnbereich mit vier Sesseln in einer Ecke und einem kleinen Flachbildschirm-Fernseher an der Wand. Das Fenster nahm fast die Hälfte der Außenwand ein, wodurch der Raum hell und freundlich wirkte. Die olympischen Farben von Annecy waren grün und lila, und die Akzente des Zimmers, einschließlich des kleinen Tisches zwischen den beiden Betten, waren alle in diesen Farben gehalten.

Dev hängte seine Kleidung in einer Hälfte des Schranks auf und packte im Bad seine Hygieneartikel aus. Er brauchte diese Dusche, aber zuerst brauchte er Koffein. Also ließ er Andrew noch ein wenig länger schnarchen und machte sich auf den Weg in den riesigen Speisesaal des Dorfs. Hunderte von langen Tischen nahmen den mittleren Bereich des Saales ein, mit Sitzplätzen für Tausende. Verpflegungsstationen entlang der Außenseiten boten – wie es auf den ersten Blick erschien – alle erdenklichen Speisen an. Devs Magen knurrte. Vielleicht würde er auch etwas essen. Frühstück? Er schaute auf sein Handy. Nein, Mittagessen.

Aber zuerst folgte er dem Duft nach frischem Kaffee zu einem Café in der Nähe des Eingangs. Der Saal war relativ leer; nur hier und da liefen einige Leute herum oder saßen in Grüppchen zusammen und aßen. Die meisten Sportler würden in den nächsten paar Tagen eintreffen, und es würde bald zugehen wie im Irrenhaus. Mit seinem Teilnehmerausweis war alles gratis, und Dev war sehr froh, dass der Paarlauf immer am Anfang stattfand, denn danach würde er Zeit haben, sich etwas zu gönnen. Bis dahin musste er sich an seine Diät halten. Mageres Eiweiß, Grüngemüse und kleine Mengen Vollkorngetreide. Er ging mit großen Schritten an den goldenen Bögen vorbei und wimmerte, als ihm der unverkennbare Duft von McDonalds-Fett in die Nase stieg. Süßes, süßes Fett. Wie sehr er es vermisste.

Als er seinen kleinen schwarzen Kaffee in der Hand hatte, konnte er nicht widerstehen, ein Tütchen Zucker hineinzugeben.

Oder zwei. Brauchte ja niemand zu wissen.

Vielleicht war es das Koffein, aber Dev fühlte sich vom olympischen Geist durchdrungen, als er durch das Dorf ging. Es brummte vor Neuankömmlingen und spürbarer Vorfreude, und Dev grinste, als er sich auf den Rückweg zu seinem Block machte. Eine junge Frau hielt den Aufzug für ihn auf, und er dankte ihr und eilte hinein. Jetlag hin oder her – er war bei den Olympischen Spielen, und es würde *hammergeil* werden.

Als die Tür sich zu schließen begann, streckte die Frau den Arm aus. „Hier ist noch Platz!"

Dann stieg Mikhail Reznikov zu.

Natürlich.

Dev konnte nicht wegschauen, und als sich ihre Blicke trafen, rauschte Hitze durch seine Adern und direkt in seinen Unterleib. Nach einem langen Moment wandten beide sich ab. Dev hatte Mikhail seit der Pressekonferenz nach dem Grand Prix Finale nicht mehr gesehen. Er hatte sich geweigert, sich Videoclips der russischen oder europäischen Nationalmeisterschaften auf YouTube anzuschauen, obwohl Bailey und ihre Coaches die Konkurrenz im Blick behalten wollten.

Nein, er hatte dafür gesorgt, dass die vorübergehende Unzurechnungsfähigkeit von Kyoto seelisch vollständig verarbeitet war. Doch nach einem Blick auf Mikhail tobte die Lust wieder in ihm.

Längste. Aufzugfahrt. Aller. Zeiten.

Als Dev endlich flüchten konnte, stürmte er in sein Zimmer und an einem schnarchenden Andrew vorbei ins Bad. Er schaffte es kaum bis unter die Dusche, da hatte er schon seinen Schwanz in der Hand und wichste wie verrückt, während Erinnerungen an Mikhails Küsse und Visionen von seinen blauen Augen und seinem straffen Körper seinen Verstand überwältigten. Er schloss die Augen, spreizte die Beine und gab sich geschlagen.

Kapitel Drei

„HEY, MA.“

„Bist du noch nicht wach? Du hörst dich müde an.“

Dev gähnte und trat nach der Bettdecke, die sich um seinen Fuß gewickelt hatte. „Ich bin wach. Andrew ist unter der Dusche, also… ruhe ich bloß meine Augen aus, bis er fertig ist.“

Seine Mutter schnalzte tadelnd mit der Zunge. „Ich weiß, wie du deine Augen ausruhst, Devassy. Schaff deine vier Buchstaben aus dem Bett. Trainiert ihr heute?“

„Mm-hm.“ Dev schloss die Augen wieder, das Handy zwischen Wange und Kopfkissen geklemmt. „Es gibt einen Bus zur Eisbahn in Albertville.“

„Warum haben sie die Spiele nicht gleich wieder dort veranstaltet, wenn sie die Bahn dort so gern mögen? Ihr solltet nicht so weit fahren müssen.“

„Das ist gerade mal eine Stunde von hier, Ma. Wir dürfen erst ein paar Tage vor der Veranstaltung offiziell auf der Eisbahn in Annecy trainieren. Glaub mir, ich bin froh, mit dem Team in Albertville weitab vom Schuss zu sein, bis ich über den Jetlag weg bin und mich eingewöhnt habe.“

„Tu einfach dein Bestes. Du weißt, dass wir sehr stolz auf dich sind, ganz egal, was passiert. Wir wünschten, wir könnten dort sein. Es ist meine Schuld, dass“ –

„*Ma.* Es ist nicht deine Schuld. Du musst einfach nach dieser

Infektion dein Gleichgewicht wiederfinden. So gern ich euch auch hier bei mir hätte, ich will nicht, dass du dir auf dem Flug dein Innenohr vermurkst. Du hast einen Monat lang im Bett gelegen. Es ist das Risiko nicht wert."

Sie seufzte tief. „Es kommt mir so unfair vor. Ich wünschte, Baileys Eltern hätten unsere Eintrittskarten nutzen können."

„Ich auch, aber mit der Entlassung waren die letzten paar Jahre schwer für sie. Ihre Mom verdient in ihrem neuen Job nicht halb so viel wie in ihrem alten."

„Tz-tz", machte seine Mutter. „Wir hätten ihnen die Reise bezahlt, Devassy. Wir sind doch eine Familie. Du weißt, dass wir Bailey lieben wie unser eigenes Kind. So ein nettes Mädchen. So viel besser als Felicia, dieses alberne Ding. Ich denke an sie, weil ich ihre Mutter erst neulich bei Target getroffen habe. Wir haben gelächelt und nette Dinge gesagt und so getan, als wäre es nicht sehr dumm von Felicia gewesen, sich von dir zu trennen. Sie dachte, sie wäre mit diesem anderen Jungen so viel besser dran, und wo sind sie jetzt? Nirgends. Sie haben es nicht einmal zu einer Weltmeisterschaft geschafft, bevor sie aufgegeben haben." Sie schnaubte entrüstet. „Das hat sie nun davon, dass sie gedacht hat, mein Sohn wäre nicht gut genug für sie."

Dev lachte leise. „Ma, ich bin froh, dass sie mich abserviert hat. Du brauchst es ihr nicht nachzutragen. Das ist sechs Jahre her."

„Du bist mein einziges Kind, Devassy. In solchen Fällen werde ich immer nachtragend sein."

Er hörte ihre Armreifen klirren und konnte praktisch vor sich sehen, wie sie mit dem Arm fuchtelte.

„Aber vergiss die Vergangenheit. Wie gesagt, wir wünschten, die Robinsons hätten uns für Frankreich bezahlen lassen. Wir hätten das gern übernommen."

Dev lächelte und empfand eine Welle der Zuneigung für sie. „Das weiß ich, und sie wissen es auch. Ihr wart immer so großzügig zu Bailey und mir. Aber es geht nicht nur um die Eintrittskarten für die Wettkämpfe, es sind auch die Flüge und das Hotel und das Essen."

„Ja, ja, und wir würden bezahlen!"

„Das ist zu viel. Es ist alles gut, Ma. Ich wünschte, ihr könntet kommen, aber denk' nur – du wirst es dir im Fernsehen anschauen und die Kommentatoren kritisieren können. Das liebst du doch."

„Die reden zu viel, Devassy, und manchmal haben sie keine Ahnung, wovon sie reden. Ich werde nie vergessen, als dieser Scott Hamilton sich erdreistet hat" –

„Ma. Schon gut. Atme. Wie geht's Dad? Ist er im OP?"

Sie schaltete augenblicklich um, wie immer. Seine Mutter konnte in einem Moment eine Schimpftirade über irgendetwas loslassen und sich im nächsten in aller Ruhe nach seinem Tag erkundigen. „Ja, heute Morgen hat es einen schweren Unfall mit mehreren Verletzten gegeben und er wurde hinzugerufen. Oh, habe ich dir das schon erzählt? Dein Cousin John wurde in Harvard zum Jurastudium angenommen. Frühzulassung. Sehr prestigeträchtig. Er wird diesen Sommer bei uns wohnen, bis er etwas Eigenes gefunden hat. Wir dachten, er könnte dein Zimmer benutzen. Es sei denn, du brauchst es."

Dev stöhnte auf. „Ma, könntest du mich damit mal für fünf Minuten in Ruhe lassen? Dafür habe ich jetzt wirklich keinen Kopf."

„Ich weiß, ich weiß. Ich dachte nur. Devassy, du bist schon so lange weg. Wir vermissen dich."

Seine Eltern waren die einzigen, die ihn noch bei seinem Vornamen nannten. Dev hatte ziemlich schnell gelernt, dass das „Assi" in seinem Namen sämtliche Schulhofschläger auf den Plan rief. Seither war er für den Rest der Welt nur noch Dev. Er seufzte. „Ich vermisse euch auch. Aber ich bin mir nicht sicher, was ich machen soll."

Sie schnalzte erneut mit der Zunge. „Denk jetzt nicht darüber nach. Konzentrier' dich nur auf die Olympiade", sagte sie, als hätte sie nicht davon angefangen.

Dev konnte nur lachen. Seine Mutter würde sich nie ändern, und damit hatte er sich schon lange abgefunden. „Mach' ich."

„Oh, und Onkel John hat im März einen sehr guten Flug von Seattle aus gebucht."

„Wirklich nett, dass er und Tante Susan zur Weltmeisterschaft kommen wollen."

„Natürlich kommen sie! Alle kommen. Die Robinsons kommen mit dem Auto aus Pittsburgh, und sag' Bailey nichts davon, aber ihr Bruder kommt extra aus Kalifornien. Am Abend vor dem Kurzprogramm gibt es bei uns zuhause eine Riesenparty."

„Machst du Biryani?" Devs Magen knurrte beim bloßen Gedanken an das würzige Reisgericht mit Hühnerfleisch.

„Warum stellst du dumme Fragen, Devassy? Natürlich gibt es Biryani. Und Raita, *Masala-Dosas, Idli* und Kokosnuss-Curry, und Fischcurry – und *Meen*-Curry – und *Vada*."

Er stöhnte. „Ihr müsst diese Party nach dem Wettkampf abhalten, damit ich mich vollfressen kann. Ich wette, es gibt auch Mango-Pickles."

„Was redest du denn? Wann haben wir mal keine Mango-Pickles im Haus? Und natürlich gibt es hinterher auch eine Party. Zu deinem Abschied vom Eiskunstlauf. Du hast keinen College-Abschluss gemacht, also wird das deine Examensfeier."

Devs fehlende College-Ausbildung war mitunter immer noch ein kontroverses Thema. Er hatte auf der Highschool gute Noten gehabt, aber das Eislaufen war seine Leidenschaft gewesen, und ein Studium hätte ihn zu sehr abgelenkt. Er behielt seinen ruhigen Tonfall bei und wechselte schnell das Thema. „Klingt gut, Ma. Ich mach' mich jetzt besser fertig. Bailey kommt in aller Frühe."

„Weil sie ein sehr kluges Mädchen ist. Sei brav. Wir lieben dich!"

„Ich liebe euch auch. Bye." Er tippte auf „Beenden". Seine Mutter ermahnte ihn schon so lange er denken konnte, „brav" zu sein. Er holte tief Luft und sprang aus dem Bett. Zeit fürs Training.

Zeit, *brav* zu sein.

„ES GIBT ETWAS, das ihr wissen solltet."

Dev und Bailey wechselten einen Blick, während der Rest des Teams hinter ihnen aus dem Bus stieg. Louise wartete auf dem Bürgersteig, mit sogar für ihre Verhältnisse ziemlich grimmiger Miene. Ein paar von den Feds liefen herum und sahen gestresst aus. Dev zog eine Augenbraue hoch. „Mach's nicht so spannend, Louise."

„In der Eisbahn eine Straße weiter gab es irgendein katastrophales Problem mit der Elektrik, das viel Schaden angerichtet hat. Es wurde niemand verletzt, aber das Eis ist geschmolzen und sie wissen nicht genau, bis wann das System repariert werden kann."

Bailey runzelte die Stirn und deutete mit einem Kopfnicken auf die ausgedehnte Arena hinter Louise. „Aber unsere Eisbahn ist doch okay, oder?"

„Ja, sicher. Aber die Organisatoren haben den Verband gefragt, ob ein anderes Team sie diese Woche mitbenutzen könnte. Sie haben zugesagt. Olympischer Geist und der ganze Kram."

Devs Pulsschlag schnellte hoch. „Welches Team?" *Bloß nicht die Russen. Bloß nicht die Russen. Bloß nicht —*

„Die Russen."

Bailey stöhnte auf. „Echt jetzt? Anstatt privat trainieren zu können, wird das dann die ganze Woche über genauso stressig wie das offizielle Training. Wenn auch wenigstens ohne Reporter und Zuschauer. Das soll doch ein sicheres Umfeld für uns sein. Was bringt es denn, für teures Geld eine Eisbahn außerhalb von

Annecy zu mieten, wenn wir nicht für uns sein können? Ich weiß, ich weiß. Niemand hatte das so geplant."

Die Russen? Dev fuhr sich mit einer Hand durch die Haare. Anscheinend wollte ihm das Universum Mikhail Reznikov bei jeder nur passenden Gelegenheit in den Weg werfen. Er war wegen des bevorstehenden Wettkampfs schon angespannt genug, und jedes Mal, wenn er Mikhail sah, wusste er nicht, ob er ihn küssen oder ihm eine reinhauen sollte. Jetzt würde er ihn heute wiedersehen, und dieses Gefühlswirrwarr würde nur noch verwickelter und abgefuckter werden.

„Dev? Wie stehst du dazu?"

„Ich weiß nicht", antwortete er wahrheitsgemäß.

„Wisst ihr, was das ist?", fragte Louise. „Das ist eine Herausforderung, und die schafft ihr zwei doch mit links. Wir haben trotzdem unterschiedliche Trainingszeiten. Streng getrennt. Wenn das amerikanische Team auf dem Eis ist, nutzen sie die Fitnessräume und umgekehrt."

„Ja, aber sie werden im Gebäude sein. Sie können zuschauen", bemerkte Bailey.

„Beide Verbände haben sich auf ein striktes Verbot geeinigt, außerhalb der festgesetzten Trainingszeiten auch nur in die Nähe der Eisbahn zu gehen. Die Eishalle hier ist riesig, und es ist genug Platz."

Dev blickte sich nach den anderen Eisläufern um, die gerade von ihren Trainern die Nachricht erfuhren. Einer der Verbandsfunktionäre versuchte, einen Eistänzer zu trösten. „Für die anderen ist es in Ordnung. Es hat keinen russischen Medaillenanwärter mehr gegeben, seit Plushenko sich endlich zur Ruhe gesetzt hat."

„Das glaube ich übrigens immer noch nicht. Der taucht irgendwann wieder auf, wenn er fünfzig ist oder so, und dann springt er immer noch Vierfache", sagte Bailey.

Louise grinste, und Dev brach in Gelächter aus. Nachdem die

Spannung gebrochen war, zuckte Dev die Achseln. „Das geht schon in Ordnung. Wir machen unser Ding, und die machen ihres." *Bitte, Universum, ich flehe dich an.*

„Und wenn sie zuschauen, hauen wir sie vom Hocker." Bailey grinste. „Na komm. Sehen wir zu, dass wir aufs Eis kommen."

DEV FLUCHTE LAUT, als er in der Mitte der Eisbahn schlitternd zum Stehen kam. „Gottverdammte verfluchte Scheiße!"

„Du bleibst nicht im Kreis. Du lässt die rechte Schulter hängen", sagte Louise, die von der anderen Seite der Bande aus zuschaute.

„Ich weiß!"

„Dann hör auf damit. Sofort."

Der Synchron-Dreifach-Toeloop sollte kein Problem für ihn sein, aber Dev bekam ums Verrecken keine Landung hin. Er klopfte sich die Hose ab und griff nach Baileys Hand, während sie die Eisbahn umkreisten und ihren Teamkameraden auswichen, die in ihr eigenes Training vertieft waren.

Sie drückte ihm die Hand. „Das sind nur die Nerven."

„Ich stürze nie so." Dev schüttelte den Kopf. Obwohl er wusste, dass die Russen nicht zuschauten — sämtliche Vorhänge an den Eingängen zu den Sitzreihen waren fest geschlossen — kam es ihm so vor, als spürte er Mikhails Blicke auf sich, die sich in seine Haut brannten. Ihn Dinge wollen und fühlen ließen, die *völlig* bescheuert waren.

„Komm, machen wir noch eine Runde." Bailey lächelte ihn an.

Sie glitten erneut um die Bahn, und Dev schloss für einen Moment die Augen. Er saugte die vertraute Empfindung in sich auf, mit Bailey an seiner Seite auf dem Eis zu sein. Sie bewegten sich wie eins und mit einer mühelosen Anmut, für die sie Zeit und viele, viele Stunden Übung gebraucht hatten, um sie zu erreichen.

Ich schaffe das. Es gibt nur mich, Bailey und das Eis. Nur ein weiterer Tag auf der Eisbahn.

„Entspann dich. Lass deinen Körper das tun, wozu er trainiert ist. Benutz' dein Muskelgedächtnis", rief Louise, als sie näher kamen.

Dev atmete tief durch, als er sich von Bailey löste und sie in ihre drei Drehungen gingen, rückwärts, vorwärts, dann wieder rückwärts, sich mit den Zacken an der Spitze der Kufe in die Luft zu katapultieren. Die Arme eng an die Brust gedrückt drehte Dev sich dreimal um die eigene Achse und landete sicher auf der Außenkante, das andere Bein gerade ausgestreckt. Neben ihm landete Bailey in perfektem Einklang.

„Das ist es. Gleich nochmal", sagte Louise. „Dann machen wir einen Kurzprogramm-Durchlauf. Ihr seid dran mit der Musik."

Dev liebte ihr Kurzprogramm. „Lux Aeterna" aus dem Soundtrack von *Requiem for a Dream* war in der Vergangenheit auch schon von anderen Eiskunstläufern verwendet worden, aber seit mehreren Jahren nicht mehr. Die propulsive Filmmusik baute sich dramatisch auf, und Dev kam es so vor, als triebe das Orchester sie voran, gäbe ihnen Energie und Leidenschaft. Sie fingen mit einem Dreifach-Twist an – einem ihrer besten Elemente.

Nachdem sie Schwung geholt hatten, sprang Bailey von ihrer Kufenzacke ab und Dev schleuderte sie hoch und ließ die Arme wieder fast vollständig sinken, während sie sich über seinem Kopf dreimal um sich selbst drehte. Er fing sie noch in der Luft an der Taille auf und stellte sie wieder aufs Eis. Manchmal landete sie ein wenig härter, aber heute glitt sie aus seinem Griff und streckte das Bein, als wäre es die einfachste Sache der Welt.

Als Nächstes kamen die Synchronsprünge, und die schafften sie perfekt. Sie hakten der Reihe nach die anderen Elemente ab – Todesspirale, Sprungfolge, Paar-Pirouetten-Sequenz. Dann wurde es Zeit für die Wurf-Sprünge. Als sie um die Ecke der Eisbahn glitten, fasste Dev Bailey mit beiden Händen an der Taille und zog sie an sich. Mit synchron gestrecktem Bein gingen sie in die Dreipunkt-Drehung, und er warf sie in einen Dreifach-Salchow von der hinteren Innenkante. Sie wirbelte durch die Luft, blieb aber nicht ganz gerade und landete etwas unsicher. Sie berührte das Eis mit der Hand, aber nicht mit dem zweiten Fuß.

„Gut so. Kämpf dich durch." rief Louise, als sie vorbeiliefen. „Bleib stark!"

Das letzte Element war die Hebung. In jeder Saison war im Kurzprogramm eine andere Art von Hebung vorgeschrieben, und dieses Jahr war es eine Hand-zu-Hand-Hebung. Dev glitt rückwärts, mit dem Gesicht zu Bailey, und fasste sie an den Händen.

„Du schaffst das", sagte sie und packte fest zu. Manchmal redeten sie während ihrer Programme miteinander. Dafür gab es keinen ersichtlichen Grund; es kam wirklich auf den Tag an.

Dev ging in die Knie, stemmte sie hoch und hielt sie mit gestreckten Armen über dem Kopf, während er seine Drehungen entlang der Eisbahn ausführte. Dann wechselten sie die Position; Dev packte sie mit einer Hand an der Hüfte und Bailey streckte die Beine, den Oberkörper parallel zur Eisfläche.

Sie umklammerte immer noch seine andere Hand, doch dann ließ sie los und hob den Arm, um den Stern komplett zu machen. Dev streckte die freigewordene Hand aus und balancierte Bailey nur auf einem Arm, während sie sich mit ihrer freien Hand an seiner Schulter festhielt. Zum Abschluss ließ er sie über die Schulter ab und sie kam mit einer Pirouette aus der Hebung.

Mit Tempo und Elan glitten sie in ihre Schlussposition, bei der sie Rücken an Rücken standen. Louise applaudierte und nickte, und Dev hob die Hand zum High-Five.

Bailey klatschte grinsend mit ihm ab. „Machen wir's gleich nochmal."

„DER NÄCHSTE BUS geht erst in einer Stunde. Ich lauf' noch eine Runde ums Stadion, bevor ich unter die Dusche gehe. Bis dann", sagte Bailey und verschwand im Umkleideraum.

Es war ein langer Tag gewesen, und Dev war mehr als bereit, sich zu entspannen und den Dampf seine diversen Wehwehchen absorbieren zu lassen. Beim Betreten des Umkleideraums nickte er einem von den russischen Eistänzern zu. Die meisten Eisläufer hatten anscheinend den früheren Bus erwischt. Andrew, der sich gerade die Turnschuhe zuschnürte, blickte auf.

„Hey, Mann. Ich wollte noch ein bisschen laufen gehen. Kommst du mit?"

„Nein, aber wenn du dich beeilst, kannst du Bailey noch einholen."

Andrews Miene erhellte sich. „Ernsthaft? Bis später!" Er verschwand so schnell, dass er praktisch einen Kondensstreifen hinterließ.

Der Eistänzer schmunzelte. „So viel Energie", sagte er mit starkem Akzent. „Nochmal so jung zu sein."

„Wie alt bist du, fünfundzwanzig?"

„*Da.* Kommt mir gerade vor wie fünfundvierzig." Er rieb sich den unteren Rücken.

„Verstehe."

Dev schnürte seine Schlittschuhe auf und zog seine schlichten, schwarzen Trainingsklamotten aus. Er nahm die Flipflops aus seiner Tasche und schnappte sich ein Handtuch. Die Duschen waren am Ende eines kurzen Flurs. Als er an der Sauna vorbeikam, sah er drinnen ein paar Eisläufer schwitzen. Der langgezogene Duschraum war in zehn durch Vorhänge abgetrennte Kabinen unterteilt, fünf auf jeder Seite.

Er ging ganz nach hinten und hängte sein Handtuch an den Haken neben der Kabine. Eine weitere Dusche lief, wurde aber abgestellt, während Dev noch außerhalb seiner Kabine stand und darauf wartete, dass das Wasser die richtige Temperatur erreichte. Er drehte sich automatisch um, als er hörte, wie der Vorhang zurückgeschoben wurde.

Beim Griff nach dem Handtuch mitten in der Bewegung erstarrt stand Mikhail einige Fußbreit entfernt im Eingang der gegenüberliegenden Kabine. Wasser rann über seinen straffen, schlanken Körper, und Dev konnte sich nicht davon abhalten, auf Mikhails langen, unbeschnittenen Penis zu starren, der über seinen prallen Hoden hing. Ein Streifen dunkler Haare zog sich vom Bauchnabel bis nach unten zu einem ordentlich getrimmten Busch. Ein kleines Tattoo von einem fliegenden Vogel, in dunklen Linien gezeichnet – ein Adler, möglicherweise? – zierte Mikhails linke Hüfte.

Was mache ich da? Gefahr, Will Robinson! Gefahr!

Devs Kehle war plötzlich trocken, und er zwang seinen Blick wieder nach oben. Mikhails blaue Augen waren dunkel, und er leckte sich die Lippen. Das angespannte Schweigen zog sich in die Länge. Dann setzte Mikhail sich in Bewegung, aber anstatt wegzugehen, schubste er Dev rückwärts in die Duschkabine und unter das warme Wasser. Dev prallte gegen die Wand, und bevor er auch nur blinzeln konnte, kniete Mikhail vor ihm. Seine Hände waren wie Brandeisen auf Devs Hüften.

Verschwunden war der kühle, beherrschte Rivale, als Mikhail ihn mit wildem Blick von oben bis unten musterte. Es war, als rauschte Devs ganzes Blut in seinen Schwanz, und er konnte sich nicht bewegen – konnte kaum atmen – während er darauf wartete, was als nächstes kam. Was machten sie da? Sie hassten sich. Sie sollten das hier nicht wollen. Und doch starrte Mikhail hungrig zu ihm auf, als wartete er auf Erlaubnis.

Dev packte Mikhail an den Haaren und schnappte nach Luft, als Mikhail seinen Schwanz fast bis zum Ansatz schluckte, eine Hand um den Schaft gelegt, und mit hohlen Wangen zu lutschen begann.

„Oh, fuck", wimmerte Dev. Es war so geil und so nass und so *unglaublich*. Mikhails Lippen umschlossen ihn fest, und sein Blick war auf Devs Gesicht geheftet, vollkommen offen auf eine Art, wie Dev ihn noch nie gesehen hatte, nicht einmal während ihrer Verrücktheit in Kyoto. Alles, was Dev an ihm hasste – seine Arroganz, seine eiskalte Perfektion – hatte sich in verzweifelte, ungezügelte Begierde aufgelöst, als er Dev stürmisch den Schwanz lutschte.

Devs sämtliche Abwehrmechanismen brachen zusammen, und er gab nach. Die Finger in Mikhails Haaren vergraben stieß er rhythmisch die Hüften vor, unfähig, sich zu beherrschen. Er wollte sich schon entschuldigen, doch Mikhail stöhnte leise und trieb ihn noch an, machte den Mund weit auf und lockerte seinen Griff an Devs Hüften. Er schloss die Augen und nahm Devs dicken Schwanz begierig in sich auf, als Dev ihn in den Mund fickte.

Sie sollten aufhören. Jeden Moment konnte jemand hereinplatzen. Lieber Gott, sie waren bei den *Olympischen Spielen*! Schwer atmend zog Dev sich zurück, und sein Schwanz klatschte gegen Mikhails Wange. Er machte den Mund auf, um etwas zu sagen – irgendwas! – das sie zur Vernunft bringen würde, aber er konnte nur Mikhails feuchte Lippen anstarren, seine von nackter Lust verdunkelten Augen.

Jemand wird uns finden!

Aber dann, ohne den Blickkontakt zu unterbrechen, fuhr Mikhail die Ader an der Unterseite von Devs Schaft mit der Zungenspitze nach und leckte aufreizend an der Vorhaut. Dev stöhnte auf, griff blindlings nach dem Vorhang und schloss ihn mit einem Ruck, unfähig, den Blick von dem Mann zu seinen Füßen loszureißen.

Er hatte Mikhail Reznikov endlich vor sich auf den Knien, und Dev hatte sich nie vorgestellt, dass es so sein würde.

Okay, vielleicht doch, aber es war so viel besser als in seinen geheimsten Fantasien – in denen, die er sich nicht einmal selbst hatte eingestehen wollen. Mikhails Wangen waren gerötet, Wasser rann in der dampfgefüllten Dusche über seine blasse Haut, und er war wunderschön in seiner Hemmungslosigkeit, frei und heißblütig auf eine Art, wie er auf dem Eis nie erschienen war.

Mikhail begann wieder gierig zu lutschen, und seine Finger spielten aufreizend an Devs Poritze. Es war total geil, und Dev hätte am liebsten aufgeschrien, aber er wimmerte nur mit zusammengepressten Lippen. „Hör nicht auf", flüsterte er.

Während er Devs Schwanz schluckte, rieb Mikhail seinen eigenen, und Dev malte sich aus, wie es wäre, ihn anzufassen, ihn zu schmecken und ihn tief in den Mund zu nehmen, das Gesicht in Mikhails Hintern zu vergraben und ihn mit der Zunge zu ficken, ihn bereit zu machen für mehr. Er fragte sich, wie Mikhail es gern mochte und wie eng sein Arsch sein würde und ob er ihn reinlassen würde.

Bei dem Gedanken unterdrückte Dev einen Aufschrei, und Mikhail lutschte noch fester. Als er dann noch Devs Eier streichelte, war alles vorbei. Dev versuchte, ihn zu warnen und seinen Kopf wegzuschieben, aber Mikhail rührte sich nicht vom Fleck. Die Lust war eine Flutwelle, und Dev stieß sich den Kopf an der glitschigen Wand, bebend unter der Wucht seiner Erlösung.

Mikhail schluckte mehrmals, als Dev abspritzte, und molk ihn, bis ihm Devs Sperma übers Kinn rann, dann zog er sich mit einem obszönen *Plopp* zurück. Bevor Dev einen klaren Gedanken fassen konnte, wichste Mikhail schon wie verrückt. Er kam, erschauernd und mit einem gehauchten Stöhnen.

Dev hatte weiche Knie. Er schloss die Augen und atmete tief. Als er sie wieder aufmachte, begriff er, dass er – ja, tatsächlich – in einer öffentlichen Dusche war, mit seinem Todfeind keuchend zu seinen Füßen.

Mikhail setzte sich auf die Fersen und lehnte den Kopf an

Devs Hüfte. Er blickte auf, und sein Gesichtsausdruck war sanft und verletzlich. Plötzlich wirkte er viel jünger.

Bevor Dev wusste, was er tat, streichelte er Mikhails Haar. Plötzlich packte ihn das Verlangen, mit Mikhail ins Bett zu gehen und ihn in den Armen zu halten, sich um ihn herum zusammenzurollen und ihn zu küssen, bis sie einschliefen.

Seufzend schmiegte Mikhail sich an Devs Hand und murmelte etwas auf Russisch, dann drückte er einen Kuss auf die Innenseite von Devs Oberschenkel.

Oh mein Gott, ich hab' den Verstand verloren. Es ist offiziell. Ich bin verrückt.

Dev schluckte mühsam. „Ähm. Ich glaub' nicht… wir…" Er räusperte sich. „Mikhail…"

„Misha."

„Was?"

Er stand auf und sah Dev eindringlich an. „Misha. So nennen mich meine Freunde."

„Ich bin nicht dein Freund." Dev stellte nur eine Tatsache fest.

Mikhail – Misha – lächelte leicht. „Nein. Du bist… meine kleine Rebellion." Er küsste ihn sanft auf die Lippen. „Ich danke dir."

„Ich… gern geschehen? Wir sollten nicht… wir können nicht." *Aber ich will nie wieder aufhören.*

Mikhails Miene verdüsterte sich. „Nein. Wir können nicht." Er legte die Stirn an die von Dev. „Aber es hat sich gut angefühlt, ja?", flüsterte er.

Dann war er fort, und der Plastikvorhang flatterte hinter ihm her.

Dev stellte sich unter die Dusche und schloss die Augen.

Ja.

Kapitel Vier

„KANNST DU MIR mal erklären, warum du *schon wieder* nicht im Eisstadion geduscht hast? Die Fahrt dauert nämlich eine Stunde, und du stinkst." Bailey rümpfte die Nase.

„Ich hatte keine Lust." Dev wusste, dass das eine wenig überzeugende Antwort war, aber er konnte ihr nicht die Wahrheit sagen. Auf dem Eis konnte er seinen Verstand abschalten und konzentriert bleiben. Aber sobald er die Bahn verließ, war er verunsichert und nervös und sehnte sich danach, Misha wiederzusehen. Obwohl er wusste, wie gefährlich es war. Wenn jemand dahinterkam, würde sich das auch auf Baileys Karriere auswirken. Sämtliche Feds würden ausrasten, zum einen. Dev war jetzt schon zweimal so leichtsinnig gewesen, und er traute sich selbst nicht über den Weg.

„Warum bist du so grantig? Wir hatten ein gutes Training."

Er seufzte. „Ich bin nur müde. Tut mir leid. Es liegt nicht an dir." Sein Magen rebellierte. Er hasste es, Bailey nicht zu sagen, was wirklich vor sich ging. Normalerweise wandte er sich immer an sie, wenn er ein Problem hatte. Aber er konnte ihr nicht von Misha erzählen. Nicht jetzt, so kurz vor dem wichtigsten Wettkampf ihres Lebens. Es war sein Job, sie zu beschützen, und er musste sie bis nach der Veranstaltung vor der Wahrheit beschützen.

„Ja klar. Natürlich nicht. Ich bin in jeder Hinsicht praktisch perfekt. Es kann nicht an mir liegen.“

Dev lachte leise und drückte ihr einen Kuss auf die Wange. „Stimmt. Ich habe die perfekte Partnerin.“

„Und ob du die hast.“ Sie küsste ihn ebenfalls. „Und deine perfekte Partnerin überlässt dich jetzt deinen mürrischen Männergedanken und geht mit Shelby tratschen. Angeblich gibt es *Drama* im kanadischen Lager. Es sind immer die Stillen.“

Dev sah die dunkle Landschaft vorbeiziehen; die imposanten Alpen schimmerten im Mondlicht und dominierten die Gegend. Er musste sich zusammenreißen und vergessen, was passiert war. Auf dem Eis war er imstande, sein Hirn auszuschalten und sich in sein Training zu stürzen. Inzwischen waren sie so routiniert, dass er die Programme mit geschlossenen Augen ausführen konnte. Er atmete durch jede Bewegung, ließ sie seinen Körper und Geist vollkommen beherrschen.

Aber sobald er die Eisbahn verließ, drehten sich die widerstreitenden Gefühle und Gedanken in seinem Kopf wieder auf Hochtouren. Verwirrung. Neugier. *Lust*. Dev war im Lauf der Jahre mit ziemlich vielen Männern zusammen gewesen und hatte einige Beziehungen gehabt, aber so etwas hatte er noch nie erlebt. Er wusste, dass es jämmerlich war, aus dem Umkleideraum zu hetzen, als hätte er Angst vor Misha. Aber ihm graute vor seiner eigenen Schwäche.

Misha. Er hatte dagegen anzukämpfen versucht, aber feststellen müssen, dass er jetzt nicht mehr von ihm als Mikhail denken konnte. Das war ein so abweisender, formell klingender Name – der perfekt gepasst hatte, als er Devs verhasster Rivale gewesen war. Aber der begierige, leidenschaftliche Mann auf den Knien in der Dusche, mit geweiteten Pupillen und geschwollenen Lippen? Das war *Misha*.

Es war, als sähe Dev ihn zu ersten Mal. Es war nicht nur der umwerfende Sex. Dev ertappte sich dabei, sich zu fragen, wie Misha wirklich war. Er hatte danach so verletzlich gewirkt, als er den Kopf an Devs Schenkel gelehnt hatte, völlig entblößt – und nicht nur, weil er nackt war. Auf dem Eis war er gebieterisch und asketisch, und doch war er bereitwillig auf die Knie gefallen und hatte alles genommen, was Dev ihm geben konnte, als bräuchte er es wie die Luft zum Atmen.

In den letzten paar Jahren war Mikhail eher ein Konzept gewesen als ein Mensch – die perfekte Maschine, die Dev und Bailey bezwingen mussten, um zu siegen. Dev konnte zugeben, dass Kostina/ Reznikov rein technisch gesehen überragend waren. Die Höhe ihrer Würfe und Drehungen, ihr Tempo, ihre Synchronizität – bei ihnen wirkte das alles völlig mühelos. Und doch hatte Dev ihre Läufe immer kalt und unpersönlich gefunden. Seelenlos.

Aber jetzt hatte er in Mishas unschuldsvollen Augen einen Blick auf seine Seele erhascht, als er sich Dev so eifrig hingegeben hatte. Während Dev ihn einst als unerträglich seicht empfunden hatte, kam es ihm jetzt so vor, als lägen ganze Ozeane unter dieser Oberfläche. Dev verzehrte sich vor Verlangen, mehr zu entdecken. Alles zu entdecken.

Er seufzte und lehnte die Stirn an die kalte Fensterscheibe. Die Erinnerung daran, wie Misha ihn so zärtlich geküsst hatte, ging ihm nicht aus dem Kopf – seine weichen Lippen und das Kratzen seiner Bartstoppeln an Devs Oberschenkel. Seine letzten geflüsterten Worte widerhallten in Devs Verstand. Es hatte sich *wirklich* gut angefühlt, und er sehnte sich danach, es nochmal zu erleben. Es weiter zu erkunden und sich darin zu verlieren.

Aber vor allem wollte er Misha nochmal lächeln sehen. Er konnte sich nicht erinnern, ihn je lachen gehört zu haben, obwohl das ja bestimmt irgendwann der Fall gewesen sein musste. Was für Filme gefielen Misha? Welches Essen mochte er? Womit vertrieb er sich gern die Zeit, wenn er nicht auf Schlittschuhen stand?

Dev stöhnte leise. Es war offiziell. Er wollte nicht einfach nur nochmal Sex mit Misha haben, er wollte ein *Date* mit ihm.

NACH DEM ABENDESSEN im geschäftigen Speisesaal ließ Dev Bailey zurück – immer noch tratschend, und er musste zugeben, dass er seine helle Freude an der Geschichte vom Zickenkrieg im Umkleideraum gehabt hatte, nachdem eine der Kanadierinnen der anderen im Training direkt vor einem Sprung den Weg abgeschnitten hatte. Er ging zurück in den Wohnblock, und als er das Foyer betrat, setzte sein Herz einen Schlag aus.

Dort an der Wand, in der Nähe einer Sitzgruppe, lehnte Misha, lang und schlank und absolut *fickbar* in Jeans und Henleyshirt, und tippte auf seinem Handy herum. Er blickte auf, als die Tür hinter Dev mit einem leisen *Bums* ins Schloss fiel. Als Dev seinem hungrigen Blick begegnete, schoss sein Puls in die Höhe. Er blieb wie angewurzelt stehen. Sollte er rübergehen? Sollte er zu den Aufzügen rennen? *Soll ich mir eine runterhauen, weil ich mich benehme wie ein Schulmädchen?*

Wortlos drehte Misha sich um und ging zu den beiden Aufzügen am anderen Ende des Foyers. Er drückte den Knopf.

Devs Füße setzten sich in Bewegung, und gleich darauf stand er neben Misha und sah zu, wie die Stockwerke heruntertickten, als einer der Aufzüge herankam. Zwischen ihnen war ein Fußbreit Abstand, aber Dev fühlte eine spannungsgeladene Hitze über seine Haut huschen. Einige andere Leute stiegen zusammen mit ihnen in den Aufzug. Als Dev auf den Knopf für sein Stockwerk drücken wollte, fasste Misha ihn am Handgelenk, ehe er die Hand heben konnte. Seine Berührung brannte, und Dev schaute ihn an, aber sein Gesicht war ausdruckslos. Den Blick starr nach vorn gerichtet hob Misha die andere Hand und drückte langsam und zielgerichtet den Knopf für sein Stockwerk.

Dev stockte der Atem.

Steig auf deinem Stockwerk aus. Drück jetzt den Knopf, bevor es zu spät ist. Drück' ihn. Drück' ihn!

Dev sah sein Stockwerk ohne Bedauern vorbeiziehen. Gespannte Erwartung rauschte durch seine Adern, und sein Herz hämmerte, als er Misha aus dem Aufzug und den Flur entlang folgte. Er hielt den Atem an und hoffte, sie würden niemandem begegnen, der sie kannte. Mishas Teamkollegen waren wahrscheinlich alle in der Nähe untergebracht, und falls die sie sahen —

Aber das geschah nicht, und gleich darauf waren sie in Mishas Zimmer. Es war identisch zu Devs Zimmer, aber auf der gegenüberliegenden Seite des Gebäudes. Dev lehnte sich an die Tür. Es war dunkel im Raum, aber die Jalousie war offen, und der Mond tauchte alles in einen silbrigen Schein. Misha stand am hinteren Bett neben dem Fenster und betrachtete Dev schweigend.

„Dein Mitbewohner…"

„Ist mit seiner Freundin zum Essen gegangen. Verbringt die Nacht in ihrem Hotel."

„Oh." Dev atmete flach. „Okay."

Misha streifte sein Henley ab und öffnete den Knopf an seiner Jeans. „Okay", wiederholte er.

Dev wollte an Mishas dunklen Nippeln lecken und mit den Händen über seine breite Brust fahren, über seine markanten Bauchmuskeln und weiter nach unten. Es gab nichts mehr zu sagen. Mit hämmerndem Puls überwand er den Abstand zwischen ihnen und nahm Mishas Kopf in die Hände. Er zeichnete Mishas Lippen mit dem Daumen nach, und Misha öffnete den Mund und saugte ihn langsam ein.

Sie küssten sich bedächtig, erforschten ihre Münder, ließen ihre Hände wandern, bis das Verlangen zu groß war und Dev nackt sein musste. Ganz offensichtlich empfand Misha das genauso, denn er zerrte an Devs Shirt und zog es ihm über den Kopf, ehe er sich an Devs Oberkörper rieb.

Beide stöhnten und rissen sich in fieberhafter Hast die restlichen Klamotten vom Leib, wobei sie sich küssten und berührten und sich aneinander rieben wie brünstige Tiere. Dev hätte fast auf diese Art kommen können, im Stehen neben dem Bett, aber dann machte Misha sich von ihm los und schnappte sich eine kleine Flasche Gleitgel vom Nachttisch. Eine Schachtel Kondome stand ebenfalls dort, und Dev wurde klar, dass Misha das hier vorbereitet hatte – dass er im Foyer auf Dev gewartet und ihn in sein Zimmer gelockt hatte.

Devs Magen krampfte sich zusammen. Er war sich nicht sicher, was er dabei empfand. Sollte er wütend sein? Sich geschmeichelt fühlen? War das alles nur ein Spiel? Wurde er hier gerade verschaukelt? Er suchte Mishas Blick und fand dort nur Leidenschaft und Sehnsucht, offenes Begehren in seinem leicht geöffneten Mund, als Misha Gleitgel auf seine langen Finger gab und ins Bett stieg.

Als Misha auf Hände und Knie ging, war Dev wie gebannt. Die schlanken Muskeln in Mishas Rücken und Armen schimmerten im Mondlicht, seine Schenkelmuskeln spielten unter der Haut, als er mit der rechten Hand nach hinten griff und seine runden Pobacken spreizte, seine Öffnung entblößte. Als er sich zu ficken begann, drang ein gehauchtes Stöhnen über seine Lippen. Er warf einen Blick über die Schulter zu Dev, der immer noch starr dastand.

Wenn das ein Spiel war, konnte Dev nur mitspielen.

Mit pochendem Schwanz kniete er sich hinter Misha auf das schmale Bett und gab sich Gleitgel auf die Finger, ehe er Mishas Hand wegstieß. Misha schrie auf, als Dev mit zwei Fingern in ihn eindrang. Er war furchtbar eng, und Dev zog einen Finger wieder heraus.

„*Nyet.* Ich will es. Fick mich hart. Ich habe keine Geduld."

Er wollte Misha nicht wehtun – wirklich nicht, wie er mit Erstaunen feststellte – aber er war steinhart, und mit seiner eigenen Geduld war es auch nicht weit her. „Bist du sicher?"

Misha drängte sich ihm entgegen. „*Da, da.* Ich will deinen Schwanz."

Begehren rauschte durch Devs Adern, und er zwängte seinen zweiten Finger wieder in die heiße Enge und nahm dann noch einen dritten dazu. „Fuck, bist du eng", brummte er. Zum ersten Mal verstand er den Reiz von Fisting. Er wollte die ganze Hand reinstecken und Misha besitzen.

Misha stützte sich auf die Ellbogen und wiegte sich stöhnend vor und zurück. Sein sonst so perfekt frisiertes Haar war zerzaust, und er keuchte mit offenem Mund, die Wange auf der Matratze. Auf dem Eis war er immer so beherrscht, doch hier war er hemmungslos und strahlend, und Dev war fasziniert.

Misha griff nach den Kondomen auf dem Nachttisch und kippte fast die Schachtel um, ehe er einen Streifen Folienpäckchen herauszog und sie Dev ins Gesicht schmiss. Dev wollte die Finger nicht aus Misha herausnehmen, aber die Erinnerung, dass sein Schwanz da als nächstes rein sollte, reichte als Motivation. Seine Hände zitterten so sehr, dass er drei Anläufe brauchte, um ein Kondom aufzukriegen. Er streifte es über und bestrich es mit noch mehr Gleitgel. Seine Kehle war trocken, als er Misha an den Hüften packte und Zentimeter für Zentimeter eindrang.

Misha schnappte leise nach Luft, und Dev küsste ihm beruhigend den Rücken, fuhr mit offenem Mund an seiner Wirbelsäule entlang. „Okay?"

„*Porasitel'no*", murmelte Misha.

Dev zwang sich, still zu halten. „Was?"

„Fantastisch. Es brennt schön. Mach weiter." Misha stemmte sich ihm entgegen. Schweiß perlte auf seinem Rücken, als er sich anstrengte, Dev in seinen Körper zu lassen.

Seine Wärme umklammerte Devs Schwanz wie eine Faust, und Dev atmete tief und fragte sich, wann Misha zum letzten Mal Sex gehabt hatte – so eng, wie er war. Bei der Vorstellung, dass Misha für jemand anderen auf alle viere ging, flammte Eifersucht in ihm auf. Mit einer Hand an Mishas Schulter stieß er die Hüften vor. Mishas Anus umschloss ihn eng, als Dev ihn füllte, und er zog sich ein Stück zurück, um den Anblick seines Schafts in Mishas süßem, blassem Hintern zu bewundern, dann rammte er ihn tiefer hinein. Misha trieb ihn mit leisen Schreien und Bitten an, ihn härter zu ficken, härter, *härter*. Für jemanden, der über die Jahre im Umkleideraum so still gewesen war, war Misha laut im Bett und stöhnte abwechselnd auf Russisch und Englisch.

„*Da*. Ja, ja – genau so. *Eshe*."

Mit leicht geöffneten Lippen bearbeitete Dev Mishas Arsch. Ihre Körper klatschten aneinander, und ihr Keuchen und Stöhnen war laut in dem kleinen Raum. Misha lag jetzt mit der Brust auf der Matratze, den Kopf zur Seite gedreht und die Hände ins Laken gekrallt. Dev dachte an Misha auf dem Siegerpodest, wie herrisch und unnahbar er dort gestanden hatte. Jetzt lag er vor Dev auf den Knien und brauchte seinen Schwanz.

Dev packte ihn mit einer Hand am Genick und hielt ihn unten, als er sich vorbeugte und tiefer eindrang, ihn härter fickte.

„*Pozhalujsta. Pozhalujsta*", bettelte Misha. *Bitte.*

Devs Hoden strafften sich, und er wurde kurz langsamer und nahm sich zurück. Misha wimmerte, aber Dev würde nicht als erster kapitulieren. *Bei diesem Wettkampf gewinne ich.* Er stieß erneut zu und packte Misha knurrend an den Haaren, zerrte ihn auf die Ellbogen hoch. Er gab Misha einen kräftigen Klaps auf den Hintern. Einmal, zweimal –

Mit einem verzweifelten Aufschrei packte Misha seinen Schwanz und begann zu wichsen. Er hatte die Augen geschlossen, und die Haare an seinem Hinterkopf waren schweißnass. Als er kam, erschauerte er, klemmte die Arschbacken um Dev herum zusammen und knurrte heiser etwas auf Russisch. Devs Hüften ruckelten in kurzen, kleinen Stößen, als er alle Zurückhaltung aufgab und der Orgasmus durch seinen Körper fegte wie ein Tornado. Er hätte schwören können, dass er sogar Sterne sah, als die weißglühende Lust ihn versengte.

Nach Luft schnappend brach er in einem Haufen aus

schweißnassen Gliedmaßen über Misha zusammen. Nie hätte er gedacht, dass er Misha einmal so aufgelöst erleben würde, und er genoss es – dass Misha sich ihm so wunderschön unterworfen hatte. Sie waren beide erhitzt und schweißgebadet, und Dev fühlte sich wie nach einem perfekten Übungslauf. *Siegreich.*

Schließlich zwang er sich, aufzustehen und ins Bad zu gehen, um das Kondom zu entsorgen. Im Halbdunkel des Mondscheins warf er es in den Mülleimer und zögerte, als er sich im Spiegel sah. *Ich sollte jetzt abhauen. Rein, raus, tschüss – hat Spaß gemacht. Bis irgendwann mal. Do svidaniya.* Sie hatten ihren Spaß gehabt, und er sollte sich davonschleichen, zurück in sein eigenes Zimmer. Sich ausschlafen. Sich auf seinen Job konzentrieren. Die Eröffnungszeremonie war in drei Tagen, und morgen würden sie mit dem offiziellen Training beginnen, bei dem jeder zuschauen konnte. Er sollte sich jetzt von Misha distanzieren. Schließlich hatte er ihn gehabt. Was wollte er noch mehr?

Doch beim Blick in den Spiegel erfüllte ihn der Gedanke mit Scham. Er machte einen Waschlappen nass, zögerte aber an der Badezimmertür, plötzlich verunsichert. Vielleicht wollte Misha ja gar nicht, dass er blieb. Vielleicht nahm er sich hier zu viel heraus. Aber Misha hatte sich auf den Rücken gedreht und wartete, winkte ihn mit einem leichten Lächeln zu sich. Dev wischte ihn sauber und warf den Waschlappen wieder ins Bad.

Auf dem Einzelbett war kaum genug Platz für einen von ihnen, daher musste Dev sich auf Misha legen. Die Beine ineinander verschlungen legte er den Kopf auf Mishas Brust und lächelte, weil die Haare dort ihn an der Wange kitzelten. Er schloss die Augen, während Misha träge mit seinen kurzen Locken spielte.

„Weißt du, wenn du mich vorher gefragt hättest, hätte ich dich nicht als Bottom eingeschätzt. Ich hätte dich nicht mal für schwul gehalten", sagte Dev. Er fühlte sich völlig entspannt und zum Reden aufgelegt, obwohl er eigentlich in sein Zimmer zurückkehren und nie zurückschauen sollte.

Mishas Brust hüpfte, als er lachte. „Oh ja, ich liebe gefickt werden."

„Trifft sich gut, weil ich gern das Ficken besorge."

„Hast du es schon mal andersrum versucht?"

„Ein paar Mal. Es hat einfach was, einen engen Arsch durchzupflügen."

„Und ich finde, es hat was, sich… was hast du gesagt? Durchpflügen zu lassen. Vielleicht, weil so vieles in meinem Leben… verborgen ist. Kontrolliert. Mich hingeben und loslassen – das bringt mir keine Scham. Nur Vergnügen." Er rieb mit dem Fuß über Devs Wade. „Vor allem mit dir. Du kannst erstklassig ficken."

Dev lächelte und streichelte Mishas Bauch, ließ die Finger über Mishas schlaffen Penis geistern. „Das Gefühl hab' ich bei dir auch." Nicht, dass sie überhaupt irgendwelche Gefühle haben sollten. Dev verdrängte den Gedanken.

„Wo wirst du leben? Wenn das alles hier vorbei ist. Du willst aufhören, ja?"

„Ja. Ich weiß noch nicht genau, wo ich mich einmal niederlasse. Nach den Show-Touren will ich meine Wohnung in Colorado Springs zusammenpacken. Ich mache einen Besuch zuhause in Boston. Meine Familie will natürlich, dass ich für immer zurückkomme."

„Boston ist ein guter Ort."

„Stimmt. Es ist nur… ich weiß nicht. Ich bin mir nicht sicher. Ich muss mir darüber klar werden, wie mein Leben aussehen soll, wenn ich nicht mehr an Wettkämpfen teilnehme. Es ist schwer vorstellbar."

Misha seufzte. „Ich stelle es mir jeden Tag vor. Ich will wieder nach Amerika zurück. Diesmal vielleicht nach Kalifornien. Ich möchte am Strand leben. Einen Hund haben und meilenweit barfuß im Sand laufen."

„Wenn du Amerika liebst, warum bist du dann nach der letzten Olympiade wieder nach Russland zurückgegangen?"

Mishas Finger hielten still in Devs Haaren. „Ich hatte keine Wahl. Wir haben es nicht geschafft, Gold zu gewinnen und Ehre für unser Land wiederherzustellen. Unsere Bronzemedaille war nichts. Schon zweimal hat Nicht-russisches Paar Gold gewonnen. Sie haben uns nach Hause geholt, um Training zu überwachen. Damit wir härter arbeiten und dieses Mal gewinnen."

Dev rückte ein wenig zur Seite und stützte den Kopf in die Hand. „Aber wie konnten sie das tun? Das klingt ja, als wären wir wieder in der Sowjet-Ära."

„Ja. Es wird immer schlimmer. Sie..." Mit zusammengezogenen Augenbrauen starrte Misha an die Decke.

„Was?" Dev streichelte Mishas Brust, obwohl seine innere Stimme aufheulte. Es war schlimm genug, dass sie fickten – und jetzt *redeten* sie miteinander? Es hätte vollkommen surreal sein sollen, mit Mikhail Reznikov, dem Eiskönig, im Bett zu liegen, aber es fühlte sich merkwürdig natürlich an. Merkwürdig richtig. Er brachte die Stimme zum Schweigen. „Du kannst es mir sagen."

Mishas Blick, immer noch in die Ferne gerichtet, wurde sehnsüchtig. „Ich hatte einen Freund in Connecticut. Einen Buchhalter. David. Wir haben uns an einem Abend in einer Bar kennengelernt. Es war wundervoll, in Amerika auszugehen, wo mich niemand kennt. In Russland ist es anders."

„Was ist passiert?"

„Sie haben herausgefunden. Hatten viele Bilder."

„Wie? Haben sie dich verfolgt?"

„Natürlich." Misha zuckte die Achseln.

„Wer? Etwa der KGB?"

Misha lächelte ein wenig. „Heißt jetzt FSB. *Federal'naya Sluzhba Bezopasnosti.* Föderaler Sicherheitsdienst. Aber ja, sogar mit einem neuen Namen sind sie derselbe alte KGB. Der SVB spioniert für sie im Ausland."

„Der was?"

„Sluzhba Vneshney Razvedki." Misha hielt inne. „Bedeutet übersetzt Auslandsnachrichtendienst. Sie alle tun, was sie wollen, ohne Gesetze, die sie aufhalten. Wir sind machtlos."

„Aber... das ist verrückt! Russland ist immer noch eine Demokratie."

Misha schnaubte und sah Dev in die Augen. „Das ist großer Witz. Sie sagen der Welt Demokratie, aber zuhause kontrollieren sie alles. Jeden."

„Was ist passiert? Haben sie dich erpresst?"

„Du weißt von den Anti-Schwulen-Gesetzen, ja?"

„Natürlich. Die ganzen Menschenrechtsverletzungen? Echt gruselig, der Scheiß."

„Es wäre sehr schädlich für meine Familie gewesen, wenn Leute es erfahren hätten. Sie haben gesagt, wir müssen nach Moskau zurückkommen. ‚Russen sollten in Russland sein', haben sie gesagt."

„Jesus. Das ist schrecklich. Ich kann's mir nicht vorstellen. Ich meine, Bailey und ich mosern immer, dass die Feds zu kontrollsüchtig sind, aber die sind nur gelegentlich mal lästig."

Misha runzelte die Stirn. „Feds? Ich dachte... FBI ist Feds? Sie kontrollieren euch?"

„Nein, nein. Das ist unser Spitzname für unseren Eiskunstlaufverband. Die können manchmal verdammt neugierig sein, und wir mussten oft arschkriechen, bevor wir angefangen haben zu gewinnen, aber eigentlich war das alles ganz harmlos. Ich kann's nicht fassen, dass Russland dir das antut. Du musst dein Land ja hassen."

„Regierung, ja. Regierungschef, der Diktator ist, ja. Aber mein Land liebe ich trotzdem. Immer. Regierung zerstört viele gute Dinge. Schöne Dinge an meinem Land verschwinden jetzt. Mein Vater sagt, es ist wie Kommunismus ohne..." Er schien nach dem richtigen Wort zu suchen. „Ohne Ideale. Diesmal nicht für das

Allgemeinwohl. Für das Wohl der Machthaber. Nicht für das Volk."

„War Kisa sauer, weil sie euch zurückgeholt haben?"

„Sie hat sich geweigert. Sie wusste, was David mir bedeutet hat." Er starrte wieder an die Decke. „Kisa ist aus dem Osten. Mit unserem Preisgeld konnte sie ihrer Familie ein neues Haus kaufen. Das Eislaufen hat alles für sie verändert. Als ihre Mutter im Jahr zuvor krank wurde, haben Funktionäre dafür gesorgt, dass sie zu einem Spezialisten in Novosibirsk gehen konnte. An diesem Abend, nachdem Kisa ihnen gesagt hatte, dass wir nicht gehen würden, ist sie spät nachts zu mir gekommen. Sie hat geweint, und ich habe gewusst, was sie getan hatten."

Dev wurde es übel. „Wenn ihr nicht zurückkommt, kein Spezialist mehr für ihre Mutter." *Gott.* Ganz egal, wie sehr ihm der Verband auch manchmal auf die Nerven ging, so würde es nie sein. „Weißt du, ich glaube, ich habe Kisa noch nie weinen sehen."

Ein Lächeln spielte um Mishas Lippen. „Alle denken, sie ist eine ziemliche Zicke."

„Na ja..." Dev konnte es nicht abstreiten.

Misha zwinkerte ihm zu. „Sie ist sehr taff. Das stimmt. Aber eigentlich ist sie ganz schüchtern. Sie hängt sehr an ihrer Familie – sie war nur einverstanden, in Connecticut zu trainieren, weil Vasily dort war. Er ist ein wunderbarer Coach. Er ist schon viele Jahre dort, und sie konnten ihn nicht zurückholen. Er hat gesagt, er ist alter Mann und hat keine Familie mehr, mit der sie ihm drohen könnten." Misha lächelte erneut. „Ich vermisse ihn. Irina ist eine hervorragende Trainerin und wir haben großes Glück, sie zu haben, aber mit Vasily..." Er hielt inne. „Wir haben denselben Humor."

„Wie war es dann die letzten vier Jahre in Moskau? Haben sie dir nachspioniert?"

„Ganz bestimmt. Aber ohne einen Freund konnte mich nichts

vom Eislaufen ablenken. Ich habe alles ins Training gesteckt."

„Was ist mit David? Hast du noch Kontakt zu ihm?"

Misha lächelte traurig. „Es war das Beste für ihn, mich hinter sich zu lassen. Ich sehe online, dass er jetzt verheiratet ist. Ich kann mir solche Freiheit nicht vorstellen – Männer heiraten Männer, Frauen heiraten Frauen. Es ist herrlich, so frei zu sein. Ich erhoffe mir eines Tages solche Akzeptanz."

In manchen Bundesstaaten gab es die Gleichstellung der Ehe zwar erst seit ein paar Jahren, aber Dev war sich sehr wohl bewusst, dass er das bereits als selbstverständlich betrachtete. „Okay, also kein Freund in Moskau, aber wie war das, wenn ihr zu Wettkämpfen gereist seid? Die haben dich doch bestimmt nicht ständig überwacht."

„Das Problem mit dem FSB ist, dass man nie weiß, wann man beobachtet wird. Besser davon ausgehen, dass es immer ist."

„Tja, wenn sie jetzt gerade zuschauen, hoffe ich, dass ihnen die Show gefallen hat."

Misha lachte. „Ich glaube, hier sind wir sicher. Und selbst wenn nicht, jetzt ist es zu spät. Wettkampf ist nächste Woche. Was können sie machen?"

Ein erschreckender Gedanke kam Dev in den Sinn. „Moment mal... wenn sie dich überwacht haben... hast du etwa die letzten *vier Jahre* enthaltsam gelebt?"

Misha nickte. „Bis Kyoto. Ich habe mein geheimes Ich verschlossen gehalten, aber du hast den Schlüssel gefunden." Er strich mit dem Daumen über Devs Unterlippe. „Manchmal habe ich mich gefragt, wie es wäre mit dir, aber ich hätte nie gedacht..."

„Du hast an mich gedacht?" Es war schmeichelhaft, und Devs Magen schlug einen albernen Purzelbaum. *Reiß dich zusammen.*

„Natürlich. Du bist schön." Misha zeichnete Devs Wangenknochen mit den Fingerspitzen nach.

Er wurde rot. „Danke. Du weißt, dass du umwerfend gut aussiehst, oder?"

Misha zuckte die Achseln. „Ja, aber du hast so viel Liebe auf dem Eis. Liebe zum Eislaufen. Sie strahlt aus dir. Ich sehe dir zu und wünsche, ich könnte solche Freude empfinden. Ich gestehe, dass mich das auch manchmal wütend gemacht hat."

Dev runzelte die Stirn. „Aber du liebst das Eislaufen doch auch."

„Früher ja. Sehr." Misha seufzte. „Dann sind wir nach Russland zurückgekehrt, und alles hat sich verändert. Das Eislaufen lässt mein Herz nicht mehr höher schlagen. Du lebst und atmest es, weil du es liebst. Für mich ist es eine Bürde. Eine schwere Last auf meinen Schultern. Wenn wir nicht gewinnen…" Er schüttelte den Kopf. „Russland wird mehr und mehr wie in den alten Zeiten. Ich weiß nicht, was passiert, wenn wir das Vaterland so beschämen. Ich bete, dass ich es nicht herausfinde."

Devs Instinkt, für sich und Bailey auf den Sieg zu beharren lag im Widerstreit mit seinem Mitgefühl für den Druck, unter dem Misha und Kisa standen. Falls er und Bailey verloren, wäre das eine Enttäuschung für ihr Land, aber eine, die schon bald vergessen sein würde. Vor allem, da sich außer in Olympiajahren kaum ein Fernsehzuschauer für Eiskunstlauf interessierte. „Was passiert jetzt mit euren Familien, wenn ihr nach den Spielen wieder in die Staaten zurückkommt?"

„Kisa geht nach Russland zurück. Da ist ein Junge aus ihrer Stadt, den sie heiraten will. Alexei. Ein Mann jetzt, aber er hat gewartet."

Kisa Kostina mit einer geheimen Jugendliebe? Dev hatte sie ehrlich gesagt immer nur als schillernde Drachenlady mit perfekt manikürten Krallen betrachtet. „Was ist mit deiner Familie? Wissen sie Bescheid?" Dev umfasste mit einer ausholenden Armbewegung ihre ineinander verschlungenen Körper. „Über dich?"

„Ja. Ich dachte, ich hätte es gut verborgen, aber mein Vater sagt, er hätte es schon lange gewusst."

„Du verbirgst es definitiv gut. Ich hatte keine Ahnung.“

Misha tippte ihn auf die Nasenspitze. „Ich wusste von dir. Da war einfach etwas.“

„Ich bin zwar nicht offiziell geoutet, aber es ist nicht direkt ein Staatsgeheimnis.“

„Und deine Familie?“

„Anfangs war es… eine Umstellung. Ich habe es meinen Eltern nach der Highschool gesagt. Sie wussten nicht, worüber sie mehr schockiert und enttäuscht sein sollten – dass ich schwul war, oder dass ich nicht an die Uni gehen wollte. Aber sie haben es ziemlich schnell akzeptiert. Meine Mom hat mich inzwischen mit so ziemlich jedem indischen Arzt und Rechtsanwalt in Amerika zu verkuppeln versucht.“

„Du wolltest das nicht?“

Dev zuckte die Achseln. „Ich hatte nie wirklich Zeit für irgendwas Ernstes. Die meisten Männer können nicht nachvollziehen, wieviel Hingabe nötig ist, wenn man an die Spitze will. Und es war einfach leichter, das auf die lange Bank zu schieben. Als Eiskunstläufer habe ich die ersten paar Jahre den Hetero gespielt, aber dann habe ich einfach nichts mehr dazu gesagt. Die Feds wären ausgerastet, wenn ich es zugegeben hätte, aber wenigstens haben sie nicht angefangen, mich zu *stalken*. Wird deiner Familie was passieren, wenn du nicht zurückgehst?“

Misha seufzte. „Meine Eltern sagen, dass sie zu alt sind, um ihre Heimat zu verlassen. Sie bestehen darauf, dass ich nach Amerika gehen soll und dass sie schon klarkommen werden.“ Er stieß einen weiteren lautlosen Seufzer aus. „Ich weiß nicht, was dabei herauskommen wird, aber ich kann nicht in Russland bleiben. Wenigstens haben sie die Grenzen nicht geschlossen. Ich werde meine Pflicht getan haben, und dann haben sie andere Sorgen. Wenn wir dieses Gold gewinnen, bin ich frei.“

Dev biss die Zähne zusammen. Misha sagte das, als wäre es selbstverständlich, und Dev wollte dieses Gold genauso sehr.

Zugegeben, seine Freiheit stand nicht auf dem Spiel, und die unfaire Belastung für Misha konnte er sich gar nicht vorstellen. Aber was zum Teufel machte er im Bett mit dem Mann, der zwischen ihm und seinem Traum stand? Wieso zum Teufel tat Misha ihm leid?

Vielleicht gehört das alles zum Spiel.

Er wich zurück. „Ich sollte gehen. Dein Zimmergenosse könnte zurückkommen und" –

„Nein, nein." Misha umfasste Devs Gesicht mit beiden Händen. „Lass uns nicht von Medaillen oder Siegen reden. Wir tun unser Bestes, und die Preisrichter entscheiden. Vergiss den Wettkampf, wenn wir zusammen sind."

Kopfschüttelnd machte Dev sich los, wandte sich ab und setzte sich auf die Bettkante. „Wie können wir den Wettkampf vergessen? Das ist doch verrückt." Er warf einen Blick über die Schulter auf Misha, der ausgestreckt dalag, ganz und gar verdorben. So wunderschön. Er kämpfte gegen das Verlangen an, ihn wieder zu berühren. „Wir haben beide den Verstand verloren. Das ist dir doch klar, oder? Das wird kein zweites Salt Lake City. Nur einer von uns kann gewinnen. Wir sollten nicht mal miteinander reden, geschweige denn…"

Misha strich mit den Fingern federleicht über Devs Rücken. „Vielleicht verrückt. Aber ich will deinen Schwanz immer wieder in mir. Davon träume ich seit Kyoto." Er setzte sich auf und schob sich hinter Dev, schlang die Arme um ihn und flüsterte ihm ins Ohr: „Ich träume davon, dass du mich füllst, bis es überläuft und aus mir heraustropft. Dann nehme ich dich in den Mund und bringe dich nochmal zum Abspritzen, und ich schlucke alles. Jede Nacht mache ich für dich die Beine breit und" –

Stöhnend drehte Dev den Kopf und brachte Misha mit einem Kuss zum Schweigen. Sein Schwanz zuckte, und alle anderen Gedanken verschwanden aus seinem Kopf, als er Misha wieder auf die Matratze drückte. Er kostete Mishas Haut, fuhr mit offenem

Mund an seinem Körper entlang, leckte an seinen Nippeln und küsste die zarte Haut. Misha seufzte, wölbte sich hoch und hielt sich an Devs Haaren fest. Weiter unten küsste Dev die ausgebreiteten Flügel des kleinen Adlers über Mishas Hüftknochen. Misha spreizte schamlos die langen Beine, und Gott, er war *atemberaubend*, wie er sich so freimütig anbot.

Dev fuhr mit der Zunge an Mishas Schwanz auf und ab und leckte an seinen Eiern, aber vor allem wollte er nochmal an Mishas Hintern. Er drückte Mishas Knie weiter nach oben und spreizte seine Pobacken, dann tauchte er ein und vergrub das Gesicht in Mishas Arsch, leckte an seinem Anus, dehnte ihn auf. Er spuckte und steckte die Zunge hinein, und Misha zuckte zusammen und schrie auf.

Dev verlor sich in Mishas Geschmack und fickte ihn eine Zeitlang mit der Zunge. Als er aufblickte, atmete Misha mit offenem Mund; seine Haut war gerötet und er hatte den Kopf zurückgeworfen, das Kinn hochgereckt und die Kehle entblößt. Dev streckte die Hand aus und schob ihm zwei Finger in den Mund. Misha lutschte gierig und stöhnte dabei leise. Als seine Finger nass waren, zwängte Dev sie in Mishas Arsch.

Mit Zunge und Fingern fickte er ihn, bis Misha keuchte und sein triefender Schwanz stramm über seinem Bauch aufragte.

„Pozhalujsta", stöhnte er.

Dev griff blindlings nach den Kondomen. Er hielt sich nicht lange mit Gleitgel auf, sondern ließ sich von seinem Speichel den Weg bahnen, als er in Misha eindrang. Misha schnappte nach Luft und zog die Beine noch weiter hoch, und seine Knöchel waren fast hinter seinem Kopf, als Dev ihn nagelte.

„So eng. Fuck, du bist so heiß. So gut", murmelte Dev.

Mishas Muskeln umschlossen ihn noch fester, und seine Finger gruben sich in Devs Hüften, trieben ihn härter und schneller voran. Er packte Dev mit einer Hand an den Haaren und riss ihn in einen Kuss, und ihre Zungen trafen aufeinander, als sie einander in den Mund stöhnten.

„Fuck. Ja, ja – *fuck*." Dev griff nach Mishas Schwanz und rieb ihn im Gleichtakt mit den Hüftstößen, mit denen er Mishas Arsch durchpflügte, ihn aufdehnte und tiefer eindrang.

Als Dev die richtige Stelle traf, versteifte sich Mishas ganzer Körper und vibrierte, und dann kam er mit einem wortlosen Schrei. Beim Abspritzen krampfte sich sein Hintern um Devs Schwanz herum zusammen, und Dev fickte ihn erbittert. Er war ganz nah dran, und er ächzte bei jedem wuchtigen Stoß. Misha musste schon ganz wund sein, aber er trieb Dev weiter an, packte seine Haare noch fester.

„Ja. Komm jetzt für mich. Füll mich", befahl er.

Devs Orgasmus rauschte von den Eiern bis zu den Zehenspitzen durch ihn hindurch, und er stöhnte und zuckte unter der unglaublich intensiven Wärme und gab Misha alles bis zum letzten Spritzer. Obwohl er ein Kondom trug, stellte er sich vor, sie würden es ohne tun.

Während sie wieder runterkamen, drückte Misha sanfte Küsse auf Devs Gesicht. „*Spasibo*", flüsterte er.

Dev schloss die Augen und ließ sich die Wirklichkeit vergessen.

Kapitel Fünf

ALS SICH DIE Aufzugstüren öffneten, hielt Dev die Luft an. Der Flur war leer, und er atmete auf und hastete zu seinem Zimmer. Er wollte gerade ein Dankgebet zu Gott, dem Universum oder irgendeinem allwissenden Wesen schicken, das gerade zufällig zuhörte, als er den anderen Aufzug anhalten hörte und Baileys unverkennbares Lachen vernahm. Er seufzte. So nah dran.

„Hey, Partner!", rief Bailey. Sie trug ihre Laufsachen und ihr kastanienbraunes Haar war zu einem Pferdeschwanz zusammengebunden. Sie verabschiedete sich von Shelby, die in ihrem Zimmer verschwand. Als Bailey näher kam, erschien ein vertrautes Funkeln in ihren Augen. „Sieh an, sieh an. Was haben wir denn hier? Es ist nach zehn, also arbeiten wir beide bis spät in die Nacht hinein und Louise wird uns morgen in den Hintern treten, obwohl unsere Trainingszeit erst später ist." Sie blieb vor ihm stehen, und ein spitzbübisches Lächeln trat auf ihre Lippen. „Aber ich war mit Shelby eine Runde laufen und du? Hmm, mal sehen."

„Bailey, es ist schon spät. Wir sollten ins Bett gehen." Er versuchte, an ihr vorbeizuschlüpfen.

Sie gab ihm einen leichten Klaps auf den Arm. „Erst, wenn du mir sagst, wen du gefickt hast!" Sie hob die Hand. „Versuch es bloß nicht abzustreiten. Ich seh' dir das immer an, und das weißt du so gut wie ich. Ich bin froh, dass du meinen Rat befolgt hast. So bist du entspannt und startklar, wenn wir entgegen aller

Erwartungen mit den besten zwei Auftritten unseres Lebens Gold gewinnen. Na komm schon, spuck's aus."

„Ich…" Beim Anblick ihres begeisterten, offenen Gesichts wurde Dev von einer Welle der Zuneigung gepackt. Er hasste es, sie anzulügen, aber im Moment würde die Wahrheit über Misha sie nur ablenken und für Reibereien zwischen ihnen sorgen. Sein Verstand suchte verzweifelt nach einer Sportart – irgendeiner. Rennrodeln. Das müsste gehen. „Es war – "

Die Tür zum Treppenhaus drei Meter von ihnen entfernt ging auf, und Misha erschien. Er erstarrte wie das sprichwörtliche Reh im Scheinwerferlicht, und Devs Herz pochte so laut, dass er sicher war, Bailey würde es hören.

Eine Furche bildete sich zwischen ihren Brauen. „Hey, Mikhail. Wie geht's?"

Misha antwortete nicht. Er stand immer noch reglos da, den Blick auf Dev geheftet. Dev starrte ihn ebenfalls an und zermarterte sich das Hirn, was er sagen sollte, während Bailey zwischen ihnen hin und her schaute.

Ihr Lächeln wurde unsicher. „Was ist denn? Ihr seht beide verdammt schuldbewusst aus. Habt ihr –" Sie brach ab, schüttelte den Kopf und hielt die Hände hoch. „Moment mal. Was geht hier ab? Ihr habt doch nicht etwa…" Sie starrte Dev an. „Dreh' ich jetzt durch oder was?"

Wortlos trat Misha vor und streckte die Hand aus. Devs Smartphone. Dev rutschte das Herz in die Hose und sein Magen schnürte sich zu. Er nahm es mit einem Nicken entgegen und steckte es in die Tasche. Misha verschwand im Treppenhaus, und Dev holte tief Luft. „Bailey…"

Sie starrte ihn mit offenem Mund an. Es war vermutlich das erste Mal, dass er sie sprachlos sah. Ein *ping* hallte durch den Flur, und eine Gruppe von Sportlern strömte aus dem Aufzug. Bailey klappte den Mund zu und presste die Lippen zu einem grimmigen Strich zusammen. Sie stapfte zu Devs Zimmer, und er folgte ihr.

Andrew lag hingelümmelt auf dem vorderen Bett und tippte auf seinem Handy herum. Er blickte auf, als sie hereinkamen. „Hey, Leute. Ich wollte gerade… ist alles okay?"

Bailey deutete zur Tür. „Raus."

„Oha." Andrew spannte sich an. „Was ist passiert?"

Ihre Nüstern blähten sich, und er rappelte sich hastig hoch und flüchtete in den Flur. Die Tür schloss sich mit einem lauten Klick hinter ihm. Bailey verschränkte die Arme vor der Brust.

„Ich verliere anscheinend gerade den Verstand, oder? Ist es die Höhe? Alles ist neblig. Weil es nämlich ganz so aussieht, als hättest du eben Sex mit *Mikhail Reznikov* gehabt."

„B, es war nicht… ich meine…" Dev fuhr sich mit einer Hand durch die Haare.

„Was zum Teufel soll der Scheiß, Dev? Willst du mich verarschen? Ich weiß, ich hab' gesagt, du sollst dir einen Kerl suchen, aber nur um das mal festzuhalten, damit hab' ich doch nicht *ihn* gemeint! Ausgerechnet! Ich kann nicht—" Sie schüttelte den Kopf. „Ich krieg' das nicht auf die Reihe, Dev. Wie? Warum? *Wie?*"

„Das ist zwar ein Klischee, aber es ist einfach passiert. In Kyoto haben wir" –

„In Kyoto?" Ihre Stimme wurde schrill. „Du hast ihn in Kyoto gefickt? Das ist ja… Ich glaub' das einfach nicht." Sie rieb sich das Gesicht. „Ist das hier die reale Welt? Bin ich auf Drogen? Hab' ich Halluzinationen?"

„Ich weiß, es ist verrückt. Das weiß ich, glaub' mir. Nach dem Langprogramm waren wir im Umkleideraum, und ich war stinksauer wegen der Wertung, und ich hab' einen Streit provoziert. Im einen Moment sind wir uns an die Gurgel gegangen und im nächsten…"

Sie holte tief und zittrig Atem. „Also deshalb bist du zu spät zur Pressekonferenz gekommen. Deshalb warst du so durch den Wind."

Dev nickte.

Bailey senkte den Kopf und atmete nochmal tief durch. Dann nochmal. Und nochmal. Als sie wieder aufblickte, glitzerten Tränen in ihren Augen, und ihr Zorn war verflogen. „So lange geht das schon, und du hast mir nichts gesagt?"

„Das wollte ich ja. Sehr sogar. Ich hätte nie gedacht, dass nochmal was passiert. Nicht in einer Million Jahren! Ich hab' versucht, ihn aus dem Kopf zu kriegen, aber als ich ihn wiedergesehen habe, war das einfach… ich kann's nicht erklären. Wir können die Finger nicht voneinander lassen. Es ist total hirnrissig, ich weiß. Ich wollte es dir sagen. Ich schwör's. Bitte, Bailey." Er griff nach ihr.

Sie zuckte zurück und schüttelte erneut den Kopf. „Nein. Nicht. Ich kann nicht. Ich…" Sie holte vernehmlich Luft, und eine Träne rann ihr über die Wange. „Du bist der Mensch, bei dem ich mich hundertprozentig darauf verlasse, dass du immer für mich da bist. Dass du immer *ehrlich* zu mir bist, auch wenn's wehtut. Ich… ich weiß einfach nicht, was ich damit anfangen soll. Ich kann im Moment nicht mit dir reden. Es kommt mir so vor, als kenne ich dich gar nicht. Du *hasst* ihn. Er ist ein seelenloser Roboter."

„Er ist—" Dev unterdrückte den Drang, Misha zu verteidigen. „Nicht das, was wir gedacht haben."

Sie schniefte und wischte sich mit dem Handrücken die Nase ab. „Na toll. Freut mich zu hören. Also, ich geh' jetzt ins Bett, denn damit kann ich nicht umgehen." Sie wandte sich ab.

„Bailey, ich weiß, dass ich Mist gebaut habe. Bitte verzeih' mir."

Wieder liefen die Tränen, als Bailey die Tür öffnete. „Irgendwann bestimmt. Aber nicht heute."

Dev hatte sich noch nie mehr gehasst. Er konnte sich nur ins Bett legen, die Augen schließen und in Schuldgefühlen ertrinken. Bailey war seine beste Freundin, und an ihrer Stelle hätte er dasselbe empfunden.

Als Andrew zurückkam, knipste er leise das Licht aus und sagte kein Wort.

AM NÄCHSTEN TAG schien Bailey nicht näher dran zu sein, Dev zu vergeben. Dev und Andrew – der auffallend gut drauf war und den gestrigen Abend mit keinem Wort erwähnt hatte – fanden Bailey, Shelby und ein paar andere Teamkameraden an einem der langen Tische im Speisesaal. Dev wollte die anderen auf keinen Fall merken lassen, dass es ein Problem gab, und Bailey sah das offenbar genauso. Sie plauderte mit allen anderen, als wäre es ein ganz normaler Morgen, würdigte ihn jedoch keines Blickes. Er konnte es ihr nicht verdenken.

Normalerweise stritten sie sich einmal pro Jahr, dass die Fetzen flogen, meistens wegen irgendeiner Kleinigkeit, und gewöhnlich, wenn sie erschöpft und gestresst waren. Sie waren nie nachtragend. Aber Bailey war noch nie so verletzt worden. Sie hatten in ihrem ersten gemeinsamen Jahr einen Pakt geschlossen, einander immer die Wahrheit zu sagen, auch wenn sie hässlich war. Bisher hatte Dev ihr noch nie etwas verheimlicht.

Als Bailey wegging, um sich fertig zu machen, beugte Andrew sich vor und flüsterte Dev zu: „Kommt das wieder in Ordnung mit euch?"

„Natürlich", antwortete Dev automatisch. Er seufzte. „Das hoffe ich."

„Ich meine, ihr zwei seid Kumpels. Was auch immer du gemacht hast, es muss was Schlimmes gewesen sein."

Aber so gut. Dev grinste. „Du meinst, du hast gestern Abend nicht vom Flur aus gelauscht?"

Andrew setzte sich aufrecht hin. „Mann, nie im Leben!" Er wirkte aufrichtig gekränkt.

„Tut mir leid. Ich hätt's wahrscheinlich getan, das geb' ich zu. Du bist ein guter Kerl, Andrew. Ich bin froh, dass du mein Zimmerkamerad bist."

„Hey, leg' bei Bailey ein gutes Wort für mich ein, dann sind wir quitt." Er wackelte mit den Augenbrauen.

Dev musste lachen. „Ich glaube, damit würde ich dir im Moment mehr schaden als nützen."

„Da ist was dran. Muss ich eben meinen Verführungsplan in Gang setzen."

„Viel Glück dabei, und ich brauch' die Einzelheiten nicht zu wissen. Niemals."

Andrew lachte und wurde dann durch die Ankunft eines seiner Trainingskameraden abgelenkt, eines Eistänzers namens Sean, der offenbar den Metabolismus eines Teenagers hatte – er war einer, also war das vermutlich nur recht und billig – weil sich auf seinem Teller die Speckstreifen häuften.

Dev schob seine Kleieflocken in der Schale herum. Sie standen zwei Tage vor der Eröffnungszeremonie und vier Tage vor dem Kurzprogramm, und seine Partnerin redete nicht mit ihm. Und doch, so bestürzt Dev auch über das Zerwürfnis mit Bailey war, er konnte nicht aufhören, an Misha zu denken. Er blickte sich im Speisesaal um, nahm die Menschenmenge in Augenschein und suchte nach den unverwechselbaren roten Jacken und Mishas dunklem Haarschopf. Jedes Mal, wenn er ihn zu erkennen glaubte, schlug sein Magen einen Purzelbaum, gefolgt von niederschmetternder Enttäuschung.

Selbst wenn Dev ihn tatsächlich entdecken sollte, konnte er wohl kaum einfach hinrennen und ihn küssen. Auch wenn er genau das tun wollte. Er kam sich vor wie ein Junkie, der nach einem Schuss lechzte. Er brauchte mehr. Er erinnerte sich an Mishas Lachen und an sein leicht schiefes Lächeln und –

„He, Dev. Erde an Dev."

Er blinzelte und sah Andrew an. „Hm?"

„Sean hat nach der Arena gefragt. Ihr geht doch heute raus, oder?"

„M-hm. Ja." Das schlechte Gewissen packte ihn. Wie konnte er hier sitzen und an seinen Rivalen denken? Dies war der größte Wettkampf seines Lebens. Und Baileys. Er musste sich konzentrieren.

Heute war ihr erstes offizielles Training in der neuen *Arène Olympique*. Dank Baileys und Devs Silbermedaille und des achten Platzes des zweiten Teams bei der Weltmeisterschaft letztes Jahr hatten sich drei Paare für die USA qualifiziert. Sie würden gemeinsam mit den beiden Paaren aus Frankreich trainieren, daher würden ihre Trainingssessions bestimmt ein großes Publikum anlocken. Unter den Zuschauern würden auch Medienvertreter, Preisrichter und Funktionäre der Eislaufverbände sein. Und sie alle würden die Sportler auf dem Eis gründlich unter die Lupe nehmen.

Ungeachtet dessen, was jeder gerne glauben wollte, begann der Wettkampf schon heute, und Dev musste bereit sein. Er ließ die matschigen Überreste seiner Frühstücksflocken stehen und ging sich vorbereiten.

Das Training für ihre Gruppe war für elf Uhr fünfzehn angesetzt, und Bailey und Dev erwischten das Shuttle zur Arena mit den anderen Paarläufern aus ihrem Team. Während es generell ziemlich viele Reibereien zwischen den beiden anderen Paaren gab, lagen Bailey und Dev in der Rangliste so weit vorn, dass die anderen Teams eigentlich keine Konkurrenz für sie waren. Es war von vornherein klar gewesen, dass Bailey und Dev – sofern keine Katastrophe eintrat – bei den nationalen Meisterschaften im Januar ihren vierten Titel holen würden. Der Kampf um Silber und Bronze war erbittert gewesen, und selbst jetzt war das Lächeln noch etwas verkrampft.

Für Bailey und Dev traf sich das gut, da sie sich, statt miteinander zu reden, mit den anderen Eisläufern unterhielten und als

Puffer zwischen ihren Teamkollegen fungierten. Dev lächelte und nickte, hörte aber nur mit halbem Ohr zu. Bailey schaute ihn immer noch kaum an, und sein Magen rebellierte. Er würde eine ganze Schachtel Antazida brauchen, bevor der Tag um war. Wie hatte er nur so dumm sein können? Sich mit Misha einzulassen war der größte Fehler, den er je gemacht hatte. Er war bei den Olympischen Spielen. Seine Partnerschaft und der Wettbewerb mussten für ihn an erster Stelle stehen, ganz egal, was passierte.

Und doch bekam er Misha einfach nicht aus dem Kopf. Der Sex war unglaublich gewesen, aber es war mehr als das. Er war noch nie so verknallt gewesen, nicht mal als Teenager, als er für seinen rattenscharfen Geschichtslehrer geschwärmt hatte. Schon jetzt sehnte er sich danach, Misha wiederzusehen, ihn zu berühren und zu küssen und mit ihm zu *reden*. Er wollte alles über Mishas Kindheit wissen. Er wollte wissen, wie er zum Eislaufen gekommen war. Er wollte alles wissen.

„Dev, hast du irgendwelche Tipps für heute?"

Blinzelnd lächelte Dev die kleine Caroline an, ein blondes Teenie, das seinem Spitznamen „Sweet" – wie in dem alten Neil-Diamond-Song – alle Ehre machte. „Wie bitte?"

„Du bist schon zum zweiten Mal dabei. Ich bin so nervös, dass ich kotzen könnte." Sie warf einen Blick zu ihrem Partner. „Keine Sorge, ich tu's schon nicht."

Dev drückte ihren Arm. „Versuch' einfach, die ganzen Leute auf der Tribüne zu ignorieren. Betrachte es als ganz normalen Tag beim Training. Ein weiterer Durchlauf. Du bist bereit. Sonst wärst du gar nicht hier."

Ehrlich gesagt war Dev der Ansicht, dass Caroline und Grant bei den nationalen Meisterschaften überbewertet worden waren. Aber die anderen Medaillenfavoriten, North/ Rodman, hatten eine schauderhafte Grand-Prix-Saison gehabt und in ihrem Langprogramm zwei kapitale Fehler gemacht. Ihre Gesamtpunktzahl war viel zu niedrig gewesen, und die Preisrichter hatten sie wissen lassen, dass sie zu oft enttäuscht hatten. Der Verband hätte beschließen können, North/ Rodman trotzdem für Olympia zu nominieren, aber jeder hatte gewusst, dass das nicht passieren würde. Und stattdessen waren Caroline und Grant als Drittplatzierte ins Team gekommen.

Grant hob die Hand, als das Shuttle vor der Arena hielt. „Vorwärts, Team!" Er klatschte der Reihe nach mit allen ab.

„Wenn wir jetzt anfangen, im Chor ‚U-S-A' zu brüllen, machen wir uns wahrscheinlich nicht besonders beliebt", lachte Bailey.

Eine Gruppe von Fans wartete am Sportlereingang, und Dev und Bailey umarmten Amaya und Reiko voll Zuneigung, plauderten ein wenig mit ihnen und anderen Fans und posierten dann für Fotos.

Baileys Lächeln verblasste, als sie die Arena betraten und die Sicherheitskontrollen passierten. Louise wartete im Backstage-Bereich in der Nähe der Umkleideräume. Sie breitete die Arme aus. „Hier sind wir. Olympia-Austragungsort!" Sie runzelte die Stirn. „Was ist los?"

„Nichts", zwitscherten Bailey und Dev einstimmig.

Sie kniff argwöhnisch die Augen zusammen. „In Ordnung. Macht euch bereit. Wir sind in zwanzig Minuten auf dem Eis."

Dev trödelte so lange wie möglich im Umkleideraum herum. Selbst im offiziellen Training trugen er und Bailey nur ihre charakteristischen schwarzen Elasthan-Trikots. Die Eistänzer trainierten normalerweise in vollen Kostümen, aber die übrigen Eisläufer trugen bequeme Sachen. Er dachte an Misha in seinem Trainingsoutfit und wie seine Hose sich an die muskulösen Schenkel schmiegte. Dann dachte er daran, wie diese Schenkel gezittert hatten, als er Misha in den Arsch gefickt hatte, und an die süßen Laute, die er von sich gegeben hatte, und –

Er marschierte ins Bad und spritzte sich kaltes Wasser ins Gesicht. Fünf Minuten vor der festgesetzten Zeit machte er sich in

Schlittschuhen auf den Weg zur Eisbahn. Seine Kufenschoner klackerten dumpf über den harten Boden.

Am Eingang zur Eisfläche neben der leeren Tränenecke warteten Bailey und Louise mit den anderen amerikanischen und französischen Paaren und ihren Trainern. Während des Wettkampfs würden sie auf der Bank in der Tränenecke sitzen, keinen Meter entfernt von den Kameras, die jede Emotion einfingen, und auf ihre Punktewertung warten. Nach einem guten Lauf machte es Spaß, in der Tränenecke zu sitzen. Nach einem schlechten Lauf war es die reinste Folter.

Am Ende jedes offiziellen Trainings grüßten die Paare das Publikum, bevor sie vom Eis gingen. Dev wusste, dass die Russen vor ihnen mit dem Training dran waren, und eins der jüngeren Paare verbeugte sich gerade.

Und natürlich kamen Kisa und Misha genau in dem Moment vom Eis, als Dev eintraf. Kisa drängte sich an ihm vorbei, ohne ihn zu beachten. Doch als Misha sich wieder aufrichtete, nachdem er seine Kufenschoner angelegt hatte, sah er Dev direkt an. Für einen Moment hielten sie Blickkontakt, dann riss Dev sich los und stellte sich zu Louise und Bailey.

Gott, er wollte Misha nachrennen und ihn in die nächstbeste dunkle Ecke zerren. Es war wie ein Jucken auf seiner Haut, dieses Bedürfnis, ihn wieder zu berühren. Seine Stimme zu hören und seinen Duft in der Nase zu haben und zu sehen, wie seine Augen vor Belustigung strahlten und sich vor Verlangen verdunkelten.

Bailey stand kerzengerade und reglos da und starrte auf das Eis. Louise zog eine Augenbraue hoch. „Bist du soweit, Dev?"

„Jau."

Sobald das letzte Paar aus der vorherigen Gruppe vom Eis war, strömte ihre Gruppe hinaus. Ihre Trainer blieben an der Bande, um ihnen die Kufenschoner abzunehmen und Papiertaschentücher oder Wasser bereitzuhalten. Bailey glitt zielstrebig voran und war schon halb um die Bahn, als Dev ihr folgte. Er drehte allein seine Runden, was nicht ungewöhnlich war. Getrennt zu laufen gehörte immer zum Training. Sie wärmten sich oft einzeln auf. Nach ein paar Runden holte Dev sie ein und streckte die Hand aus. Bailey ergriff sie, ohne hinzusehen, genau wie schon x-mal zuvor.

Der Ansager gab die Reihenfolge der Musik durch, und Bailey und Dev waren an dritter Stelle. Auf jedes Team entfiel ein Programmdurchlauf mit Musik, da alle Paare bei diesem Training ihr Kurzprogramm machen wollten. Die fünf Paare auf dem Eis waren es nicht gewohnt, gemeinsam zu trainieren, und so schlängelten sie sich umeinander wie Fische in einem Aquarium und kamen sich manchmal bedrohlich nahe. Im Lauf der Jahre hatte es beim Training einige üble Zusammenstöße gegeben, und Dev war immer auf der Hut.

Caroline und Grant waren mit ihrer Musik als erste dran, und Bailey und Dev achteten darauf, ihnen den Vorrang zu lassen, während sie ihr Kurzprogramm probten. Einige Teams machten keinen kompletten Durchlauf, sondern übten nur Schlüsselsequenzen, aber Caroline und Grant gingen alles von vorn bis hinten durch, ebenso wie Dev und Bailey.

„Sollen wir den Wurf machen?", fragte Dev.

„Ja, klar", antwortete Bailey. Dabei musste sie ihn ansehen, aber sie blieb kühl und distanziert.

Wie Dev vorhergesagt hatte, war die Tribüne voller als bei einem gewöhnlichen Training, da das heimische Publikum die französischen Teams anfeuerte. Als Top-Herausforderer wurden er und Bailey natürlich auch genau unter die Lupe genommen, und Dev fühlte tausende von Blicken auf sich lasten, die jede ihrer Bewegungen verfolgten. Die Preisrichter würden sehr aufmerksam zuschauen.

Nachdem sie den Wurf im hintersten Winkel der Eisbahn ein paarmal geübt hatten – wobei Bailey jedes Mal gut gelandet war, außer einmal, als sie in der Luft zu sehr aus der Position geraten war – kehrten sie zu Louise zurück, um etwas zu trinken und sich ihre Anmerkungen anzuhören.

Louise verschwendete keine Zeit. „Wo liegt das Problem?"

Dev warf einen Blick zu Bailey, die ruckartig die Achseln zuckte.

„Nerven. Wir kommen schon klar."

„Wirklich?" Louise beugte sich über die Bande und sagte mit leiser, aber eindringlicher Stimme: „Weil ihr da draußen kaum Blickkontakt herstellt. Ihr seid mein Null-Drama-Team. Jetzt ist nicht der richtige Moment, um einen Koller zu kriegen."

„Es gibt kein Problem", beteuerte Dev.

„Na schön. Dann geht wieder raus und benehmt euch, als ob ihr euch mögt. Was ihr übrigens auch tut. Was auch immer es ist, kommt drüber weg und lasst es hinter euch. Ihr habt zu lange zu hart gearbeitet, um jetzt am Rad zu drehen. Wenn eure Musik anfängt, macht ihr gefälligst euer Programm, als wäre es Sonntagabend und es wäre das, was zählt. Die Preisrichter schauen zu, und sie nehmen Notiz. Jetzt geht raus und arbeitet an eurer Hebung. Ihr macht keine Vierfachen, also müssen eure Dreifachen perfekt sein. *Citius, Altius, Fortius!*" Louise zitierte mit Vorliebe das olympische Motto „höher, schneller, weiter".

Der Rest des Trainings lief ganz gut, bis auf einen Ausrutscher von Dev bei der Landung nach seinem Dreifach-Toeloop. Wenigstens redete Bailey mit ihm und sah ihm in die Augen. Aber sobald sie vom Eis waren, lagen die Nerven wieder blank.

Als sie vor der Arena an der Shuttlehaltestelle warteten, räusperte Dev sich. „Bailey, ich glaube—"

„Nicht hier. Wir sind nicht allein." Sie winkte Caroline zu, als die anderen sich zu ihnen gesellten.

Die Rückfahrt zum olympischen Dorf schien ewig zu dauern. Während die anderen direkt in den Speisesaal gingen, stapfte Bailey in ihren Stiefeln durch den Schnee zu einem abgelegenen Teil des kleinen Parks im Zentrum des Dorfs. Sie war winzig, aber keineswegs zu unterschätzen, und Dev hasste es, sie zu verärgern. Das kalte, trübe Wetter schien zu ihrer Stimmung zu passen.

„Okay." Bailey holte tief Luft und atmete hörbar aus. Der Bommel auf ihrer Wollmütze wackelte. „Der Schock lässt so langsam nach, und ich muss einfach ein paar Sachen sagen und mir von der Seele reden."

„Okay." Dev machte sich auf etwas gefasst.

„Meiner Meinung nach hättest du mir sagen sollen, was los war, obwohl du natürlich in einer schwierigen Situation warst. Auch wenn ich auf andere Art herausgefunden hätte, dass du es mit unserem Hauptkonkurrenten treibst, wäre ich erschüttert gewesen, das gebe ich zu. Ich verstehe, warum du's mir nicht gesagt hast, auch wenn das meine Gefühle wirklich verletzt."

„Es tut mir schrecklich leid. Ich wollte dir nie wehtun." Devs Kehle wurde eng, und er blinzelte hastig. „Das ist das letzte, was ich wollte."

„Ich glaube dir." Sie wischte sich mit ihren Olympiaring-Fäustlingen die Augen. „Ich verstehe nur nicht, wie das passiert ist. Er steht für alles, wogegen wir kämpfen. Er und Kisa sind der Volltreffer, den wir seit drei Jahren zu landen versuchen, seitdem alles passt und wir auf dem Weg an die Spitze sind. Und es ist vielleicht nicht fair, sie als die Bösen hinzustellen, aber sie waren immer so unnahbar auf ihrem Podest der Perfektion, und die Vorstellung, sie da runterzuholen, war unser Antrieb bei jedem Training."

„Ich weiß. Glaub' mir, ich konnte ihn nicht ausstehen. Ich…" Dev fuhr sich mit einer Hand durch die Haare. „Ich versteh's auch nicht besser als du."

Ein weiteres Mal atmete sie tief durch, und ihr Atem bildete Wolken in der winterlichen Luft. „Wir haben so hart gearbeitet. Und ich weiß, dass der Eiskunstlauf sich nicht ändern wird. Sie können das Wertungssystem ändern, so viel sie wollen, aber es wird immer Politik und Schwachsinns-Bewertungen geben. Aber wir haben alles getan, was wir konnten, um als erstes amerikanisches Paar Gold zu gewinnen. In jeder Saison haben wir uns Ziele gesetzt und uns eine Strategie überlegt, wie wir sie erreichen können. Wir waren methodisch und genau und wir haben einen großen Teil unseres Lebens aufgegeben. Aber so etwas stand nicht auf dem Plan. Das ist schwer für mich."

„Ich weiß. Du hast recht, und es tut mir leid. Ich werde ihn nicht wiedersehen. Ich verschreibe mich hundertprozentig dir und dem Erreichen unserer Ziele."

Schniefend nickte sie. „Okay. Es ist vorbei, und wir machen weiter."

„Du weißt, dass du meine allerbeste Freundin bist. Ich hasse es, dich anzulügen."

Mit feuchten Augen trat Bailey näher und schlang ihm die Arme um den Hals. Er hob sie von den Füßen, und sie klammerte sich an ihm fest. Ihr warmer Atem streifte seine Haut, als sie ihm das Gesicht an den Hals drückte.

„Du bist auch mein bester Freund", murmelte sie.

Als er sie wieder abgesetzt hatte, trat sie zurück und rückte ihre Mütze zurecht. „Okay. Das war's dann." Sie runzelte die Stirn. „Wo sind deine Handschuhe?"

„Hab' sie im Umkleideraum vergessen."

Sie verdrehte kunstvoll die Augen, streifte aber ihren linken Handschuh ab und gab ihn Dev. Er zog ihn an, griff mit der rechten Hand nach ihrer linken und drückte sie fest, als sie mit verschränkten Fingern durch den Schnee zurückstapften.

ES WAR FAST sieben, als Dev sich auf den Weg in sein Zimmer machte. Er und Bailey hatten sich den ganzen Nachmittag über im Fitnessraum gegenseitig fertiggemacht, und jetzt wollte Dev früh ins Bett, angenehm satt von seinem Sushi zum Abendessen.

Normalerweise hätte er Kohlehydrate gemieden, aber er hatte sich ein bisschen weißen Reis verdient.

Als er das Foyer betrat, schoss sein Puls in die Höhe. Dort stand Misha, an fast genau derselben Stelle wie gestern.

Wartend.

Misha sah ihm eindringlich in die Augen, und für einen Moment hätte Dev nichts lieber getan, als mit ihm zu gehen und sich wieder zu verlieren.

Nein. Diesmal nicht.

Mit einem Kopfschütteln schwenkte Dev zum Treppenhaus ab und rannte die sechs Etagen hinauf, halb in der Hoffnung, dass Misha ihm folgen würde. Er tat es nicht. Als Dev dann einsam und verlassen in seinem Bett lag und die Tür anstarrte, sagte er sich, dass es so besser war. Sein Kopf stimmte zu, aber bei seinem Herzen war er sich da nicht so sicher.

Kapitel Sechs

„OKAY, JUNGS! AUFWACHEN, raus aus den Federn!"
Dev grinste unter dem Handtuch hervor, mit dem er sich gerade die Haare trockenrubbelte. „Morgen, Bailey." Obwohl sie sich versöhnt hatten, war er trotzdem erleichtert, dass sie wieder ganz die Alte zu sein schien.

Andrew fuhr ruckartig im Bett hoch, die Augen weit aufgerissen. „Was? Bailey!", sprudelte er hervor. „Ich… du kannst doch nicht einfach ohne anzuklopfen hier reinplatzen! Ich hätte nackt sein können." Er deutete auf Dev. „Er *ist* nackt."

Bailey machte eine wegwerfende Handbewegung und ließ sich in einen der Besuchersessel plumpsen. „Das kenn' ich alles schon. In unseren Anfangszeiten haben wir uns bei Wettkämpfen immer ein Hotelzimmer geteilt, um Geld zu sparen. Meine Eltern konnten es sich kaum leisten, Louise zu bezahlen, geschweige denn die ganzen anderen Kosten. Außerdem verbringen wir jeden Tag Stunden damit, uns anzufassen. Ich hab' kein Problem mit Devs bestem Stück."

„Aber…" Andrew verstummte.

„Wäre es dir wohler, wenn ich mich anziehen würde?", fragte Dev lächelnd.

„Ja! Und ob." Andrew wurde rot und tauchte wieder unter die Bettdecke.

„Okay, während Andrew sich wieder einkriegt, reden wir mal

darüber, dass heute der große Tag ist. Oder besser gesagt, der große Abend. Eröffnungs. Zeremonie. Wir haben heute Training, und danach geht der Spaß dann so richtig los."

Als Dev in seine Unterhose stieg, flüchtete Andrew ins Bad. Dev schüttelte den Kopf. „Wegen dir kriegt der arme Junge noch einen Herzinfarkt."

„Er ist bei den Olympischen Spielen. Er spielt jetzt mit den großen Jungs. Apropos…" Sie beugte sich vor, die Ellbogen auf den Knien, und senkte die Stimme. „Eins muss ich doch noch über deine kleine Sexkapade wissen. Also, da ich dich ja ganz gut kenne, habe ich eine Frage. Ist Mikhail Reznikov ein *Bottom*?"

Dev errötete prompt, und ihm wurde ganz heiß bei den Erinnerungen, die dabei in ihm hochkamen – Misha auf Händen und Knien, wie eng er gewesen war, als Dev ihm die Füße bis zu den Ohren hochgedrückt und ihn genagelt hatte –

„Wow." Bailey stieß einen Pfiff aus. „Er muss ja ein *ziemlicher* Bottom sein."

Die Dusche rauschte inzwischen, aber Dev setzte sich auf den Sessel neben Bailey und sprach mit gedämpfter Stimme. „Ich könnte Songs über seinen Arsch schreiben."

Baileys Augen weiteten sich und sie grinste. „Das hätte ich nie gedacht. Ich hätte ja nicht mal gedacht, dass er für dein Team spielt."

„Ich auch nicht! Aber das tut er. Und *wie*."

„Ich bin hin und her gerissen, ob ich lieber alle Details wissen oder mir Bleiche ins Hirn kippen will, wenn ich mir dich mit ihm vorstelle. Er ist einfach so… so… ich meine, natürlich sieht er verdammt gut aus. Ich hab' Augen im Kopf. Aber er hat immer so verklemmt gewirkt."

„Ich weiß. Aber Misha ist gar nicht so, wenn man ihn erst mal besser kennt."

Ihre Augenbrauen schossen in die Höhe. „Jetzt nennst du ihn schon *Misha*, wie?" Sie setzte sich aufrecht hin. „Moment mal…

du wirst doch nicht… du hast dich doch nicht etwa…"

Dev musste wegschauen.

Sie schnappte nach Luft. „Oh. Em. Ge. Du *magst* ihn."

„Ich weiß nicht, wie das passiert ist! Ich kann nichts dagegen tun! Mir waren die Hände gebunden! Nicht buchstäblich – so war es nicht. Aber das spielt keine Rolle. Wir sind fertig miteinander. Es war ein Anfall von Unzurechnungsfähigkeit, und der ist vorbei."

„Genau." Sie biss sich auf die Lippe. „Nicht nur meinetwegen, oder? Ich will kein Arschloch sein. Bin ich ein Arschloch?"

„Nein! Es ist wegen mir. Weil in zwei Tagen der größte Wettkampf unseres Lebens anfängt, und weil ich mir keine Ablenkungen erlauben kann." Und vor allen durfte er sich keine Gedanken darüber machen, dass Misha in einem sibirischen Gulag landen könnte, wenn er nicht gewann. *Nur einer von uns kann die Goldmedaille holen.* „Und außerdem ist es lächerlich. Wir kennen uns nicht mal. Er ist Russe! Ich bin Amerikaner!" *Und er zieht nach den Spielen in die Staaten.* Dev ignorierte die leise Stimme in seinem Hinterkopf. „Es hat keinem von uns etwas bedeutet."

„Okay. Eine Frage noch. Wer hat wen angemacht? Oder verführt, oder wie auch immer man es nennen will."

„In Kyoto war es… beiderseitig. Wir sind aufeinander losgegangen und dann…"

„Seid ihr übereinander hergefallen."

Dev lachte. „Genau. Dann neulich in der Dusche, da war er es. Er ist auf die Knie gegangen und hat mir einen geblasen."

Bailey schüttelte den Kopf. „Und jetzt hast du mich komplett vom Hocker gehauen. Oben ist unten. Unten ist oben! Und so weiter. Mit dir wird es definitiv nie langweilig, Devassy Avira."

„Hey! Nur meine Eltern dürfen mich so nennen!" Er hieb spielerisch mit dem Handtuch nach ihr.

„Oh, na warte." Bailey schnappte sich das nächstbeste Kissen und drosch damit auf ihn ein.

Als Dev mit seinem eigenen Kissen zurückschlug, kreischte Bailey vor Lachen, und Dev war noch nie so froh gewesen, es zu hören.

NACH DEM UNGLAUBLICHEN Hochgefühl, mit tausenden von Sportlern aus aller Welt in der Eröffnungszeremonie zu marschieren, hatte Dev nur schwer einschlafen können. Das amerikanische Team war riesig, wie immer, und Dev hatte so viele neue Leute kennengelernt, deren Namen er nie behalten würde. Aber jetzt, als er und Bailey an diesem eisigen Morgen mit den anderen amerikanischen Paaren aus dem Shuttle stiegen und in die Arena eilten, war die Stimmung ernst. In kaum mehr als vierundzwanzig Stunden würden sie ihr Kurzprogramm laufen, und es war Zeit, sich vollkommen zu konzentrieren.

Die vorherige Gruppe hatte noch zehn Minuten auf dem Eis. Die Trainingsreihenfolge wechselte täglich, aber Mishas Gruppe war wieder direkt vor Devs und Baileys. Dev hielt den Blick eisern von der Eisfläche abgewandt, während er und Bailey in der Nähe der Tränenecke warteten.

Louise stand ein wenig abseits und überließ Bailey und Dev ihrem Abklatschritual, einer komplizierten Version von „Backe, Backe Kuchen", die sie über die Jahre perfektioniert hatten. Ihre Hände bewegten sich blitzschnell und klatschten aneinander, hoch, runter, hin und her. Immer, wenn einer von ihnen sich beruhigen musste, war das ihre Ablenkung. Heute Morgen brauchten sie es beide.

Sie hatten gerade ihre zweite Runde beendet, als ein kollektiver Aufschrei der Bestürzung durch die Arena ging. Dev blickte auf und sah, wie Kisa Kostina quer über die halbe Eisfläche durch die Luft flog, bevor sie in die Bande krachte und davon abprallte. Einer der russischen Männer ging stolpernd zu Boden.

Mit wild pochendem Herzen sah Dev zu, wie Misha schlitternd auf die Knie fiel und sich über Kisa beugte, die zusammengekrümmt auf dem Eis lag. Misha drehte den Kopf und brüllte etwas auf Russisch, aber die Sanitäter waren bereits im Anmarsch, bewegten sich in ihren Stiefeln langsam über die Eisfläche. Kisa war noch bei Bewusstsein und stemmte sich zum Knien hoch, die Arme krampfhaft um ihre Taille geschlungen. Sie gab keinen Laut von sich, doch ihr Gesicht war schmerzverzerrt.

Bailey schlug sich die Hände vor den Mund, und Dev legte ihr den Arm um die Schultern und drückte sie fest an sich. Trotz allem, was man meinen könnte, wollte nach Devs Erfahrung kein Eisläufer seinen Konkurrenten verletzt sehen. Insbesondere Zusammenstöße brachten alle aus der Fassung, und man hätte in der Arena eine Stecknadel fallen hören können.

Dev wusste nicht genau, wer schuld hatte, aber der Russe, der mit Kisa zusammengestoßen war, raufte sich mit beiden Händen die Haare, als die Sanitäter an die Arbeit gingen. Schock und Entsetzen standen ihm ins Gesicht geschrieben. Er schien unverletzt zu sein. Seine Partnerin stand neben ihm und weinte. Die russische Föderation würde *nicht* erfreut sein, wenn die Goldmedaille flöten ging.

„Ich glaube nicht, dass sie sich den Kopf gestoßen hat", flüsterte Bailey. „Das ist gut."

„Sie redet. Vielleicht kann sie es einfach abschütteln."

Louise stand hinter ihnen. „Sie wollte gerade einen Wurf landen, und er ist rückwärts gelaufen. Ihre Partner haben sie zu warnen versucht, aber es war zu spät."

Es sah nicht so aus, als könnte Kisa es einfach abschütteln. Misha nahm sie behutsam auf die Arme und trug sie zum nächstgelegenen Ausstieg von der Eisfläche, wo weitere Sanitäter mit einer Trage warteten. In wenigen Augenblicken hatten sie sie darauf festgeschnallt. Die Menge klatschte für sie, als die Trage im hinteren Teil der Arena verschwand, dicht gefolgt von Misha und einem Sanitäter, der ihm den Rücken tätschelte.

Dann blieb nichts mehr zu tun, außer weiterzumachen. Die Trainingssession endete, und das verstörte junge russische Team verließ das Eis sofort. Während Dev und Bailey darauf warteten, auf die Eisfläche gerufen zu werden, dachte er an Mishas entsetzten Aufschrei und seinen gequälten Gesichtsausdruck. Er umarmte Bailey fest, ohne zu wissen, ob er sie oder sich selbst trösten wollte.

Sie drückte ihn und rieb ihm den Rücken. „Wir sind okay. Stimmt's?" Sie blickte wissend zu ihm auf.

Er nickte und küsste sie auf die Stirn.

Neben ihnen blinzelte Caroline ihre Tränen weg, während Grant sich zu ihr herabbeugte, die Hände auf ihren Schultern, und eindringlich auf sie einflüsterte. Es war klar, dass sie alle erschüttert waren. Eiskunstlauf wirkte so elegant und schön, aber eine falsche Bewegung – besonders beim Paarlauf – und alles konnte in einer Katastrophe enden.

Bailey atmete tief durch und trat zurück. „Okay. Wir schaffen das." Sie sprang auf der Stelle, rollte den Nacken und hielt dann ihre Faust hoch.

Dev stieß leicht mit seiner dagegen. „Nur ein ganz normaler Tag auf der Bahn."

Bailey nickte. „Nur ein weiterer Durchlauf."

Als die Eisfläche für sie freigegeben wurde, drehten sie ein paar Runden, um sich aufzuwärmen und den Bammel loszuwerden. Während Dev mit Baileys kleiner Hand in seiner um die Bahn glitt, konnte er nicht anders, als sich Sorgen um Mikhail zu machen. Als männliche Paarläufer war es ihre wichtigste Aufgabe, die Frauen zu beschützen. Das wurde ihnen vom ersten Tag an eingebläut. Ihre Partnerinnen waren extrem verletzlich, wenn sie herumgewirbelt und gedreht und in die Luft geworfen wurden, und der Mann war verpflichtet, dafür zu sorgen, dass ihnen nichts passierte.

Obwohl der Zusammenstoß ganz sicher nicht Mishas Schuld

gewesen war, wusste Dev, was es für ein Gefühl war, wenn man zusehen musste, wie seine Partnerin in einen Krankenwagen geladen wurde. Er erschauerte bei der Erinnerung. Es war vor fünf Jahren einmal beim Training passiert, bei einer Side-By-Side-Pirouette, die sie schon tausendmal gemacht hatten. Für höhere Punktzahlen mussten die Drehungen näher beieinander ausgeführt werden, aber an diesem Tag waren sie sich bei ihren Waagepirouetten zu nahe gekommen.

Die Kufe von Devs Schlittschuh hatte Baileys Schläfe aufgeschlitzt, und sie war auf dem Eis zusammengebrochen, wo sich erschreckend schnell eine Blutlache unter ihrem Kopf bildete. Es musste nicht operiert werden, und die Stiche hatten kaum eine Narbe hinterlassen, aber die Minuten, die sie auf den Krankenwagen gewartet hatten, waren die längsten von Devs Leben gewesen. Er und Louise hatten die Blutung zu stoppen versucht, aber Kopfwunden bluteten heftig.

Sie wussten nicht genau, wer wem zu nahe gekommen war, aber Dev hatte sich voll verantwortlich gefühlt. Und obwohl Bailey innerhalb von zwei Tagen wieder auf dem Eis gestanden hatte, hing der Unfall Dev immer noch nach. Bailey, furchtlos wie immer, hatte kaum gezögert; sie hatte geknurrt und sich Frankenstein genannt und war mit ausgestreckten Armen herumgelaufen. Sie waren schließlich zu einem Sportpsychologen gegangen, um Devs Schuldgefühle und Ängste zu überwinden, und Mishas entsetztes Gesicht zu sehen hatte die Erinnerungen wieder wachgerufen. Aber dafür war jetzt nicht der richtige Moment. Er musste das loslassen.

Er holte tief Luft, zog Bailey an sich und küsste sie auf die Schläfe.

Sie drückte ihm die Taille. „Bereit?"

„Absolut."

Der Rest des Trainings verging wie im Flug. Sie blieben konzentriert und schafften einen guten Durchlauf ihres

Kurzprogramms. Während Bailey ins Dorf zurückkehrte, schlüpfte Dev in seine Turnschuhe und machte sich den befestigten Fußweg zunutze, der rund um die Arena verlief. Sonnenstrahlen brachen durch die Wolken, und Dev setzte seine Sonnenbrille auf und drehte seinen MP3-Player voll auf, in der Hoffnung, dass der neueste One-Direction-Remix ihn davontragen würde. Bei der Skate Canada letzten Herbst hatte Bailey ihm Boybands auf den Player geladen. Es hatte ein Scherz sein sollen, aber insgeheim gefiel es ihm. Doch heute konnte er einfach nicht abschalten.

Er fragte sich, wie es Kisa wohl ging. Wie Misha sich hielt. Das Aufkeuchen, das die Arena bei Kisas Aufprall auf die Bande erfüllt hatte, widerhallte in einer Endlosschleife in seinem Kopf.

Dev rannte, bis das Stechen in seinem Knie ihm sagte, dass es genug war. Er hatte sehr hart gearbeitet, um eine Verletzung im Olympiajahr zu vermeiden, und das würde er jetzt nicht ruinieren. Das half ganz bestimmt niemandem, außer vielleicht den Teams, die ihm den Rang ablaufen wollten.

Er wünschte, er könnte Misha anrufen und herausfinden, was los war. Eine SMS hätte auch schon gereicht. Aber natürlich war ihm bewusst, dass er nicht mal Mishas Nummer hatte. Dev lachte auf, und sein Atem bildete eine Wolke in der kalten Luft. Sie hatten mehr als einmal Sex miteinander gehabt, und er hatte nicht einmal seine Telefonnummer. *Wenn das keine Momentaufnahme von allem ist, was an dieser „Beziehung" nicht stimmt, dann weiß ich auch nicht.*

Auf dem Weg zum Umkleideraum begegnete er Roger Jackman, der ungewohnt düster dreinblickte.

Roger schüttelte den Kopf. „Herrgott, wir wollen sie zwar alle schlagen, aber doch nicht so", murmelte er.

Dev nickte. „Du sagst es."

„Bis morgen." Roger klopfte Dev auf die Schulter. „Wer weiß, was dann passiert?"

Mit einem flauen Gefühl im Magen ging Dev hinein. Misha saß weiter hinten im Raum auf einer Bank, den Kopf in den Händen. Dev wäre am liebsten sofort zu ihm gerannt, aber die drei männlichen Paarläufer aus der chinesischen Mannschaft saßen bei den Make-up-Spiegeln und unterhielten sich leise. Trotzdem wünschte Dev sich verzweifelt, er könnte Misha in die Arme nehmen, ihm übers Haar streichen und ihm versichern, dass alles gut werden würde. *Ich kenne ihn kaum. Ich muss konzentriert bleiben. Ich kann mich nicht in seine Probleme verstricken. Der Wettkampf beginnt morgen.*

Doch Dev brachte es nicht über sich, Misha einfach zu ignorieren. Wenn er ihn schon nicht in den Armen halten und küssen konnte, dann konnte er wenigstens mit ihm reden. Er räusperte sich, nahm seine Ohrhörer heraus und wickelte das Kabel um den dünnen Player. Dann trat er zu Misha. „Hey. Wie geht's Kisa?"

Misha setzte sich auf und kramte in seiner Tasche herum, ohne Dev in die Augen zu sehen. „Ihre Rippen werden gerade geröntgt. Ich bin zurück, unsere Sachen holen."

„Hätte das nicht jemand anderes tun können?"

„Ja, aber ich kann nicht nur—" Er wedelte mit der Hand. „Im Krankenhaus rumstehen. Besser etwas zu tun haben." Er zog ein T-Shirt heraus und begann es methodisch zusammenzurollen. „Ich hätte ihn kommen sehen sollen."

„Es war nicht deine Schuld." Dev wusste, dass die Worte hohl klangen.

„Ich wünschte, ich wäre es. Es sollte ich sein." Er hörte auf, mit dem T-Shirt zu hantieren und rieb sich das Gesicht. „Warum ist das passiert? Die ganzen Jahre. Die Arbeit. Puff."

Dev musste sich gewaltsam davon abhalten, nach ihm zu greifen. Nach einem weiteren Blick zu den chinesischen Eisläufern deutete er mit dem Kopf in Richtung der Toiletten.

Nach wenigen Augenblicken folgte Misha ihm. In der Toilette überprüfte Dev schnell die Kabinen – *weil ich in der Highschool bin, verdammte Scheiße* – dann schubste er Misha in die hinterste und verriegelte die Tür hinter ihnen. In dem engen Raum war kaum einen Handbreit Platz zwischen ihnen, obwohl Dev mit dem Rücken an der Tür stand. Doch das spielte keine Rolle, da Dev nicht widerstehen konnte, Misha an sich zu ziehen. Mit einem Seufzer sank Misha in seine Arme wie eine Stoffpuppe, den Kopf an Devs Schulter.

Eine Zeitlang standen sie einfach nur so da, und Dev rieb Misha sanft den Rücken. Dann spürte er Feuchtigkeit an seinem Hals, und Mishas Schultern zuckte.

„Schschscht. Ist schon gut", flüsterte Dev. „Ist schon gut."

Wenn jemand ihm zu Beginn der Saison gesagt hätte, dass Mikhail Reznikov bei den Olympischen Spielen in seinen Armen weinen würde, er hätte sich wahrscheinlich vor Lachen in die Hose gemacht. Erstens *weinten* Roboter nicht, und zweitens waren sie einander nicht einmal sympathisch, geschweige denn Freunde. Inzwischen wusste Dev nicht mehr, was zum Teufel sie waren, aber konnte nicht loslassen, während Misha weinte und sein Atem Devs Kehle kitzelte.

Als Misha den Kopf hob und ihn mit feuchten, rot geränderten Augen ansah, küsste Dev ihn zärtlich. „Ist schon gut", wiederholte er.

Dann küssten sie sich richtig, und wie bei einer Verpuffung loderte warmes Mitgefühl zu heißem Begehren auf. Sie hielten sich hungrig gepackt und drückten sich aneinander, und obwohl sie keinen Laut von sich gaben – bis auf das feuchte Schmatzen ihrer Lippen und ihr zittriges Atmen – wusste Dev, dass die anderen Eisläufer jeden Moment hereinkommen und sie hören konnten.

Irgendwie ließ dieser Gedanke das glühende Verlangen in Devs Adern überkochen, und er packte Mishas Hintern, drückte ihn an sich und rieb sich mit wiegenden Hüftstößen an ihm. Es war wie beim ersten Mal in Kyoto, nur dass das jetzt so viel mehr war als Lust und Zorn. Besorgnis und unbestreitbare Zuneigung flossen auch mit ein, und Dev schwirrte der Kopf davon. Mit Misha fühlte er sich schutzlos und behütet zugleich. In Gefahr und doch sicher. Kalt, aber sehr, sehr warm.

Dev wollte nackte Haut spüren, und er mühte sich mit ihren Trainingshosen und Unterhosen ab, bis er beide Schwänze fest im Griff hatte. Misha wimmerte ihm ins Ohr, und es war ein wunderschöner Laut. Dev rieb sie beide grob. Er stöhnte in Mishas Mund, als sie sich wieder küssten, die Zungen umeinander wanden.

Ihre Schwänze pulsierten, feucht von Lusttropfen, und Dev rieb fester und schneller, während ihre Küsse noch gieriger wurden. Er keuchte, und Schweißtropfen kribbelten ihm im Nacken.

Mishas Lippen streiften sein Ohr. „Ich wünschte, du könntest mich jetzt ficken. Ich würde mich bücken und dich ganz in mich aufnehmen. Jeden Zentimeter. Ich würde es schön für dich machen, mich zu dehnen und mir deine Wichse—"

Devs Hinterkopf knallte gegen die Tür, und er spritzte ab. Die Lust durchströmte seinen ganzen Körper, und er verbiss sich den Schrei, der aus seiner Kehle dringen wollte, und erschauerte wieder und wieder, an Misha gepresst, bis er nur noch zitterte. Gleich darauf kam Misha ebenfalls und fand bebend seine Erlösung, den Mund offen an Devs Hals. Misha murmelte Worte an seiner Haut, die Dev nicht verstand.

Als Misha sich aufrichtete, das Gesicht von Tränen verschmiert und gerötet von befriedigter Wollust, fiel sein Blick auf Devs klebrige Hand. Mit einem Funkeln in den Augen hob er sie an die Lippen und leckte langsam Devs Finger sauber, sog jeden einzelnen in seinen warmen Mund.

Devs Puls schoss erneut in die Höhe. „Willst du mich umbringen?", flüsterte er.

Bevor Misha antworten konnte, rief draußen eine Männerstimme etwas auf Russisch. Misha ließ Devs Hand los und zuckte zurück, wobei er fast in die Toilette fiel. Dev packte ihn am Hemd und hielt ihn aufrecht. Mishas Augen waren geweitet, und er schluckte krampfhaft. Er rief eine Erwiderung, und der Mann antwortete. Er klang barsch und zornig, aber so hörten sich die meisten Russen generell für Devs Ohren an.

Misha sagte noch etwas, und sie hörten die Schuhe des Mannes auf den Fliesen quietschen, als er wegging. Dev öffnete den Mund, aber Misha presste ihm hastig den Finger auf die Lippen und schüttelte heftig den Kopf. Sekunden verstrichen. Nach einer vollen Minute stieg Misha auf die Toilettenschüssel und spähte über die Oberkante der Kabine. Aufatmend nickte er Dev zu, und sie verließen schnell die Kabine.

Als sie am Waschbecken standen und sich die Hände wuschen, wich Misha Devs Blick aus. Seine Schultern waren starr, sein Mund eine schmale Linie. Er murmelte etwas auf Russisch vor sich hin und schüttelte den Kopf.

In der angespannten Stille räusperte sich Dev, in dem vollen Bewusstsein, dass in den anliegenden Umkleideräumen womöglich andere Leute zuhörten. „Na ja, wenn das überhaupt jemand schaffen kann, dann Kisa. Sie ist knallhart."

„Es ist unmöglich." Mishas Gesichtsausdruck war verschlossen, und er sah Dev immer noch nicht in die Augen.

„Nichts ist unmöglich."

Misha blickte ruckartig auf. „Sie kann nicht atmen ohne Schmerzen wie Messerstiche. Wie kann sie Schlittschuh laufen?"

„Gib noch nicht auf."

„Wieso nicht?" Er riss einen Streifen Papierhandtücher aus dem Spender. „Es war dumm, zu denken—" Er verstummte abrupt.

Devs Herz hämmerte. „Was?" Er griff nach Misha, doch in dem Moment, als er ihn an der Schulter berührte, zuckte Misha zurück.

„Nein. Es ist vorbei. Wir können nicht.“

Dev hatte das bange Gefühl, dass sich das ‚wir‘ nicht auf Misha und Kisa bezog, und ihm wurde flau im Magen. Er sollte froh sein. Er hätte diesen Irrsinn gar nicht erst anfangen dürfen, aber jetzt wurde ihm schlecht bei dem Gedanken, es zu beenden.

„Wir können nicht... ihr könnt doch nicht kampflos aufgeben.“ Dev senkte die Stimme zu einem Flüstern herab. „Misha, es ist okay. Wir können—“

„Nein.“ Misha knüllte die Papierhandtücher zusammen. „Du solltest wollen, dass wir aufgeben.“

„Warum sollte ich das wollen?“ Mittlerweile war er sich nicht mehr sicher, wovon sie gerade redeten.

„Jetzt könnt ihr gewinnen! Deine Bailey ist wahrscheinlich glücklich. *Du* solltest glücklich sein.“

Schmerz durchfuhr Dev wie ein Stich in den Bauch. „Denkst du das wirklich von mir? Nach...“ Er biss die Zähne zusammen. „Wir wollen euch *besiegen*. Fair und anständig. Nicht so. Bailey würde das nie jemandem wünschen. Sprich nicht so von ihr. Wenn überhaupt. Du kennst sie nicht.“

Misha schnaubte verächtlich. „Wir wissen beide, dass beim Eislaufen sehr wenig ist fair und anständig. Ihr wollt auf jede mögliche Weise gewinnen. Du versuchst, mich abzulenken.“

„Ich glaube, du hattest auch ein bisschen was damit zu tun“, fauchte Dev. „Tu bloß nicht so, als wäre das nur von mir ausgegangen.“

Aber Misha sah ihn nicht einmal an. Sein zorniger Blick blieb auf das Waschbecken geheftet. „Und du sprichst von Kisa. Nennst sie eine Zicke.“

„Nein, *du* hast gesagt, dass alle sie für eine Zicke halten. Wenn ich sage, dass sie knallhart ist, meine ich das als Kompliment!“

„Blödsinn!“ Misha trat gegen den Abfalleimer, der krachend umfiel. „Ihr Amerikaner seid alle gleich. Ihr tut wie Freund, aber ihr seid Lügner“, blaffte er.

Sie starrten einander mit bebenden Nasenflügeln an. Dev ballte die Fäuste, hin und her gerissen zwischen Verwirrung und Zorn. „Weißt du was? Fick dich. Du denkst, du bist so viel besser als wir? Du bist ein arrogantes Arschloch, und ich wünschte, ich hätte dich nie getroffen, geschweige denn—"

„Hallo. Leute?"

Dev holte tief Luft und schaute zur Türöffnung. Dort drückte sich einer der chinesischen Eisläufer herum, und hinter ihm standen ein Deutscher und ein Brite, alle mit weit aufgerissenen Augen.

Der Chinese meldete sich erneut zu Wort. „Ist okay? Ihr sein okay?"

Dev nickte und drängte sich an ihm und den anderen vorbei. Scheiß auf das alles. Er war beim größten Wettbewerb seines Lebens, und er hatte das nicht nötig. Er brauchte Misha nicht. Er musste das Drama aufs Eis bringen – und dafür sorgen, dass es dort blieb.

Kapitel Sieben

„SIE SIND NOCH nicht ausgeschieden, aber keiner hat sie gesehen", sagte Caroline mit leiser Stimme.

„Sie haben die Schlussgruppe gezogen, also haben sie noch Zeit. Aber niemand weiß was. Als wäre das alles ein großes Geheimnis." Bailey blickte sich um. Sie waren in einem der langen Flure hinter den Kulissen in der Arena, und sie wartete, bis ein kanadisches Paar vorbeigegangen war, ehe sie weitersprach. „Aber ich habe gehört, dass sie sich eine Rippe gebrochen hat."

„Ihr wisst doch, dass der russische Eiskunstlaufverband das Ganze ausschlachten wird bis zum Gehtnichtmehr", bemerkte Grant und verdrehte die Augen.

Dem konnte Dev nicht widersprechen. „Wenn der russische Eiskunstlaufverband eines mag, dann ist das Drama." Er dachte daran, wie sie Misha und Kisa unter ihrer Fuchtel gehalten hatten, und ihm wurde ganz flau im Magen. Was würde mit Misha passieren, wenn sie nicht antreten konnten? Würden Verband und Regierung ihm die Schuld geben? Würden er und Kisa bestraft werden?

„Ganz abgesehen davon, dass sie gern gewinnen", fügte Bailey hinzu. „Die werden sie mit Kortison vollpumpen oder was immer nötig ist. Außerdem sind Kisa und Mikhail eisenhart. Sie werden nicht aufgeben." Sie warf einen Blick zu Dev. „Was ich bewundern kann. Widerwillig, aber trotzdem."

Die Musik für das Paar auf dem Eis endete, und höflicher Applaus erfüllte die Arena. Dev schaute auf die große Uhr an der Wand. „Noch ein Team, dann sind wir an der Reihe. Wir machen uns besser bereit."

Alle legten die Aufwärmanzüge ab, die sie über ihren Kostümen trugen, und kehrten zu ihren Trainern zurück. Dev und Bailey waren in schlichtes Schwarz gekleidet, mit silbernen Akzenten an Ausschnitt und Ärmeln, und Bailey hatte ihr Haar zu einem festen Knoten gebunden. Dev trug seinen Jadeelefanten, aber der winzige Höcker auf seiner Brust würde niemandem auffallen, der nicht danach suchte.

Louise zog eine Augenbraue hoch, als sie näher kamen. „Habt ihr irgendwelchen Klatsch herausgefunden?"

„Wir sind eben neugierig! Wir können nicht anders, Lou." Bailey frischte ihr Lipgloss auf.

„Ich sage das nur noch dieses eine Mal. Vergesst die Russen. Konzentriert euch auf euren Lauf. Das ist alles, was zählt."

Bailey und Dev nickten, und Dev rollte die Schultern. „Wir sind bereit."

Das sechsminütige Warm-up lief glatt. Die Paare achteten darauf, viel Abstand zueinander zu halten. Bailey und Dev übten ihre Sprünge zweimal und schafften sie, und Dev konzentrierte sich darauf, die Knie locker zu lassen und das Eis wirklich zu fühlen. Wenn seine Beine und sein Körper steif waren, würde das Programm nicht so fließend ablaufen, wie es sollte.

Entspann dich. Atme.

Sie trennten sich kurz, um in sich zu gehen, und kamen dann wieder zusammen, hielten sich automatisch an den Händen, wie sie es schon seit Jahren taten. Sie waren als erste an der Reihe, daher beendeten sie ihr Aufwärmtraining eine Minute früher, um sich an die Bande zu stellen und sich ein paar letzte Anweisungen von Louise zu holen.

„Konzentriert euch auf jede Bewegung. Bleibt im Moment

und lasst euch durch nichts ablenken. Ihr schafft das. Ihr seid bereit. Jetzt könnt ihr glänzen." Louise lächelte. „Also glänzt." Sie drückte beiden einen Kuss auf die Wange.

Schmetterlinge flatterten in Devs Bauch, und er nahm einen letzten Schluck aus der Wasserflasche, die Louise für ihn bereithielt. Als der Ansager das Aufwärmtraining für beendet erklärte und die anderen Paare anwies, die Eisfläche zu verlassen, wandten Dev und Bailey sich mit einem letzten Lächeln für Louise von der Bande ab. Sie standen einen Fußbreit voneinander entfernt und atmeten tief durch.

Die Stadionsprecherin kündigte sie an, erst auf Französisch und dann auf Englisch: „Unsere nächsten Teilnehmer – aus den Vereinigten Staaten von Amerika, Bailey Robinson und Dev Avira."

Unter dem Jubel der Menge streckte Dev mit überschwänglicher Geste die Hand nach Bailey aus. „Ziehen wir's durch."

Bailey nahm seine Hand mit einer dramatischen Armbewegung. „Wir schaffen das."

Mit einem strahlenden Lächeln glitten sie hinaus auf die Eisfläche, das freie Bein ausgestreckt, und begrüßten das Publikum. In der Mitte machten sie ein paar Schwünge, nutzten die letzten Momente, um sich bereit zu machen, dann nahmen sie ihre Startposition ein. Sie standen Rücken an Rücken, erhobenen Hauptes und mit ernsten Gesichtern. Einige Augenblicke lang herrschte Stille. Dev holte noch einmal tief Atem.

Mit einem kraftvollen Violinakkord legten sie los.

Zwei Minuten und fünfzig Sekunden lang glitten sie mit Kraft und Überzeugung über das Eis. Die Intensität ihres Programms baute sich mit der treibenden Musik immer weiter auf, während sie ein Element nach dem anderen abhakten und trotzdem immer darauf achteten, die elektrisierende Verbindung zwischen ihnen aufrechtzuerhalten. Die Drehung war einwandfrei und ihre Side-by-Side-Toeloops absolut auf den Punkt. Pirouetten, Schrittfolgen und die Hebung, und dann der Wurf. Dev schleuderte Bailey in die Luft, und sie landete im perfekten Moment mit einem Anschwellen der Musik. Die Menge brüllte.

Sie hatten es geschafft. *Nein! Konzentrier' dich! Ich habe noch die Hebung!*

Dev riss sich zusammen, unterdrückte die Begeisterung und machte sich bereit für ihr letztes Element. Bailey sprang hoch, und er hielt sie auf gestreckten Armen über seinen Kopf und drehte sich, geschmeidig und sicher auf den Füßen. Er wechselte die Richtung und holte alles aus seinen schmerzenden Oberschenkeln heraus, um über die ganze Strecke von einem Ende der Eisfläche bis zum anderen die Geschwindigkeit zu halten. Dann setzte er Bailey schwungvoll wieder ab, und sie glitten in ihre Schlusspose, Rücken an Rücken, genau wie sie angefangen hatten.

Es gab donnernden Applaus, und Dev hätte schwören können, dass das Eis dabei vibrierte. Der Beifall durchflutete ihn wie ein Schuss pures Adrenalin. Er stieß triumphierend die Faust in die Luft, und Bailey sprang in seine Arme. „Ja!", schrie sie.

Die nächsten paar Minuten verschwammen in einem Wirbel aus Winken, Umarmungen und Küssen. In der Tränenecke nahmen sie Blumen und Spielsachen von den kleinen Mädchen entgegen, die sie vom Eis aufsammelten. Bailey saß zwischen Dev und Louise, die über das ganze Gesicht strahlte. Popmusik spielte in der Arena, während sie auf die Punktevergabe warteten. Nachdem die Wiederholungen beendet waren, winkte Dev mit einem blauen Plüschelefanten in die Kamera, und er und Bailey warfen Kusshände und riefen den Daheimgebliebenen Grüße und Dankesworte zu. Dann verklang die Musik, und Devs Puls raste. Bailey legte ihm eine Hand auf den Schenkel und starrte wie gebannt auf die Anzeigetafel.

„Bitte nun die Wertung für Bailey Robinson und Dev Avira aus den Vereinigten Staaten von Amerika", intonierte die Ansagerin.

Wie immer gab es eine grausam lange Pause, und Devs Herz pochte so heftig, als wollte es ihm gleich aus der Brust springen.

„Die Wertung für das Kurzprogramm bitte." Eine weitere Pause, und im Publikum erhob sich gespanntes Gemurmel. „Sie haben 81,03 Punkte im Kurzprogramm erworben. Das ist ein neuer persönlicher Rekord für Bailey Robinson und Dev Avira."

Dev überflog die Auflistung der Punkte auf dem Monitor. Technische Elemente – 44,66. Programmkomponenten – 36,37. Er riss die Arme hoch. „Woo!"

„Bailey Robinson und Dev Avira liegen derzeit an erster Stelle."

Alle drei umarmten sich und jubelten, und Dev tat das Gesicht weh vor lauter Lächeln. Sie waren den Nächstplatzierten um fünfzehn Punkte voraus, aber nach ihnen kamen noch ein paar Promis. Und Misha könnte einer davon sein.

Als das nächste Paar angekündigt wurde, sammelten Dev und Bailey ihre Blumen ein und gingen nach hinten. Sue, Gabby und einige andere Feds warteten schon. Sue lächelte breit und umarmte sie beide.

„Großartige Leistung! Wir sind alle sehr stolz auf euch."

Dev küsste sie auf die Wange. „Danke, Sue." Der Eiskunstlaufverband und seine interne Politik konnten nervig sein, aber immerhin hatten sie Dev und Bailey über die Jahre hinweg unterstützt.

Gabby strahlte. „Ich bringe euch rüber zu den Journalisten und—"

Aufgeregtes Stimmengewirr aus einem der Flure brachte alle dazu, sich umzudrehen. Unter großem Medienrummel mit Blitzlichtgewitter und Kameras gingen Kisa und Misha mit ihren Rollköfferchen im Schlepptau auf die Umkleideräume zu. Alle Eisläufer brachten ihr Handgepäck zu Wettbewerben mit, um ihre Kostüme, ihr Make-up und was sie sonst noch so brauchten zu transportieren. Die russischen Sportfunktionäre und Trainer versuchten, die Presseleute in Schach zu halten, während Misha und Kisa lächelten und starr geradeaus blickten.

„Nun ja. Dann wollen sie es wohl versuchen", bemerkte Sue mit offenkundiger Enttäuschung.

„Sie haben nichts zu verlieren", sagte Louise. „Dev und Bailey haben es geschafft. Sollen die Russen doch versuchen, ihnen das nachzumachen."

ALS DIE MENGE in Beifallsstürme ausbrach, wurde Dev schwer ums Herz. Schuldgefühle folgten gleich darauf.

Bailey, die endlos in der ruhigen kleinen Ecke herumgetigert war, die sie hinter den Kulissen gefunden hatten, blieb wie angewurzelt stehen. Sie hatten sich die Zeit damit vertrieben, mit ihren Freunden und Verwandten zuhause zu telefonieren und Textnachrichten auszutauschen, und jetzt steckte Bailey das Handy in die Tasche ihres Kapuzenpullis und seufzte.

„Keine Fehler."

„Nein."

„Man muss es ihr lassen. Das ist beeindruckend. Von beiden."

Dev nickte. Er hatte Bailey nicht erzählt, dass er und Misha beinahe handgreiflich geworden wären. Zwar hatte er versprochen, immer ehrlich zu sein, aber sie hatten schon genug Drama zu verkraften. Natürlich war das der Grund, warum er ihr ursprünglich nichts von Misha gesagt hatte…

„Bist du… wie denkst du darüber?" Bailey runzelte die Stirn. „Über ihn, meine ich."

„Keine Ahnung. Ich ändere alle zwei Minuten meine Meinung." Er seufzte. „Wir haben uns gestern gestritten."

„Oh. Weswegen? Ich meine, abgesehen vom Offensichtlichen."

Dev sah keinen Sinn darin, ihr zu erzählen, was Misha gesagt hatte. Er lächelte grimmig. „Nur deswegen. Er war natürlich gestresst nach dem Unfall. Und wie es sich herausgestellt hat, ist es keine gute Idee, mit der Konkurrenz zu schlafen. Macht alles noch komplizierter. Ich fühl' mich einfach so…" Er fuhr sich mit der Hand durch die Haare.

„Was?", fragte sie leise.

„Es war viel leichter, als ich sie einfach hassen konnte. Aber jetzt weiß ich diese ganzen Dinge, und ich mach' mir Sorgen, was aus ihm werden soll." Dev blickte sich um und vergewisserte sich, dass sie immer noch allein waren. „In Russland schwul zu sein kann gefährlich sein. Ich will nicht… ich will nur, dass ihm nichts zustößt."

Bailey blinzelte. „Glaubst du, sie werden ihm was antun?"

„Keine Ahnung. Hoffentlich nicht. Ich hoffe, es ist nur Angstmacherei. Die russische Regierung kann ganz schön gruselig sein. Sie spionieren ihm nach. Mit diesen Organisationen, die im Grunde der KGB sind, nur mit neuen Akronymen."

Ihre Augen weiteten sich. „Scheiße, echt jetzt?"

Dev nickte unglücklich. „Ich bin sauer auf ihn und mach' mir Sorgen um ihn und ich ärgere mich über ihn, aber zugleich liegt mir auch was an ihm."

„Klingt anstrengend, Devassy." Sie nahm ihn in die Arme. „Es war wirklich einfacher, als er noch der Feind war. Wir wollen alle siegen, und nur ein Team kann das. Wir haben unseren Job gemacht, und wie es sich anhört, machen sie ihren auch. Also liegt es jetzt an den Preisrichtern, und wir wissen ja beide, wie absolut fair und stets unparteiisch die sind."

Dev erwiderte ihre Umarmung und schnaubte. „Total. Aber eins weiß ich ganz sicher, nämlich dass ich verdammt stolz auf uns bin."

Bailey trat zurück. „Ich auch." Als das Publikum draußen für das, was wohl der Schluss von Kisas und Mishas Programm sein musste, johlte und schrie, hakte sie sich bei Dev unter. „Na komm, hören wir uns die Wertung an.“

Sie fanden die anderen US-Teams sowie Louise, Gabby und Sue vor den Monitoren im Backstagebereich. Kisa verzog das Gesicht, als sie vom Eis kam, und ihr Trainer ging in die Hocke, um ihr die Kufenschoner anzulegen. Misha half ihr behutsam auf ihren Platz in der Tränenecke.

Grant stieß einen Pfiff aus. „Oha. Sie hat starke Schmerzen.“

Die Zeitlupen-Wiederholungen begannen und zeigten die perfekten Side-by-Side-Salchows und den dreifachen Wurf-Twist.

„Wow, man sollte es nicht meinen, so, wie sie gelaufen sind“, sagte Caroline. „Fantastisch.“ Sie wurde rot und schaute Dev und Bailey an. „Tut mir leid, Leute.“

„Es ist wahr“, erwiderte Bailey. „Du brauchst dich nicht zu entschuldigen, Süße.“

Der neueste Lady-Gaga-Song brach ab und die Stimme der Ansagerin kam über den Lautsprecher. „Bitte nun die Wertung für Kisa Kostina und Mikhail Reznikov aus Russland.“ Eine endlos lange Pause. „Die Wertung für das Kurzprogramm, bitte.“ *Noch* eine endlos lange Pause. „Sie haben 83,01 Punkte erworben. Dies ist das bisher beste Ergebnis dieser Saison für Kisa Kostina und Mikhail Reznikov.“

„Nicht mal persönliche Bestleistung, und sie haben uns trotzdem geschlagen. Mit einer gebrochenen Rippe“, brummte Bailey. Sie seufzte und setzte dann für die Kameras ein Lächeln auf.

„Kisa Kostina und Mikhail Reznikov sind momentan an erster Stelle.“

„Es sind nicht mal zwei Punkte. Das ist nichts. Sie hat das Kurzprogramm durchgehalten, aber viereinhalb Minuten sind eine andere Sache“, sagte Louise in einem Tonfall, der keinen Widerspruch duldete „Ihr seid in der perfekten Position.“

Dev hätte eigentlich eher den ersten Platz als die perfekte Position betrachtet, aber er nickte. Kisa und Misha kamen mit ihren Trainern vorbei; Kisa hatte offensichtlich immer noch

Schmerzen, und Misha stützte sie sanft. Er war verschwitzt und wunderschön, und Dev wurde es trotz allem ganz eng ums Herz. Vielleicht sollte er mit Misha reden und –

Nein! Schluss jetzt!

Nicht Misha. Er war *Mikhail*, Devs Rivale. Dev konnte nicht darüber nachdenken, was Mikhail passieren würde, falls er nicht gewann. Das war nicht Devs Problem. Es *konnte* nicht sein Problem sein. Er und Bailey waren *so dicht* davor, ihren lebenslangen Traum wahr zu machen, und er konnte jetzt nicht aufgeben.

Kapitel Acht

AM NÄCHSTEN ABEND war die Anspannung im Umkleideraum so erdrückend, dass Dev das Gefühl hatte, darin zu schwimmen. Oder besser gesagt darin zu ertrinken. Seine Herzfrequenz war sonstwo und er musste *atmen*. Aber das war leichter gesagt als getan, wenn die vier Männer im Raum, die in der Schlussgruppe antraten, es allesamt auf das Podium abgesehen hatten. Auf das Gold.

Und dann kam natürlich noch dieses total abgefuckte *Etwas* hinzu, das zwischen ihm und Misha – nein, *Mikhail* – abging. Er hätte sich am liebsten das Kostüm vom Leib gerissen und wäre weggerannt. Möglicherweise schreiend und mit den Armen wedelnd.

Roger, normalerweise so gesprächig, warf Dev ein steifes Lächeln zu, bevor er hinausging. Er und seine Partnerin lagen auf dem dritten Platz und vier Punkte hinter Dev und Bailey. Die übrigen Paare bis hinunter zu den sechstplatzierten lagen weniger als zwei Punkte auseinander. Alles war möglich. Devs Magen rebellierte. Sie mussten nach wie vor Leistung liefern. Es gab keine Garantie, dass sie auf dem Podest bleiben oder gar gewinnen würden. Sie mussten perfekt sein.

Im Vorfeld eines Wettbewerbs wusste Dev immer genau, was und wann er essen, wie er trainieren und wieviel er schlafen musste. Vor dem Kurzprogramm hatte er sich ablenken lassen, aber am letzten Tag war alles andere weggefallen und er hatte sich ganz auf seine Vorbereitung auf das Langprogramm konzentriert. Dies war der wichtigste Abend seines Lebens, und alles andere musste außen vor bleiben.

Zugegeben, es war hilfreich gewesen, dass er Mikhail wegen der Verschiebungen in der Reihenfolge der Trainingsgruppen seither nicht wieder gesehen hatte. Dev steckte seinen Elefanten-Talisman unter sein marineblaues Hemd und rückte seine weiße Krawatte zurecht. Ohne sich auch nur einmal nach den anderen Eisläufern umzusehen, ging er zur Tür. Als er den Umkleideraum verließ, glaubte er einen glühenden Blick auf seinem Rücken zu spüren, aber das bildete er sich bestimmt nur ein.

Im Backstagebereich wartete Bailey, strahlend in ihrem hochgeschlossenen marineblauen Kleid. Zu den weißen Besätzen an Ärmeln und Kragen war es auch noch mit feinen Silberfäden durchschossen, die das Licht einfingen und zu ihren glänzenden Ohrringen passten, einfachen keltischen Knoten. Es hieß oft, dass beim Paarlauf der Mann der Stängel war und die Frau die Blüte, oder er der Rahmen und sie das Bild. Bei jedem Schritt auf dem Eis zielte Dev darauf ab, Bailey in ihrer ganzen Schönheit und Eleganz zu präsentieren, und sie machte ihm das allemal einfach. Er küsste sie auf die Wange.

Während Louise ein Stück beiseite trat und ihnen ihren Freiraum ließ, um sich vorzubereiten, sprang Bailey ein paarmal auf und ab und hob dann die Hände für ihr Abklatschritual. Sie peitschten es in Rekordgeschwindigkeit durch und wiederholten es vier Mal, dann kam Bailey in seine Arme. Worte waren nicht nötig, und er umarmte sie fest.

Als sie dann die Eisfläche betraten, war Dev eigentümlich ruhig. Bei den olympischen Spielen wurde das Langprogramm in umgekehrter Reihenfolge der Platzierung nach dem Kurzprogramm gelaufen, daher waren Bailey und Dev als zweitletzte dran. Nur zwei Paare in den Top Ten hatten Fehler gemacht, und die

Arena schwirrte von der positiven Energie, die saubere Läufe erzeugten. Sie brauchten sich nur davon mittragen zu lassen. Die Kehrseite dabei war natürlich, dass jeder Patzer sie vom Siegerpodest stoßen konnte.

Als ihre Choreographin ihnen zu ersten Mal die Filmmusik von *Jane Eyre* vorgespielt hatte, waren Dev und Bailey sofort Feuer und Flamme gewesen. Inzwischen waren zwar in allen Eiskunstlaufdisziplinen auch Songtexte erlaubt, aber sie waren sich einig gewesen, dass sie lieber etwas Traditionelles wollten. Die Tatsache, dass zu dieser Musik aus irgendeinem Grund noch nie jemand gelaufen war, hatte endgültig den Ausschlag gegeben. In jeder Saison gab es zahlreiche Carmens, Phantome, Schwanenseen und Dornröschen quer durch die Disziplinen. Die Musik zu ihrem Kurzprogramm war zwar schon früher benutzt worden, aber für die Kür wollten sie etwas, das ausschließlich ihnen gehörte. Es sollte ihr Markenzeichen sein.

Als die Jubelrufe des Publikums verstummten, legte Dev Bailey in ihrer Startposition eine Hand auf die Schulter. Er stand hinter ihr, der stattliche Mr. Rochester zu ihrer jungen Gouvernante Jane. Bailey blickte nach unten aufs Eis.

Das ist es. Das ist mein Moment. Ich brauche ihn nur zu ergreifen.

Die Musik begann, und Dev und Bailey stießen sich gleichzeitig ab und glitten im Einklang dahin, das freie Bein ausgestreckt, Devs Hand immer noch auf Baileys Schulter. Die Filmmusik, eingespielt von einem kleinen Orchester fast ohne Bläser und Schlaginstrumente, stellte Klavier – und vor allem Geigensoli in den Mittelpunkt. Ihre Auswahl begann süß und melancholisch, als sie in eine Spiral-Schritt-Sequenz verfielen. Dev bewegte sich zur Musik, ließ sich von ihr durchströmen, während er die Schritte vollführte, die sie seit dem Sommer wieder und wieder geübt hatten.

Sie nahmen Fahrt auf für ihre Dreifach/ Doppel-Toeloop-

Kombination, und die Menge explodierte, als sie absolut synchron landeten. Adrenalin schoss durch Devs Adern, und er atmete tief, als sie sich für die Hebung bereit machten. Er fing Bailey über Schulterhöhe auf und setzte sie geschmeidig ab.

Sie liefen mit Tempo und Anmut, und als der langsame Abschnitt im mittleren Teil begann, streichelte Dev Bailey die Wange und sie blickte mit großen Augen flehend zu ihm auf. Sie waren Rochester und Jane, auseinandergerissen durch Täuschung. Mit einer Rückwärts-Auswärts-Todesspirale schöpften sie Atem, Bailey mit dem Spielbein in der Luft und elegant gewölbtem Rücken. Als ein klagendes Geigensolo die Arena erfüllte, glitten sie in ihre Side-by-Side-Pirouetten.

Wir schaffen es. Wir schaffen es! Konzentration, Konzentration, Konzentration.

Als Tempo und Kraft der Musik wieder zunahmen, fasste Dev Bailey mit beiden Händen an der Taille und sie machten sich für ihren ersten Wurf bereit. Alle Sprünge, Würfe und Hebungen in der zweiten Hälfte des Programms brachten einen Zehn-Prozent-Bonus bei den Punkten ein. Dev schleuderte sie hoch, sie wirbelte durch die Luft und schaffte die Landung, musste sich jedoch mit dem Spielbein kurz abstützen, um die Balance zu halten. Es war nur ein kleiner Patzer, und es war keine Zeit, darüber nachzudenken, da sie bereits zum Synchron-Dreifach-Salchow ansetzten.

Bam! Auf den Punkt.

Mit wild pochendem Herzen stemmte Dev Bailey geschmeidig hoch. Seine Arme brannten, aber er ließ es aussehen, als wäre sie federleicht. Es war die erste von drei Hebungen, alle in der letzten Hälfte, um die maximale Punktzahl zu erzielen. Mitten in der Hebung wechselte er die Rotationsrichtung – das gab zusätzlich Punkte – und setzte jede Faser seines Wesens ein, um dabei kein bisschen an Schwung zu verlieren.

Das Crescendo der Violinen begleitete ihren zweiten Wurf, und diesmal landete Bailey perfekt und mit einem strahlenden

Lächeln auf den Lippen, die Arme zum Himmel gereckt. In ihrer nächsten Hebung waren sie Rochester und Jane – wiedervereint! Die Geigen jauchzten, und die Musik schwoll an, als sie in ihre Paar-Pirouette schwebten, sich in verschiedenen Positionen umeinander wanden und in der Drehung umtanzten.

Noch ein Element. Los, los, los!

Die Menge jubelte bereits so laut, dass Dev die Musik kaum noch hören konnte, als sie in ihre letzte Hebung glitten, eine Rückwärts-Lasso-Hebung. Dev hob Bailey über den Kopf, und sie wechselten zu einer einhändigen Position, bei der Bailey Devs Hand an ihrem Bauch gepackt hielt, die andere Hand nach hinten gestreckt und in ihre Schlittschuhkufe eingehakt, um ihren Fuß hochzuziehen. Devs Beine protestierten und die Milchsäure versengte seine Muskeln, als er sich bis an seine Grenzen trieb.

Er setzte Bailey mit einer Hand ab, und sie liefen mit Kreuzschritten rückwärts um die Eisbahn, als die Violinen erneut anschwollen. Dev beugte das Knie und streckte Bailey die Arme entgegen, presste das Gesicht an ihre Brust und umarmte sie verzweifelt. Sie hob beim letzten Takt der Musik den Blick zum Himmel, ein Bein hinter sich auf dem Eis ausgestreckt.

Das Publikum brach in Beifallsstürme aus, und Dev rang nach Luft und klammerte sich an Bailey fest.

Wir haben es geschafft.

Bailey beugte sich über ihn und umarmte ihn, keuchend und schwer atmend. „Oh mein Gott. Oh mein Gott", murmelte sie.

„Wir haben es geschafft, B." Dev stemmte sich hoch und schwang sie herum.

Die Zuschauer sprangen von ihren Sitzen, pfeifend und johlend, und als Dev und Bailey zur Mitte der Eisfläche glitten, um sich zu verbeugen, standen Dev die Tränen in den Augen. Sie verbeugten sich nach allen Seiten, lächelnd und winkend. Dev wusste, er sollte eigentlich erschöpft sein, aber er schwebte wie auf Wolken, als sie sich auf den Weg zur Tränenecke machten.

Louise stieß triumphierend die Faust in die Luft. „So macht man das!" Sie umarmte Dev und Bailey stürmisch, bevor sie auch nur die Kufenschoner anlegen und die Eisfläche verlassen konnten.

Die Menge jubelte immer noch, und Dev konnte kaum sitzen; er kauerte auf der Kante der Bank in der Tränenecke, als die Blumen und Spielsachen gebracht wurden. Er brüllte Grüße für seine Freunde und Verwandten, und er und Bailey umarmten sich erneut. Bailey gab ihm einen Klaps aufs Knie.

„Oh mein Gott", wiederholte sie und wischte sich den Schweiß von der Stirn.

Das Warten auf die Bewertung war sogar noch quälender, und das Publikum begann rhythmisch zu klatschen, dass es durch die ganze Arena hallte, während sie auf die Stimme der Ansagerin warteten.

„Bitte die Wertung für Bailey Robinson und Dev Avira aus den Vereinigten Staaten von Amerika."

Dev stockte der Atem, und Baileys Finger gruben sich in seinen Oberschenkel.

„Die Wertung für das freie Programm bitte."

Ja, ja – HER MIT DER SCHEISS-WERTUNG!

„Sie haben im freien Programm 158,7 Punkte erzielt. Das ist eine neue persönliche Bestleistung für Bailey Robinson und Dev Avira."

Dev und Bailey sprangen gleichzeitig auf die Füße, die Arme hochgereckt, jauchzend vor Freude. Louise schrie: „Ja! Ja!" Sie umarmten sich erneut, tanzend und lachend, und zerrten die strahlende Louise hoch, um sie ebenfalls in die Arme zu nehmen.

„Bailey Robinson und Dev Avira liegen momentan auf dem ersten Platz."

Sie hatten die Kanadier geschlagen, und die Silbermedaille war ihnen sicher. Aber es konnte immer noch Gold werden. Das einzige Paar, das sie schlagen konnte, war auf dem Eis und wartete darauf, dass der Tumult sich legte. Dev schaute zu Mikhail und Kisa, die stocksteif an der Bande standen, hocherhobenen Hauptes, Schultern kerzengerade, und darauf warteten, dass ihre Namen aufgerufen wurden.

Für einen Moment dachte er an die Freiheit, die diese Goldmedaille für Mikhail repräsentierte, und der Drang, ihm Glück zu wünschen, wallte in ihm auf.

„Jesus, ich kann nicht zuschauen. Komm, wir verstecken uns", sagte Bailey, und sie rafften ihre Geschenke zusammen und gingen hinter den Vorhang.

Aber daraus wurde nichts, da die Gratulanten vom Eislaufverband sie mit Umarmungen und Geplapper überschütteten und andere Eisläufer sie beglückwünschten – mehr oder weniger aufrichtig. Devs Herz pochte, als *Der Feuervogel* die Arena erfüllte.

Beim Einsetzen der Musik schien eine Welle von Emotionen von den Zuschauern zu den Leuten hinter der Bühne überzuschwappen. Das Stimmengewirr erstarb und alle Augen richteten sich auf die Monitore. Dev, der hinter Bailey stand, fasste sie an den Schultern, um ihr und auch sich selbst Halt zu geben. Er spürte, dass sie genauso angespannt war wie er, als der Dreifach-Twist hoch in die Luft explodierte. Es war der beste der Welt, keine Frage.

Als Mikhail und Kisa in ihre Dreifach-Zweifach-Kombination gingen, war Dev sich deutlich bewusst, dass ein Fernsehteam ihn und Bailey beim Zuschauen filmte. Er behielt einen neutralen Gesichtsausdruck bei. Die Landung war perfekt, und Dev war hin-und hergerissen zwischen Enttäuschung und Stolz. Gott, er wollte unbedingt gewinnen, aber was Mikhail und Kisa da machten, war bemerkenswert.

Das Gefühl wuchs im weiteren Verlauf der fehlerlosen Darbietung. Vielleicht lag es am Schmerz und an der Aufregung durch den Zusammenstoß und die Verletzung, aber in Devs Augen liefen Kisa und Misha – *Mikhail, Mikhail, Mikhail* – jetzt endlich mit einer Leidenschaft und echten Verbundenheit, die ihrer technischen Brillanz gleichkam. Zwar hatten die Richter sie für ihre Programmkomponenten immer überbewertet, aber jetzt hatte Dev zum ersten Mal das Gefühl, als hätten sie das verdient.

Ihr letztes Element war ein Wurf in den letzten Momenten ihres Programms – ein gewaltiges Risiko, dass sich auszahlen konnte, falls Kisa sicher landete. Aber falls sie patzte, war das ganze Programm verdorben. Dieser eine Sprung würde den Unterschied machen. Während sie durch die Luft wirbelte, so hoch, dass ihre Füße oberhalb der Bande waren, spürte Dev, wie tausende von Menschen in der Arena gleichzeitig die Luft anhielten.

Auf einer Kante, das Knie tief gebeugt, glitt Kisa in eine wunderschöne Landung. Ein Beifallssturm brach los.

Dev konnte nichts weiter tun, als Baileys Schultern zu drücken und zuzuschauen. Kaum hatten sie die Schlusspose geschafft, klappte Kisa zusammen, stützte die Hände auf die Knie und krümmte sich sichtlich vor Schmerzen. Als Mikhail sich zu ihr herabneigte und sie mit Tränen in den Augen auf den Kopf küsste, krampfte Devs Herz sich zusammen. Durch den Nebel seiner Enttäuschung hindurch überkam ihn eine Welle der Zuneigung zu Mikhail und Bewunderung für Kisa. Ihre Darbietung würde in die Geschichte eingehen.

Mit einem aufgesetzten Lächeln fasste Bailey Dev an der Hand. „Komm, machen wir uns für die Zeremonie bereit", sagte sie laut und in demonstrativ munterem Ton.

Nachdem sie in die Kameras gewinkt und für alle Daheimgebliebenen die Daumen in die Luft gestreckt hatten, flüchteten sie den Flur entlang zu den Umkleideräumen. Sie brauchten die Wertungen nicht zu hören. Sie hatten ihr Bestes gegeben, aber es war nicht genug. Konfrontiert mit dieser Realität wechselte Dev zwischen empfindungsloser Hinnahme und bitterer Enttäuschung hin und her.

In einer abgelegenen dunklen Ecke, außer Sichtweite der Kameras, blinzelte Bailey gegen die Tränen an. „Es ist nicht fair. Verdammte Scheiße, es ist einfach nicht fair. Wir hatten es, Dev. Wir hatten es! Warum konnten wir nicht nur dieses eine Mal besser sein? Wir haben so hart gearbeitet." Sie schüttelte den Kopf. „Herrgott nochmal. Sie waren perfekt." Ihre Schultern sackten herab. „Sie waren wirklich perfekt. Ich weiß nicht, wie sie das gemacht hat. Und vielleicht werde ich es morgen fantastisch finden. Aber heute tut es zu weh, dass wir so nah dran waren."

„Wir haben getan, was wir konnten, Bailey. Wir haben unser Bestes gegeben."

Ihre Lippe zitterte. „Ich habe bei diesem Wurf den Fuß aufgesetzt."

„Schsch." Dev drückte sie an sich. „Das war ein Punkt. Vergiss es."

„Das könnte der Unterschied gewesen sein! Ich meine, ich weiß, dass es nicht so war. Ich weiß, dass sie dafür einen neuen Weltrekord aufstellen werden. Aber ich wollte eben perfekt sein. Gott, ich will nur noch nach Hause und weinen." Sie atmete tief durch und wich zurück. „Aber das kann ich nicht, weil wir uns unsere Silbermedaille abholen und lächeln und so tun müssen, als würden wir nicht innerlich sterben." Sie versuchte zu lächeln und scheiterte kläglich. Ihre Augen schimmerten feucht. „Und vielleicht finde ich Silber morgen gar nicht mal so übel. Aber heute fühle ich mich, als hätte mich jemand mit einem rostigen Löffel innerlich ausgehöhlt."

Dev nickte unglücklich. „Aber ich bin stolz auf dich. Stolz auf uns. Wir waren besser denn je. Es war nahezu perfekt. Gordejewa und Grinkow hatten vier kleine Fehler, als sie '94 zum zweiten Mal Gold gewonnen haben, und das war eins der besten Langprogramme aller Zeiten. Du weißt, wie schwer ‚perfekt' in diesem Sport ist."

„Genau", sagte Louise, die plötzlich hinter ihnen stand.

„Gott!" Bailey legte eine Hand auf die Brust. „Mach' das nicht!"

Aber damit war die Anspannung durchbrochen, und sie lachten alle ein bisschen. Dev fragte: „Was war das Endergebnis?"

„Sie haben mit weniger als vier Punkten gewonnen. So knapp war es noch nie zwischen euch. Ihr solltet stolz sein. Ich weiß, es kommt euch im Moment nicht so vor, aber das ist ein Sieg."

„Siehst du?", sagte Dev zu Bailey und zog eine Augenbraue hoch. „Der Wurf hat keine Rolle gespielt. Sie hätten uns sowieso geschlagen."

Bailey nahm von Louise ein Papiertaschentuch entgegen und schnäuzte sich geräuschvoll. „Okay."

„Feiert das, was ihr richtig gemacht habt. Ich weiß, das ist schwer, aber ihr habt bei den Olympischen Spielen eine neue persönliche Bestleistung aufgestellt."

„Ohne dich hätten wir das nie geschafft, Lou. Danke", sagte Dev und schluckte mühsam.

Bailey nickte energisch und umarmte sie und Dev erneut. „Ich liebe euch beide." Sie wich zurück und wischte sich die Augen. „Okay, genug Gesülze, sonst verläuft mir meine Mascara noch vollends!"

„Dann geh' dich zurecht machen. Du hast Zeit. Kisa ist bei den Sanitätern. Das vorhin am Ende war ein echter Kerri-Strug-Moment. Die Medienleute wichsen sich einen ab über ihren Mut und ihre Entschlossenheit. Ich würde ja die Augen verdrehen, aber sie hat es sich verdammt nochmal verdient." Sie klopfte ihnen auf die Schultern. „Also dann, Pokerface anschalten. Es wird euch vorkommen wie die längste Siegerehrung eures Lebens. Aber vergesst nicht, dass nur sehr wenige Eiskunstläufer überhaupt jemals auf einem olympischen Podium stehen dürfen. Kopf hoch, und versucht, es zu genießen. Wenigstens ein kleines bisschen."

Sie spielten ihre Rollen wie gewünscht, wie Eiskunstläufer es immer taten. Abgesehen von diesem einen Mal – aber Dev hatte nicht die Absicht, seine Silbermedaille aus Protest auf dem Podium abzunehmen und sich lächerlich zu machen. Vor allem, da er anständig und ehrlich besiegt worden war. Die Zeremonie war fast wie ein außerkörperliches Erlebnis, und der einzige reale, elektrisierende Moment kam, als er auf das Podium zuging, um den Siegern zu gratulieren.

In diesem Moment wusste Dev ohne jeden Zweifel, dass der Mann, den er vor sich sah, nie wieder Mikhail sein würde. Als sich ihre Blicke begegneten, strömte ein Schwall von Emotionen auf Dev ein, die er nicht einmal ansatzweise verstand, von einer Spur Verbitterung über Stolz und Begierde bis zu einem verheerenden Gefühl der Sehnsucht, von dem er ganz weiche Knie bekam. Mikhail war der Mann gewesen, den er bekriegt hatte.

Aber Misha war der Mann, in den er sich gerade verliebte.

Er nahm Mishas Hand und erschauerte bei der lodernden Hitze, die ihn dabei durchfuhr. Er wollte tausend Dinge sagen. Er wollte die ganze Nacht reden. Er wollte tagelang reden. Stattdessen nickte er lediglich. „Glückwunsch.“

Misha hielt seine Hand länger, als er sollte. Sein Blick war eindringlich. „Danke.“

Dev ließ los und stieg auf die zweite Stufe des Podiums. Sein sehnlichster Wunsch war nur Zentimeter von ihm entfernt, aber außerhalb seiner Reichweite.

Kapitel Neun

„ALSO, WIR MACHEN jetzt folgendes."

Dev blinzelte und stöhnte auf. „Haben wir die Tür nicht abgeschlossen?"

„Nein, habt ihr nicht", sagte Bailey, die hereingefegt war wie ein Wirbelwind und jetzt neben Devs Bett stand, die Hände in die Hüften gestemmt.

Andrew vergrub sich unter der Decke. „Und wieder hätte ich nackt sein können", brummte er. „Vielleicht *willst* du mich ja nackt sehen."

„Das würdige ich keiner Antwort. Okay, die Sache ist die, D. Seit drei Tagen blasen wir jetzt Trübsal, futtern aus Frust und heulen uns die Augen aus. Es wird Zeit, dieses Glas halb voll zu machen. Und nicht mit Alkohol. Nein, wir haben kein Gold gewonnen. Aber eine olympische Silbermedaille ist ziemlich fantastisch. Ich gebe zu, ich weiß nicht, ob ich das wirklich schon so empfinde." Sie drückte sich eine Hand auf die Brust. „In meiner Seele, weißt du? Aber ich glaube, wenn wir es uns oft genug sagen, wird das wie Muskelgedächtnis und wir fangen an, es zu glauben." Sie zog Dev mit einem Ruck die Bettdecke weg.

„Kann ich nicht noch eine Stunde faul im Bett rumliegen?" Dev wusste, das er winselte, aber er konnte nicht anders. Er griff nach der Bettdecke, fröstelnd in seiner Boxershorts.

„Die faulen Zeiten sind vorbei. Wir gehen jetzt erst mal eine

Runde laufen und bringen die Endorphine in Schwung. Und nicht wieder Würstchen und Egg McMuffins zum Frühstück. Obwohl ich wirklich schrecklich gern eins hätte. Nein. Ab jetzt gibt's wieder Weizenkleie und Eier, mein Freund. Wir müssen uns zusammenreißen. Wir sind geschlagen, und das ist ätzend. Aber so läuft es nun mal in diesem Sport. So läuft es in jedem Sport. Sie waren besser. Sie haben es super gemacht, und Kisa Kostina wird eine neue Generation von Mädchen dazu inspirieren, kämpferisch zu sein. Wenn wir schon geschlagen werden mussten, dann bin ich froh, dass es mit Stil passiert ist."

Dev seufzte. Gedanken an Misha wirbelten in seinem Kopf herum, begleitet von einem dumpfen Schmerz, den seine Englischlehrerin in der zehnten Klasse ,wehmütiges Sehnen' genannt hätte. „Ich weiß. Du hast recht."

„Na ja, was denn sonst? Das versteht sich von selbst. Komm schon. Die Uhr tickt für die Weltmeisterschaft, und wir haben noch eine Chance, ganz oben auf diesem Podest zu stehen. Wir packen das."

„Ihr schafft das bestimmt!" Andrew schien jetzt hellwach zu sein, und er sprang aus dem Bett. „Ihr werdet in Boston gewinnen, und ich werde es allen zeigen. Ich habe gestern in meinem Langprogramm den vierfachen Toeloop *und* den Axel verbockt, aber bei der Weltmeisterschaft kriege ich die hin. Auch wenn ich vom Podium noch weit entfernt bin, ich werde der USA Ehre machen. Los kommt, gehen wir alle zusammen laufen." Er spurtete in Richtung Badezimmer und blieb an der Tür stehen. „Und hey, Bailey, ich habe Slopestyle-Tickets für heute Nachmittag ergattert. Willst du mitkommen?"

„Ich habe zwar keine Ahnung, was das ist, aber klar komme ich mit. Klingt super." Sie lächelte. „Danke, Andrew."

Er wurde rot. „Das ist diese neue Disziplin beim Skilaufen. Klingt echt cool, und... ja. Okay. Cool. Abgemacht." Er verschwand im Bad.

Bailey runzelte die Stirn. „Moment mal. Was war das denn eben?"

Dev grinste. „Ich glaube, du hast eine gesellschaftliche Verpflichtung mit dem jungen Mr. Quinn."

„Das hab' ich wohl." Sie zuckte die Achseln. „Was soll's. Apropos gesellschaftliche Verpflichtungen, hier ist die reinste Brutstätte für sexy Männer, und es wird höchste Zeit, dass wir da was unternehmen." Sie hockte sich auf Devs Bettkante und lächelte traurig. „Ich glaube nämlich, du trauerst nicht nur der Silbermedaille nach."

Das konnte er nicht abstreiten. „Ich wünschte, ich könnte ihn mir einfach aus dem Kopf schlagen."

„Hast du mit ihm geredet?", fragte sie leise.

„Du *willst*, dass ich mit ihm rede?"

„Sieh mal, historisch gesehen ist er nicht gerade mein Lieblingsmensch, aber in all den Jahren, seit wir uns schon kennen, habe ich es noch nie erlebt, dass dir ein Kerl dermaßen unter die Haut gegangen ist. Er ist offensichtlich nicht *gar* so schlimm. Wahrscheinlich ist er sogar ganz wunderbar, wenn du ihn magst. Und nur damit das klar ist – ich will mal schwer hoffen, dass er wunderbar ist. Denn wenn er dir wehtut, lasse ich diese russischen Spione aussehen wie die Golden Girls."

„Hast dir Wiederholungen angeschaut, hm?"

„Blanche Devereaux ist meine geistige Führerin, selbst mit französischer Synchronstimme." Bailey drückte Devs Bein. „Kisa und Misha gleiten in den Sonnenuntergang. Sie haben schon bei der letztjährigen Weltmeisterschaft gesagt, dass das ihre letzte war. Was passiert ist, ist passiert. Ich bin nicht nachtragend."

„Du bist ja heute unheimlich Zen."

„Gefällt dir das? Ich dachte, es wäre mal einen Versuch wert. Soweit, so gut. Aber mal ganz im Ernst, sie sind nicht mehr unsere Konkurrenten. Er ist Freiwild. Aber fang' bitte bloß nichts mit Roger Jackman an. Die Weltmeisterschaft muss nicht auch noch zum Dramarama werden."

Er zog ihr mit dem Kissen eins über. „Als ob ich mit Roger rummachen würde. Zum einen ist er auf gar keinen Fall schwul. Und außerdem glaube ich, dass seine Frau etwas dagegen hätte."

Sie kicherte und schlug zurück. „Hey, ich hätte auch nie gedacht, dass Roboter Reznikov schwul ist."

„Er ist kein Roboter."

Bailey grinste. „Es ist irgendwie süß, wenn du ihn verteidigst."

Dev dachte an das, was Misha über Bailey gesagt hatte, und das schlechte Gewissen drehte ihm den Magen um. Wie konnte er nur jemanden vermissen, der so über seine beste Freundin dachte? Aber der Hohlraum in seiner Brust schmerzte trotzdem. Er seufzte. „Ich bin ein Idiot, Bailey. Von Anfang an hat er gesagt, ich wäre nur seine ‚kleine Rebellion'. Aber ich war so blöd und habe mich trotzdem in ihn verliebt. Gott, ich blase hier Trübsal und er hat wahrscheinlich keinen Gedanken mehr an mich verschwendet. Er hat Gold gewonnen, und jetzt zieht er nach Kalifornien und braucht nicht mehr zu rebellieren. Er braucht mich nicht."

„Dann ist er ein Trottel und hat dich gar nicht verdient."

Dev kämpfte gegen den Drang an, Misha erneut zu verteidigen. „Weißt du was? Vergiss ihn. Du hast recht. Gehen wir laufen. Lassen wir die Vergangenheit hinter uns und schauen in die Zukunft."

Bailey sprang auf, mit erhobenem Arm und ausgestrecktem Zeigefinger. „Immer weiter aufwärts. Schneller, höher, stärker. Jetzt zieh dir was an und schaff deinen hübschen Arsch aus dem Bett."

DAS GEBIETERISCHE KLOPFEN hallte durch den kleinen Raum, und Dev wickelte sich sein Handtuch um die Hüften und eilte aus dem dampferfüllten Bad. „Seit wann klopfst du denn an?", rief er. „Andrew ist schon weg. Er wollte dich in deinem Zimmer abholen." Doch als er die Tür aufmachte, war es nicht Bailey, die dort stand.

Hocherhobenen Hauptes und majestätisch wie eh und je stand Misha da, den Rücken kerzengerade. Er öffnete den Mund, schloss ihn aber gleich wieder.

Dev schluckte mühsam. „Oh. Ähm, hey. Ich…" Er trat zurück. „Komm rein."

Mit einem angedeuteten Kopfnicken rauschte Misha an ihm vorbei und blieb bei den Besuchersesseln stehen. Er trug dunkle Jeans und einen enganliegenden schwarzen Pulli, der seine schlanken Muskeln und schmalen Hüften zur Geltung brachte. Sein Haar war schwungvoll über die Stirn gekämmt und er hatte einen Dreitagebart. Er war schön, wie immer.

Die Sehnsucht war wie das Ziehen in Devs Muskeln nach einem Langprogramm. Er räusperte sich. „Ich hätte nicht gedacht, dass ich dich nochmal sehen würde." Er machte eine vielsagende Handbewegung. „Ich meine, natürlich sehen wir uns bei der Schlussfeier nächste Woche. Aber ich hätte nicht gedacht, dass wir uns nochmal… so sehen würden."

„Ich war mir nicht sicher, ob du das willst. Ich dachte nicht."

„Aber trotzdem bist du hier." Devs Puls hämmerte.

„Falls ich nicht willkommen bin, gehe ich." Misha machte einen Schritt in Richtung Tür.

„Nein, nein. Bleib." Das Schweigen dehnte sich in die Länge, und Dev wusste nicht, was er sagen sollte. „Wie geht's Kisa?", fragte er schließlich.

Ein leises Lächeln spielte um Mishas Lippen. „Bescheiden. Sie hat Schmerzen, ob sie sitzt oder liegt, und im Stehen ist nicht besser. Aber sie ruht aus und isst viel Schokolade und trinkt Wodka und liest… wie sagt man? Ah! Kitschige Liebesromane."

Dev lachte. „Das ist gut. Sie hat eine Pause verdient. Mann, sie hat das eisern durchgezogen. Ich bewundere sie." Noch während er das sagte, wurde ihm bewusst, dass es kein reines Lippenbekenntnis war. „Wird sie bei der Gala laufen können?"

„Nichts könnte sie davon abhalten", antwortete Misha voll Zuneigung.

„Ich bewundere sie wirklich. Euch beide. Eure Kür war fantastisch. Die geht in die Geschichte ein."

„*Spasibo*. Du bist auch wunderschön gelaufen. Du und Bailey." Misha runzelte die Stirn, straffte die Schultern und verschränkte die Hände hinter dem Rücken. „Ich muss um Entschuldigung bitten. Ich hätte diese Dinge nicht über Bailey sagen sollen. Ich wusste, dass sie unwahr sind. Sie ist eine ehrenhafte Wettkämpferin. Eine ehrenhafte Frau. Bitte, verzeih mir."

Dev wurde warm ums Herz. „Ist schon okay. Du warst gestresst. Das waren wir beide."

„Es war nicht okay. Du bist auch ein ehrenhafter Mann, und ich hätte nicht etwas anderes sagen sollen. In diesem Moment, nachdem Wladimir vom Verband uns fast erwischt hätte... Ich hatte große Angst. Ich habe so getan, als wärst du schuld an meinem Leichtsinn. Als wärst du schuld an Kisas Unfall. Das war sehr unfair. Ich schäme mich."

Dev wollte nach ihm greifen, doch stattdessen verschränkte er unbeholfen die Arme vor der Brust. *Vielleicht ist er nur hier, um sich zu entschuldigen. Vielleicht ist das alles, was er will.* Die paar Fußbreit Abstand zwischen ihnen kamen ihm vor wie der Grand Canyon. „Entschuldigung angenommen. Ich hätte auch nicht sagen sollen, was ich gesagt habe."

Misha musterte ihn eindringlich. „Wünschst du diese Dinge immer noch? Dass wir uns nie getroffen hätten? Dass wir nie..."

Dev brauchte nicht einmal über seine Antwort nachzudenken. „Nein. Nicht im Geringsten." Er holte tief Luft, und sein Herz schlug schneller. „Denn das mit dir, das war..." Er gestikulierte mit den Händen, suchte nach Worten. „Anders als alles, was ich je erlebt habe. Besser als alles, was ich je empfunden habe. Was ist mit dir? Kommt es dir auch anders vor?"

Misha trat näher. Seine Augen strahlten, und sein Atem war zittrig. „Ja. Ich kann nicht erklären, warum. Nicht nur wenn ich dich berühre, sondern auch wenn wir reden. Ich will... ich will so vieles. *Vse.* Alles. Alles mit dir."

Freude und Lachen durchströmten Dev, und er umarmte Misha stürmisch. „Ja. *Alles.*" Er atmete Mishas holziges Aftershave ein und genoss es, ihn einfach nur wieder in den Armen zu halten. Misha erwiderte die Umarmung genauso fest, presste seinen straffen Körper an ihn.

Als sie in Devs Bett stolperten – Mishas Klamotten lagen auf dem Boden verstreut, mitsamt Devs Handtuch – kniete Misha sich breitbeinig über Devs Hüften und strich mit den Händen über seine Brust, dann beugte er sich vor und machte sich mit Fingern und Zunge aufreizend über seine Nippel her. Seine ungewohnten Bartstoppeln kratzten an der zarten Haut, und Dev erschauerte, während sein Schwanz sich aufrichtete.

„Misha", murmelte er.

Misha blickte auf, die Augen dunkel vor Lust. „Oh ja. Sag es nochmal."

Dev packte ihn am Kopf und riss ihn in einen Kuss. „Ich will..." Er stöhnte auf und stieß die Hüften nach oben.

„Sag mir."

Normalerweise redete Dev beim Sex nicht viel, aber die Worte brachen aus ihm heraus. „Ich will dich auf jede nur mögliche Art ficken. Ich will deinen Arsch und deinen Mund und deinen Schwanz. Ich will dich mit meiner Wichse vollspritzen. Ich will deine Wichse überall auf mir."

Misha murmelte etwas auf Russisch und schnappte sich seine Jeans vom Fußboden neben dem Bett. Er zog ein Kondom und ein Tütchen Gleitgel aus der Hosentasche.

Lachend strich Dev mit den Händen über Mishas kräftige Oberschenkel. „Du bist mir ja mal ein Pfadfinder."

Eine Furche entstand zwischen Mishas Augenbrauen. „Ich verstehe nicht." Er quetschte sich Gleitgel auf die Finger und schob sie zwischen seine Hinterbacken.

„Das bedeutet…ach, vergiss es. Später. Erklär ich dir…" Dev verstummte und sah zu, wie Misha sich leise stöhnend mit den Fingern aufdehnte, wie seine Augenlider flatterten und seine Brust sich rötete. Devs Schwanz wölbte sich über seinem Bauch, hart und prall.

Mit einem spitzbübischen Lächeln streifte Misha Dev das Kondom über, kniete sich aufrecht über ihn und senkte sich herab. Stück für Stück versank Dev in seiner Wärme. Er hätte Misha am liebsten gepackt und sich hineingerammt, aber er krallte sich ans Bettzeug und ließ Misha das Tempo vorgeben. „Gott, bist du schön", flüsterte er und zeichnete das Tattoo auf Mishas Hüfte mit den Fingerspitzen nach.

Misha warf den Kopf in den Nacken, und sein Adamsapfel hüpfte, als er Dev ritt. Mit derselben Anmut und Leichtigkeit, die er immer auf dem Eis gezeigt hatte, rollte er die Hüften und spannte die Muskeln um Devs Schwanz herum an. *„Mne tak horosho."*

„Ich versteh' kein Wort, aber red' weiter."

Mit einem herzlichen Lachen sah Misha ihm in die Augen, beugte sich ein wenig weiter vor und stützte die Hände auf Devs Schultern. Er stöhnte auf. „Ich sage, wie gut du dich anfühlst." Er leckte an der Grube zwischen Devs Schlüsselbeinen. „Du bist so gut in mir, Dev."

Dev zog die Beine an und stemmte sich hoch, um fester zustoßen zu können. Er konnte nicht widerstehen.

„Da! Vot tak." Misha küsste ihn und murmelte: „Genau so."

Zu hören, wie Misha beim Sex immer wieder ins Russische verfiel, ließ Devs Haut vor Erregung prickeln und sorgte dafür, dass sich seine Hoden zusammenzogen. Er grub die Fersen in die Matratze und passte sich Mishas Rhythmus an, begegnete seinen wuchtigen Stößen mit gleicher Kraft. Mishas Schreie waren zweifellos bis in den Speisesaal zu hören, und Dev grinste. Sollten sie es doch hören.

Mishas Finger gruben sich in Devs Schultern, und er ritt ihn keuchend und wild. Ein Schweißtropfen rann ihm über die Brust, und das Haar hing ihm in die Augen. Ein paar ruppige Stöße in seine Faust, und er kam mit einem Stöhnen und spritzte auf Devs Brust ab, sah ihm unverwandt in die Augen, während er die letzten Tropfen herausquetschte. Dann kniff er den Hintern zusammen, und Dev zuckte zusammen und brüllte auf, als sein Orgasmus das süße Brennen der Wollust bis in die letzte Pore schießen ließ.

Beide atmeten tief durch, mit zitternden Nasenflügeln, und Misha rieb mit der Hand über Devs klebrige Brust, strich die spärlichen Haare glatt, die dort wuchsen. „Nächstes Mal spritzt du auf mich ab, ja?"

„Ja, aber gib mir eine Minute."

Eine Frauenstimme rief durch die Wand: „Ich brauch' auch eine Minute!"

Lachend schlug Dev sich die Hände vors Gesicht. „Oh, mein Gott. Hoffentlich kenne ich die nicht", flüsterte er.

Misha rief zurück: „Nächste Show in zwanzig Minuten!" An Dev gewandt, fügte er achselzuckend hinzu: „Wir sind im olympischen Dorf. Hier ist Fickfest." Er entfernte das Kondom von Devs Penis, verknotete es und warf es dann fröhlich in einen Abfalleimer neben der Tür.

Dev lachte erneut. „Dann tun wir besser unseren Teil dazu."

Misha, der immer noch rittlings auf ihm saß, strich ihm mit dem Daumen über die Unterlippe. „Wir werden auch in die Berge gehen. Dort gibt es ein Restaurant. Sehr privat, sagt man. Mit Blick auf die Alpen rundum und Himmel zum Greifen nah." Ein hoffnungsvolles Lächeln erhellte sein Gesicht. „Wenn du möchtest?"

In diesem Moment löste sich die bittere Pille der letzten paar Tage in friedvolles Wohlgefallen und Optimismus auf. „Ich möchte. Sehr gern."

Sie küssten sich zärtlich. Dev hatte kein olympisches Gold gewonnen, doch mit Mishas Wärme in den Armen hatte er das Gefühl, etwas sehr viel Wertvolleres errungen zu haben.

Kapitel Zehn

März: Die Weltmeisterschaft

„AUF DEM ERSTEN Platz, und die Gewinner der Goldmedaille, als Vertreter der Vereinigten Staaten von Amerika – Bailey Robinson und Dev Avira!"

Das heimische Publikum jubelte so laut, dass Dev befürchtete, die Arena würde über ihnen einstürzen. Was schade wäre, da er gerade einen der großartigsten Momente seines Lebens erlebte. Ihm tat schon das Gesicht weh vor lauter Grinsen, aber er konnte nicht aufhören, als er und eine strahlende Bailey sich verbeugten und auf die oberste Stufe des Podiums stiegen.

Es war natürlich albern, aber Dev kam es so vor, als wäre die Luft, die sie hier oben atmeten, irgendwie anders. *Besser.* Die goldene Scheibe um seinen Hals hatte ein solides und befriedigendes Gewicht, und er fragte sich, ob es total hirnrissig wäre, sie zum Schlafen umzubehalten.

Als die Nationalhymne einsetzte und die Flaggen hochgezogen wurden – die Stars and Stripes in der Mitte – schmetterten Dev und Bailey ausgelassen den Text mit, ebenso wie fast das gesamte Stadion. Die Weltmeisterschaft in Anwesenheit von so vielen ihrer Freunde und Verwandten zu gewinnen war magischer, als Dev je zu hoffen gewagt hätte.

Mit der Hand über dem Herzen sangen er und Bailey ihren Jubel hinaus. Er drückte ihr mit seiner freien Hand die Schulter, und sie ergriff sie und verschränkte ihre Finger miteinander. Ausnahmsweise einmal war eine Siegerehrung viel zu schnell vorbei, und das Publikum spendete donnernden Applaus. Für Fotos zu posieren war diesmal ein Vergnügen, und als sie ihre Ehrenrunde liefen, brauchten sie fast zwanzig Minuten, weil sie so oft anhalten und jemanden umarmen mussten. Einige waren Verwandte und einige treue Fans, einschließlich Reiko und Amaya.

Als Dev und Bailey es schließlich um die Eisbahn geschafft hatten, wurden sie wieder zum Podium geleitet, wo die Fernsehgesellschaft für ein Interview Regiestühle auf dem Teppich aufgestellt hatte. Das grelle Scheinwerferlicht blendete sie fast.

Die Reporterin sprudelte los: „Nach Ihrer elektrisierenden Darbietung bei den olympischen Spielen waren Sie heute die klaren Favoriten für den Weltmeistertitel, und Sie haben diese Erwartungen erfüllt! Bei diesem Wettbewerb hat keiner von Ihnen auch nur einen falschen Schritt getan. Was ist es für ein Gefühl, heute Abend ein perfektes Programm gelaufen zu sein?"

„Es fühlt sich an, als wäre das schon längst überfällig gewesen", sagte Bailey schmunzelnd. „Nach den olympischen Spielen haben wir sehr hart gearbeitet, um uns weiter zu verbessern und unsere Amateurkarriere mit einem Sieg beenden zu können. Wir könnten nicht glücklicher sein."

„Und das auch noch hier in Ihrer Heimatstadt, Dev!", rief die Reporterin. „Dieses Publikum stand hundertprozentig hinter Ihnen beiden. Es muss Ihnen viel bedeuten, dass Sie hier Weltmeister werden konnten, wo Ihre Familien dabei waren und Sie unterstützen konnten."

„Es bedeutet uns alles", sagte Dev. „Unsere Familien waren immer für uns da, und diese Goldmedaillen gehören auch ihnen."

„Dev, ich habe von Ihrer Mutter erfahren, dass sie vorhat, morgen Abend eine Riesenparty für Sie zu schmeißen!"

Er lachte. „Das stimmt – meine Mutter macht keine halben

Sachen.“

„Ich werde mein Gewicht in Masala Dosas essen, nur damit das klar ist“, bemerkte Bailey.

Die Reporterin lachte. „Und wie sehen jetzt Ihre Zukunftspläne aus, nachdem Ihre Amateurkarriere vorbei ist?“

„Diesen Sommer touren wir quer durch Nordamerika und Asien, und danach wollte ich mir ein paar Colleges anschauen und einige Kurse belegen“, antwortete Bailey.

„Was ist mit Ihnen, Dev?“

„Das weiß ich noch nicht genau. Ich habe darüber nachgedacht, ins Coaching einzusteigen, also wollte ich meine Möglichkeiten erkunden. Bailey und ich wollen als Profis so lange wie möglich weiter zusammen Schlittschuh laufen, wenn sich die Möglichkeit ergibt, daher werden wir in den nächsten paar Jahren noch nichts in Vollzeit machen.“

„Und in allernächster Zeit? Wie werden Sie feiern? Fahren Sie nach Disneyland?“, fragte die Reporterin augenzwinkernd.

Dev ertappte sich dabei, zu lächeln. „Eigentlich wollte ich für ein paar Wochen nach Kalifornien fahren, bevor die erste Tour beginnt. Ich glaube, ich habe mir einen Urlaub verdient.“

Bailey drückte Devs Knie. „Das hat er auf jeden Fall.“

Nach einigen weiteren Fragen waren sie fertig und machten sich durch die Tränenecke auf den Weg zum Ausgang. Dev blieb stehen und sah Bailey an. „Das war’s. Unser letzter Wettkampf auf dem Eis.“

Sie atmete tief durch. „Ende einer Ära, D. Ich hätte das mit niemand anderem machen wollen.“

„Ich auch nicht. Bereit, B?“

Mit glänzenden Augen lächelte sie und nahm seine Hand. „Wir schaffen das.“

„ZOLOTO! KOMM HER, dummes Mädchen", rief Misha der jungen französischen Bulldogge zu, die die heranrollenden Wellen verbellte.

Sie hatten den Strand fast für sich, während die Sonne hinter dem Horizont versank und die Lichter auf dem Santa Monica Pier funkelnd angingen. Die Jeans bis über die Knöchel hochgerollt schlenderten Dev und Misha dahin und warfen Stöckchen für den Welpen. Dev genoss es, den Sand zwischen den Zehen zu spüren.

Eine salzige Brise wehte vom Wasser her, und Dev zog den Reißverschluss an seinem Kapuzenshirt hoch. „Es wird kalt. Und sag's bloß nicht."

Misha hob einen Stein auf und ließ ihn über das Wasser hüpfen. „Was? Ich habe nichts gesagt."

„M-hm. Aber du hast es gedacht."

Misha trug immer noch nur ein weißes T-Shirt. „Ihr Amerikaner seid so dünnblütig", neckte er. „Ihr wisst nicht, was Kälte wirklich ist."

„Ich bin aus Boston. Dort wird es kalt, das kannst du mir glauben. Außerdem habe ich die letzten sechs Jahre in Colorado Springs gelebt. Kalt!" Er rempelte Misha gutmütig mit der Schulter an.

„Zoloto! Komm schon." Misha warf einen Stock über den Sand, und sie rannte hinterher, wobei sie in ihrem Überschwang über ihre eigenen Pfoten stolperte.

„Ich weiß immer noch nicht genau, ob ich es charmant oder arrogant finden soll, dass du deinen Hund ‚Gold' genannt hast. Und apropos – nicht zu fassen, dass du sie auf die Tour mitnehmen darfst."

Misha nahm dem Welpen den Stock aus dem Maul und warf ihn erneut. „Sie wollen, dass Kisa und ich in ihren Shows auftreten? Zoloto kommt auch mit." Er grinste. „Ich wollte schon eine eigene Garderobe für Zoloto verlangen, nur um zu sehen, ob sie zustimmen."

Dev lachte. „Hör mal, du bist vielleicht ein Olympiasieger, aber du bist nicht JLo. Dafür ist schonmal dein Arsch zu klein."

Misha warf ihm einen verschmitzten Blick zu. „Hast du Beschwerde über meinen Arsch?"

Dev tätschelte ihn. „Nicht im Geringsten." Als er an den ganzen Sex dachte, den sie seit seiner Ankunft in Kalifornien vor drei Wochen gehabt hatten, brandete Hitze in ihm auf. Gefolgt von dem mulmigen Gefühl in der Magengrube, das ihn überkam, wenn ihm wieder einfiel, dass das alles in ein paar Tagen enden würde.

„Was?" Misha blieb stehen und streichelte Dev mit den Fingerknöcheln die Wange. „An meinen Arsch zu denken sollte dich nicht so traurig machen."

Dev lächelte kurz. „Nein, das war es nicht." *Na los, jetzt spuck's halt einfach aus.* „Ich sollte wahrscheinlich nicht davon sprechen und alles ruinieren, aber…" Er seufzte. „Es war wunderbar hier mit dir, aber in ein paar Tagen müssen wir beide weg. Stars on Ice beginnt in Lake Placid, und du fährst mit Kisa nach Europa. Dann sind wir beide in Asien auf Tournee, und das wird toll, aber wenn der Sommer endet… was dann?"

„Es gibt Eisbahnen hier in LA. Spitzen-Trainer, mit denen du arbeiten könntest. Als Assistent, für den Anfang. Ich habe mit ein paar Leuten gesprochen. Sie sind interessiert."

Devs Herz setzte einen Schlag aus. „Du hast mit ihnen über mich geredet?"

„Ich habe nur erwähnt, dass du im Herbst vielleicht wieder hier bist. Sie waren sehr interessiert. Du wärst ein erstklassiger Trainer, Dev."

Sein Puls wurde schneller. „Du willst, dass ich mit dir hierher zurückkomme?"

Misha zögerte nicht. „Ja. Wenn du möchtest." Er fasste nach Devs Hand. „Ich möchte es sehr gerne. Ich weiß, es ist schnell, aber du schenkst mir solche Freude. Wir könnten uns zusammen ein kleines Haus suchen."

„Direkt am Strand?" Dev lächelte. Momentan hatte Misha eine Mietwohnung nur wenige Schritte vom Strand entfernt.

„Wo sonst?"

„Und was willst du machen?"

Misha schüttelte den Kopf. „Ich weiß nicht." Er grinste spitzbübisch. „Wir sind in Los Angeles. Vielleicht werde ich ein Filmstar."

„Du hast das Aussehen dafür."

Er küsste Dev sanft. *Spasibo.*" Der Welpe rannte um sie herum, und Misha lachte. „Gib Ruhe, Zoloto." Sein Lächeln verblasste. „Willst du die Wahrheit wissen?"

Dev war sich nicht sicher, ob er das wollte. Er sammelte seine Kräfte. „Okay."

„Als wir in Annecy gewonnen haben, war ich sehr stolz, natürlich. Glücklich, ja, aber mehr... erleichtert. So erleichtert. Es war endlich vorbei, und es war mir gelungen. Die Last ist abgefallen. Für mich ist das Gold nicht die Medaille." Er machte eine ausholende Armbewegung. „Es ist hier. Der Strand in Kalifornien. Freiheit." Er lächelte Zoloto an, die im Sand zappelte. „Ein kleiner Hund zum Verwöhnen." Er legte Dev eine Hand an die Wange. „Du. Diese Dinge sind Gold."

Dev konnte kaum atmen. „Misha, ich..."

„Sag ja."

„Mit dir zusammenzusein ist..." Dev suchte nach den richtigen Worten.

Misha ließ die Hand sinken und trat zurück, den Blick auf den Sand gerichtet. „Es ist schon gut. Zu überstürzt. Ich verstehe."

„Mit dir zusammenzusein ist wie ein Traum, von dem ich nie wusste, dass ich ihn hatte."

Misha hob ruckartig den Kopf, einen hoffnungsvollen Blick in den Augen. *„Da?"*

„Ich hatte so viele Jahre lang nur einen einzigen Traum. Ich hätte nie gedacht... Mit diesem hätte ich nie gerechnet. Aber ich liebe es, mit dir zusammenzusein. Mit dir hier zu sein. Ich glaube, wir kriegen das hin."

„Ja?", flüsterte Misha.

Dev lehnte den Kopf an Mishas Stirn und schlang ihm die Arme um die Taille. „Ja. Ja, ja, ja."

Mit einem Freudenschrei beugte Misha die Knie und hob Dev in die Höhe. Sie wirbelten herum und landeten dann auf einem Haufen. Als sie sich küssten, nahm Dev aus dem Augenwinkel eine Bewegung wahr und wich zurück. „Sie ist im Wasser!"

Misha sprang auf, rannte in die starke Brandung und hob Zoloto schwungvoll hoch. Dev rappelte sich hoch und klopfte sich den Sand von den Klamotten. „Ist sie okay?"

„Ich glaube schon." An den durchnässten Hund in seinen Armen gewandt schimpfte er: „Die Wellen sind zu stark für kleine Hunde. Dummes Mädchen." Er war selbst fast bis auf die Haut durchnässt und fröstelte.

Dev musste grinsen. „Was hast du denn? Ist dir ein bisschen kalt?"

Misha schniefte. „Vielleicht ein ganz kleines bisschen."

„Na komm, sehen wir zu, dass wir dich aus den nassen Sachen kriegen." Dev machte sich auf den Rückweg in die Richtung, aus der sie gekommen waren.

„Vielleicht könntest du dabei behilflich sein."

„Vielleicht." Dev lachte und rannte los. „Um die Wette!"

Mit einem lautstarken russischen Fluch schoss Misha hinter ihm her, und schon bald sprinteten sie Seite an Seite, mit Zoloto dicht auf den Fersen. Der Wind trug ihr Lachen davon, als sie nach Hause flogen.

Teil Zwei

Kapitel Elf

„WIE NETT VON euch, dass ihr auch schon kommt!"
Misha, der sich gerade in der Hocke um die eigene Achse drehte und Kisa in einer Todesspirale herumwirbelte, verrenkte sich den Hals, um einen Blick auf den Eingang zur Eisbahn zu erhaschen. Die Stimme ihrer Tour-Choreographin Alice Jenkins ertönte erneut.

„Ihr Amerikaner, immer schick zu spät."

Misha sah Devs Lächeln aufblitzen, als er Alice umarmte, und ihm stockte der Atem. Gleich darauf saß er auf dem Eis, und Kisa lag ausgestreckt vor ihm. Fluchend zog er sie hastig auf die Füße.

Mit pochendem Herzen sah er zu, wie Dev am anderen Ende der Eisbahn lachend die anderen Eisläufer begrüßte. Misha kämpfte gegen den Drang an, über das Eis zu flitzen und Dev durch die Luft zu schwingen. Er wollte ihn küssen und anfassen und seine Lungen wieder mit ihm füllen.

Mit seiner dunklen Haut, den dunklen Augen und dem glänzend schwarzen Haar sah Dev einfach umwerfend aus. Aber es war sein Lächeln – eins, das sein ganzes Wesen erhellte – das Misha jahrelang heimlich zu ihm hingezogen hatte. Die Freude am Eislaufen, die er jedes Mal ausstrahlte, wenn er die Eisfläche betrat. So lange hatte Misha sich danach gesehnt, ihn zu berühren. Ihn jetzt wiederzusehen, nach allem, was sie zusammen erlebt hatten, war schmerzlich schön.

Kisa klopfte ihr schwarzes Trikot ab und raunte ihm zu: „Wenn du so ein Gesicht machst, weiß es bald jeder." Sie sprach russisch, wie sie es immer taten, wenn sie unter sich waren. Nach einem Blick zu den anderen Eisläufern fuhr sie fort: „Aber vielleicht bist du ja nur paranoid. Wenn du von zuhause wegbleibst, was können sie dir jetzt noch anhaben? Sie sind machtlos. Warum lebst du nicht einfach dein Leben?"

Eine Locke von Kisas blondem Haar hatte sich aus ihrem Pferdeschwanz gelöst, und Misha strich sie ihr hinters Ohr. „Du weißt warum. Du lebst immer noch in Russland. Meine Familie lebt immer noch dort. Ehe wir nicht vergessen sind, ist das Risiko zu groß. Und es ist auch besser für Dev. Glaubst du etwa, er wird noch Werbeverträge bekommen, wenn die Leute wissen, dass er schwul ist? Oder gar, dass er mein…"

„Was genau ist er?" Kisa zog eine sorgfältig gezupfte Augenbraue hoch.

Mein Geliebter? Mein Freund? Mehr ? Weniger? „Dass wir sind, was wir sind. Es spielt keine Rolle – du weißt, warum wir es geheim halten müssen. Wir nehmen vielleicht nicht mehr an Wettkämpfen teil, aber wir sind immer noch in der Eislauf- Welt. Es gibt Regeln, selbst wenn es ungeschriebene sind."

Kisa seufzte und nahm ihn an die Hand. „Wohl wahr. Komm, wir müssen höflich sein."

Sie glitten ans andere Ende der Eisfläche, vorbei an Reihen von leeren Sitzen. Die Banden waren entfernt worden, um für die eingefleischten Fans, die bereit waren, dafür zu bezahlen, Sitzplätze direkt an der Eisfläche zu schaffen. Hoch über ihnen arbeiteten die Beleuchter an ihren Gerüsten.

Dev, seine Partnerin Bailey und einige andere Neuankömmlinge umarmten die Eisläufer, die bereits seit zwei Tagen in Tokio waren. Dev stand mit dem Rücken zu Misha; er begrüßte gerade Hanako Hirano, die junge Japanerin, die olympisches Gold gewonnen hatte. Sein Hoodie spannte über seinem Rücken, und seine Jeans schmiegte sich um seine schlanken, muskulösen Beine.

Ihn nicht berühren und in den Armen halten zu können tat Misha im Herzen weh. Devs schwarze Locken waren kurzgeschnitten, und Misha ballte die Fäuste, um nicht gedankenlos die Hand nach ihm auszustrecken. Er und Kisa warteten am Rand der Gruppe.

Baileys feuerrotes Haar war unter einer Baseballkappe verborgen, und sie hatte sichtbare Schatten unter den Augen. Sie und die anderen Neuankömmlinge standen in Turnschuhen am Rand der Eisfläche. „Ich wollte nur anmerken, dass deine Kanadier Brad und Ari auch spät dran sind, Alice! Es ist nicht unsere Schuld, dass unser Flug wegen des Hurrikans zwei Tage Verspätung hatte. Oder war es ein Zyklon? Was ist eigentlich der Unterschied?"

„Ich glaube, das ist dasselbe." Brad Chang, ein Eistänzer und frischgebackener Olympiasieger, wandte sich stirnrunzelnd an seine Partnerin. „Ari, hast du nicht auf Discovery was darüber gesehen?"

Ariane Gagnon rieb sich mit einer Hand über das Gesicht. Ihr braunes Haar war strähnig. „Keine Ahnung. Ich kann mich im Moment kaum an meinen eigenen Namen erinnern." Sie murmelte etwas auf Französisch.

Mit einem leisen Lachen schlang Brad ihr den Arm um die Schultern. Wie die meisten Eistanzpaare waren sie fast gleich groß. „Alice, ich glaube, wir brauchen Kaffee. Pronto." Er schaute kurz zu Misha und Kisa. „Hey, Leute!"

Alle Augen richteten sich auf sie, und die Menge teilte sich, so dass sie bis ans Ende der Eisfläche laufen konnten. Brad hob die Hand, und Misha klatschte mit ihm ab, dann umarmten sie sich. Nach einem Küsschen auf die Wange für Ariane wandte er sich Dev und Bailey zu. Er wechselte einen Blick mit Dev und schaute sofort wieder weg. Sein Magen schlug einen Purzelbaum, und er verspürte ein Ziehen in der Leistengegend.

Bailey lächelten und winkte verlegen in der plötzlichen Stille.

„Hey, Mikhail. Kisa. Schön, euch zu sehen.“

Misha glaubte es nicht ertragen zu können, Dev vor einem knappen Dutzend Leuten auch nur zu berühren. Er nickte und verzog die Lippen zu einem kurzen Lächeln. „Hallo.“

Kisa nickte ebenfalls.

Alice räusperte sich. „Okay, es wird Zeit, mit dem Training weiterzumachen. Scott, Dev, Bailey, Brad und Ariane, ich wünschte, wir könnten euch Zeit zum Duschen und für ein Nickerchen geben. Aber die erste Show ist morgen Abend, und ich brauche euch nicht zu sagen, dass das Publikum hohe Erwartungen stellen wird. Wir werden alle als Team zusammenarbeiten, stimmt's?“

Alle nickten, und Brad grinste. „Alice, hast du überhaupt noch ein Haar auf dem Kopf, das nicht grau ist?“

Mit gespielt finsterer Miene glitt Alice elegant zur Mitte der Eisfläche. Sie war fast sechzig, aber immer noch eine anmutige, langbeinige Eisläuferin. Ihr silbergraues Haar war im Nacken zu einem Knoten zusammengebunden. Die siebenfache kanadische Paarlaufmeisterin und zweifache Weltmeisterin war seit Jahren eine der besten Choreographinnen der Welt. Misha arbeitete sehr gern mit ihr – auch wenn er lieber überhaupt nicht auf Schlittschuhen gestanden hätte.

„Die Neuankömmlinge gehen sich umziehen. Alle anderen hier rüber. Ihr zeigt ihnen, woran wir bisher gearbeitet haben, und dann können sie sich uns anschließen.“

Der Nachmittag zog sich hin, und Misha versuchte sich zu konzentrieren. Gruppennummern zu lernen gehörte zu jeder Tournee, und er konnte sich die Schritte im Schlaf aneignen. Er exerzierte die Bewegungen mechanisch durch, während er Dev aus dem Augenwinkel beobachtete und an ihre letzte richtige Unterhaltung vor ein paar Tagen dachte. Wie die meisten ihrer Telefongespräche seit ihrer Abreise aus L.A. hatte auch dieses damit geendet, das Misha auf dem Rücken im Bett lag und sich einen runterholte, das Handy zwischen Wange und Schulter geklemmt.

„Ich kann's kaum erwarten, dich wieder zu berühren. Dann fick' ich dich so hart in den Arsch, dass du eine Woche lang nicht sitzen kannst."

Misha stöhnte. „Da. Das will ich so sehr."

„Was willst du? Sag's mir."

„Deinen Schwanz. In mir. Dass du in mir abspritzt. Bis ich so voll bin, dass es aus mir rausläuft."

Dev stockte der Atem. „Ja. Ich will dich wund ficken, und du wirst es lieben. Ich wette, du hast gerade die Beine ganz weit gespreizt. Fickst du dich schon?"

Misha lutschte geräuschvoll an seinem Zeigefinger und drückte ihn dann gegen seine Rosette. „Jetzt ja."

Dev keuchte rau. „Du liebst es, nicht? Wir müssen skypen, damit ich dich sehen kann. Gott, ich vermiss' dich so sehr. Fuck, ich komme – in dir, spritz' dich voll– "

„Mikhail!" Alices Stimme vibrierte vor Anspannung.

Blinzelnd stellte Misha fest, dass alle Augen auf ihn gerichtet waren und dass Kisa an seiner Hand zog. Sie warf ihm einen wütenden Blick zu, dann lächelte sie Alice an.

„Bitte entschuldige. Er fühlt sich nicht gut. Er wollte keine Umstände machen, aber er spürt Erkältung kommen. Er hat Medizin genommen, und jetzt ist sein Kopf ganz… benebelt, sagt man glaube ich? Keine Sorgen. Wir werden für die Show bereit sein."

Alice nickte. „Das weiß ich. Ihr seid nicht umsonst Olympiasieger. Na schön, zehn Minuten Pause, und dann das Ganze nochmal von vorn."

Die meisten Eisläufer steckten die Kunststoffschoner auf ihre Kufen und stapften in den Backstagebereich, wo sie eifrig nach ihren Handys griffen und sich auf Sofas plumpsen ließen. Während Kisa auf ihrem Smartphone herumtippte, hockte Misha sich neben ihr auf die Sofalehne, wohl wissend, dass es eine dumme Idee wäre, Dev vor allen Leuten SMS zu schreiben.

Dev und Bailey kamen herein. Sie redeten immer noch über ihren Part in der Eröffnungsnummer.

Hallie Mitchell, die amerikanische Meisterin im Frauen-Einzel, blickte von ihrem Handy auf. „Hey, Dev. Ein kleines Vögelchen hat mir gezwitschert, dass du vielleicht nach dem Sommer mit Farley Clark in LA arbeitest."

Dev trank einen Schluck aus seiner Wasserflasche. „Ja, vielleicht helfe ich ein bisschen aus. Mal sehen, wie es läuft."

Bei dem Gedanken, wieder mit Dev in LA zu sein, in einem Haus am Strand und weit weg von allen, die sie kannten, konnte Misha sein Lächeln nicht verbergen.

„Aber das Merkwürdige ist – wie ich gehört habe, hat Mikhail das eingefädelt oder so."

Mishas Lächeln verschwand, als alle Blicke sich auf ihn richteten. Er zuckte die Achseln. „Sie wollten mich, aber ich bin nicht interessiert. Sie haben gefragt, wer meiner Meinung nach Interesse haben könnte. Ich habe ein paar Namen gesagt. Das ist alles."

Bevor Hallie weitere Fragen stellen konnte, kam Zoloto auf ihn zugerannt und schüttelte sich den Regen aus dem Fell. Mit ihrem knautschigen Gesicht sah die französische Bulldogge ganz bekümmert aus, obwohl sie in Wirklichkeit der glücklichste kleine Hund war, den Misha kannte. Sie war fast völlig weiß, und Misha bückte sich, kraulte sie hinter ihren rosa Öhrchen und lächelte den persönlichen Assistenten an, der damit beauftragt war, auf sie aufzupassen. „Ich hoffe, sie war ein ganz braves Mädchen?"

Der junge Mann nickte heftig, und Misha war sicher, dass er kein Wort sagen würde, auch wenn Zoloto alles vollgepinkelt hätte. Plötzlich bellte Zoloto aufgeregt. Sie flitzte davon, bevor Misha sie schnappen konnte, und stürzte sich auf Dev. Dev nahm sie hoch und küsste sie auf den Kopf.

„Hey, du!" Er lächelte nervös. „Ah, wer ist das denn?"

Einer der anderen Eisläufer lachte. „Zoloto, unser Tourmaskottchen. Wow, das ist ja Liebe auf den ersten Blick!"

Dev wich Mishas Blick aus. „Ist sie denn nicht zu jedem so freundlich?"

„Natürlich ist sie das." Kisa stand auf und pflückte Zoloto aus Devs Armen. „Nicht wahr, *sladenkaya*?" Sie gab sie wieder an Misha zurück.

Einige Eisläufer wechselten Blicke, und Bailey meldete sich zu Wort. „Okay, wenn ich nicht bald eine Koffein-Infusion kriege, fall ich hier gleich um. Los, kommt schon, Leute. Lasst mich nicht hängen."

Die meisten Eisläufer machten sich auf den Weg zum Catering-Tisch. Zoloto winselte, als Dev wegging. „Ich weiß, wie du dich fühlst", flüsterte Misha. Er küsste und streichelte sie und war sich sicher, dass dieser Tag nie enden würde.

MISHA HOLT TIEF Luft und spähte durch den Türspion. Keine Bewegung. Er lauschte aufmerksam. Im Flur war alles still.

Er warf rasch einen letzten Blick in den Spiegel über der Kommode und befingerte sein kurzes braunes Haar und die etwas längeren Strähnen, die ihm in die Stirn fielen. Er hatte sich rasiert und Feuchtigkeitscreme aufgetragen, und er trug Jeans und ein schlichtes langärmeliges T-Shirt, das seine Muskeln und schlanken Hüften sehr schön betonte, wie er fand. Er trat zurück und betrachtete sich ein allerletztes Mal. Vielleicht würde das Violette seine Augen blauer wirken lassen, obwohl ihm das Dunkelbraune auch gut stand, und –

„*Dostatochno!*" Genug, genug, genug. Er benahm sich wie ein Teenager.

Als er vorsichtig die Tür aufmachte, gab Zoloto ein Schnarchen von sich, und er erstarrte. Doch sie schlief weiter, und er schlüpfte aus dem Zimmer.

Er war noch kaum ein paar Türen weiter, als Hanako aus dem Aufzug trat, begleitet von einem leisen *Ping* und dem *Wuusch* der Schiebetür.

Sie lächelte strahlend. „Guten Abend." Wie immer war Hanako unfehlbar höflich. „Wie fühlst du?"

Misha lächelte. „Besser."

„Bitte sage, wenn du brauchst..." Sie hielt inne und suchte sichtlich nach dem richtigen englischen Wort. „Etwas." Sie lächelte erneut. Als Star der Show gab sie sich besondere Mühe, sicherzustellen, dass alle Eisläufer zufrieden waren und gut betreut wurden.

Er hielt einen Isolierkübel hoch. „Wollte nur Eis holen. Das ist alles."

„Ah." Sie lächelte und neigte den Kopf. „Bis morgen."

Er nickte ihr im Vorbeigehen ebenfalls zu und machte sich auf den Weg zur Eismaschine am Ende des Flurs. Dort füllte er den Kübel, erleichtert, dass er daran gedacht hatte, ihn mitzunehmen. Als er um die Ecke spähte, war der Flur leer. Er war unterwegs an Devs Zimmer vorbeigekommen, und als er sich jetzt wieder näherte, ging die Tür auf.

Er huschte hinein, und gleich darauf wurde er gegen die Tür gedrückt. Eiswürfel verteilten sich über dem plüschigen Teppich, als Dev und er sich küssten. Dev war bereits nackt, und Misha streichelte ihn gierig, ließ die Hände über seinen Körper wandern. „Oh Gott", stöhnte er. „ Ein Monat ist zu lang, Vassenka."

Dev nuckelte an Mishas Hals, und sein kurzer Bart kratzte wunderbar an Mishas Haut. Er zerrte an Mishas T-Shirt und brummte: „Ich weiß nicht, was das heißt, aber es war eine Ewigkeit. Dreiunddreißig Tage, um genau zu sein."

Misha konnte nur stöhnen, als sie zum Bett taumelten und seine Klamotten aus dem Weg schafften. Er biss sich auf die Lippen, da er am liebsten das ganze Hotel zusammengeschrien hätte, als ihre jetzt schon fieberheißen nackten Körper sich berührten. Devs Haar war noch nass vom Duschen, und Misha packte seine feuchten Locken, als Dev an seinen Brustwarzen saugte und sich auf ihn rollte.

Sie rieben sich aneinander wie Teenager, keuchend und vor Erregung triefend. „Das war die schlimmste Probe aller Zeiten. Den ganzen Tag habe ich mich danach gesehnt, dich zu fühlen", murmelte Misha. „Ich konnte an nichts anderes denken."

„Ich auch nicht." Dev packte Mishas Hüften und presste sich an ihn. „Ich brauch' dich so dringend. Gott, was habe ich deinen Geschmack vermisst." Er leckte an der Vertiefung zwischen Mishas Schlüsselbeinen.

Misha wollte Dev endlich in sich haben, aber er war zu gierig, um sich mit Gleitgel und Kondomen zu befassen. Er küsste Dev innig, mit viel Zunge. „Spritz mich voll."

Devs Augen wurden ganz dunkel, und seine Nüstern blähten sich. „Willst du das?"

„*Da, pozhalujsta.* Bitte. Beeil dich", stieß Misha atemlos hervor.

Dev stützte sich auf einen Arm, um nach seinem Schwanz greifen zu können. Misha sah zu, wie die Eichel in Devs Faust verschwand, die Vorhaut zurückgezogen. Devs Körper straffte sich, als er zu wichsen begann. Seine Muskeln spannten sich an, und seine Nippel zogen sich zusammen.

„*Krasavetcs.* Wunderschön. Ich will dich ewig anschauen." Misha ließ die Hände über Devs bebende Schultern gleiten.

Schwer atmend in der Stille des Zimmers machte Dev weiter. „Wird nicht lange dauern", keuchte er. „Hab schon den halben Tag einen Ständer. Fuck, es ist so schön, dich zu sehen, Misha."

„Oh ja. Gut so." Er hätte Dev stundenlang zusehen können, aber heute wollte er nicht warten. „Kommst du für mich?"

„Ja!" Dev erschauerte und kam. Die ersten Spritzer landeten auf Mishas Brust und Bauch, und dann zielte er auf sein Gesicht.

Misha ließ die Zunge vorschnellen, um die perlweißen Tropfen um seinen Mund und von seinem Kinn abzulecken und den herben Geschmack zu genießen. Er wischte sich den Rest mit dem Finger von der Wange und leckte ihn sauber.

Mit geweiteten Pupillen beugte Dev sich über ihn und küsste ihn obszön. Dann kroch er im Bett nach unten und schluckte Mishas rote, pralle Erektion. Misha spreizte die Beine noch weiter und sah zu, wie Devs Wangen hohl wurden und seine Lippen sich dehnten. Er hob unwillkürlich die Hüften, und Dev hielt ihn unten und lutschte heftiger.

Er hörte nicht auf zu lutschen, als er eine Hand zwischen Mishas Beine schob und nach seinem Anus tastete. Zu fühlen, wie Dev ihn dort wieder berührte… mehr brauchte es nicht, und Misha zerrte an Devs Haaren, bis Dev ihn freigab. Mishas Schwanz klatschte gegen Devs Kinn, und er umfasste seinen Schaft, als der Orgasmus ihn packte.

Dev öffnete den Mund, und Misha zielte darauf. Sein Sperma spritzte auf Devs Wangen und bis hoch an seine Stirn, milchweiß auf Devs dunkler Haut. Sie markierten einander wie Tiere, und das ließ Misha noch heftiger kommen. Devs Augen waren geschlossen, und er schluckte jeden Tropfen, den er erwischte.

Dann küssten sie sich wieder, und ihr Geschmack mischte sich auf ihren Zungen. Sie waren klebrig und verschwitzt und zusammen, und Misha war so glücklich wie noch nie, als er Devs Gesicht sauberleckte. Dev fuhr mit den Fingern durch das Sperma auf Mishas Bauch und strich es über die Linien von Mishas Tattoo. Sorgfältig zeichnete er die Flügel des Adlers mit seiner Wichse nach und folgte ihnen dann mit der Zunge, und Misha erschauerte.

Schließlich ließ Dev sich schwer atmend auf den Rücken plumpsen. „Du bist das beste Heilmittel gegen Jetlag aller Zeiten. Das solltest du in Flaschen abfüllen. Obwohl… nein, wenn ich so darüber nachdenke, will ich das alles für mich allein." Er streichelte träge Mishas Schenkel. „Gott, du bist unglaublich."

Misha zuckte die Achseln und versuchte, nicht zu lächeln. „Ja. Das ist wahr."

„Und so bescheiden wie eh und je." Dev lachte, dann gähnte er herzhaft.

„Du bist müde." Misha rollte sich auf der Seite zusammen und schob ein Bein über Devs. Er fuhr mit den Fingerspitzen durch die Haare auf Devs Brust und küsste ihn auf die Schulter. „Vielleicht hätten wir warten sollen. Morgen wird ein langer Tag."

Dev, dem bereits die Augen zufielen, schüttelte den Kopf. „Auf keinen Fall. Ich hab' lang genug drauf gewartet, es wieder mit dir zu treiben. An dich kommt keiner ran, nicht mal annähernd."

Mishas Herz setzte einen Schlag aus, und seine Hand erstarrte auf Devs Brust. Die Frage war heraus, bevor er sich zurückhalten konnte. „Hat es andere gegeben, seit ich dich gesehen habe?" Bei dem Gedanken krampfte sich sein Magen zusammen.

Dev riss ruckartig die Augen auf. „Was? Nein, natürlich nicht." Schmerz huschte über sein Gesicht. „Hast du…?"

„Nein." Sie waren beide wie erstarrt, und Misha atmete tief durch und strich beschwichtigend mit der Hand über Devs Brust. „Es gibt nur dich."

Dev stieß einen tiefen, lautlosen Seufzer aus und entspannte sich. „Gut." Er rieb ihre Nasen aneinander. „Darüber hätten wir wohl reden sollen, hm? Ich bin einfach davon ausgegangen, dass wir dabei auf derselben Wellenlänge sind."

„Ja. Dieselbe Wellenlänge. Dieselbe Frequenz, glaube ich."

„Derselbe Ton." Dev grinste, doch dann verblasste sein Lächeln. „Hey, du hast Zoloto gar nicht mitgebracht. Ich vermisse sie."

„Tut mir leid, aber heute Nacht gehörst du ganz mir, Vassenka."

Dev schmiegte das Gesicht an Mishas Wange. „Sag' mir, was das heißt."

„Es bedeutet eigentlich gar nichts. Wir haben deinen Namen nicht auf Russisch. Aber Devassy ist ein bisschen wie Vasiliy, oder Vassya, also… Vassenka. Mein Klein-Name für dich." Er küsste Dev sanft. „Wenn dir nicht gefällt, höre ich auf."

„Nein, nein. Er gefällt mir. Sehr sogar." Er lächelte. „Solange du mich nicht heimlich ‚Arschloch' nennst."

„Niemals. Naja, vielleicht hin und wieder."

Sie lachten, und Dev rieb seine Wade an Mishas Bein. Misha spielte mit den Haaren auf Devs Brust. „Trägst du manchmal noch deinen kleinen Elefanten?"

„Nach der Weltmeisterschaft habe ich ihn meiner Mutter geschenkt. Sie war besorgt wegen ein paar Untersuchungen, die der Arzt gemacht hat, und ich habe ihr gesagt, dass dieser kleine Jadeanhänger ihr auch Glück bringen würde."

„Untersuchungen? Das hast du nicht erwähnt." Misha runzelte die Stirn. „Ist alles in Ordnung?"

„Total. Sie ist kerngesund." Dev lächelte.

„Gut. Gut." Misha war erleichtert, aber auch ein bisschen traurig, dass Dev ihm nichts davon gesagt hatte. Aber wieso sollte er? Es ging ihr gut, und Dev hatte keinen Grund, ihm jede Kleinigkeit zu erzählen.

„Ich bin so froh, dass ich endlich hier bin. Verdammter Hurrikan."

„Ich habe so oft nach dem Wetter geschaut, dass Kisa gedroht hat, mir mein Handy wegzunehmen." Mishas Brust klebte vor Sperma, aber er mochte das Gefühl, wie es auf seiner Haut trocknete. „Jetzt bin ich sehr glücklich. Den ganzen Sommer werden wir zusammen sein. Und Herbst und Winter und Frühling."

Dev strich mit den Fingern über Mishas Arm, der um seine Taille lag. „Es ist irgendwie schräg, oder? Nicht wieder ins Training zu gehen? Normalerweise hätten wir nach Stars on Ice eine Woche Urlaub und müssten dann zurück auf die Eisbahn. Würden uns wegen neuer Programme mit Choreographen treffen.

Mit der Näherin wegen neuer Kostüme. Dann Arbeit, Arbeit, Arbeit, um uns für den Herbst bereit zu machen. Es wird seltsam werden, dieses Jahr nicht bei Skate America zu sein."

„Es ist endlich vorbei", seufzte Misha lächelnd.

Dev legte sich auf die Seite, mit dem Gesicht zu ihm. „Du klingst so froh. Wirst du es denn gar nicht vermissen?"

„Ich bin viel lieber hier in deinem Bett als auf der Eisbahn in Moskau."

Dev lachte leise und küsste ihn. „Ach nee. Aber manchmal kann ich immer noch nicht glauben, dass das alles vorbei ist." Sein Lächeln verschwand. „Ich weiß, dass es für dich anders ist. Jetzt kannst du aus Russland weg." Er streichelte Mishas Wange. „Sie können dich nicht mehr kontrollieren."

Misha hatte plötzlich ein beklemmendes Gefühl in der Brust. „Ich hoffe, sie versuchen es nicht, nachdem wir ihnen jetzt Gold gegeben haben. Meine Eltern sagen, ich soll mir keine Sorgen um sie machen, aber es ist alles schlimmer geworden. Viele Verhaftungen. Drohungen. Einschüchterungen. Die Regierung sagt, das ist alles, um Kinder zu beschützen, aber sie lügen."

„Ich bin so froh, dass du dort weg bist." Dev stieß hörbar den Atem aus. „Gott, es ist so schrecklich, was da drüben passiert."

„Sie waren sehr verärgert, als ich mich geweigert habe, eine Russlandtournee zu machen. Wir haben gesagt, wir hätten uns schon für andere Tourneen verpflichtet. Das stimmte ja auch. Ich hoffe, dass sie mich bald vergessen haben. Solange ich nicht für Schlagzeilen sorge, sollten sie das. Es wird bald andere Eisläufer geben, die sie kontrollieren können."

Dev verzog das Gesicht. „Ja. Ich glaube, es ist das Beste, wenn vorläufig niemand von uns erfährt. Auch für Kisa und Bailey. Wir müssen an sie denken. Die Illusion einer Romanze gehört einfach zum Paarlaufen dazu. Wenn das mit uns bekannt wäre und Bailey und ich dann zu einer Celine-Dion-Schnulze auftreten würden, kauft uns das doch kein Mensch mehr ab. Wir müssen alle mit den Shows Geld verdienen, so lange wir können. Wer weiß, wie lange noch Angebote kommen. Es gibt keine Profiwettkämpfe mehr, so wie früher. Und du weißt, dass sich Klatsch im Eiskunstlauf rasend schnell verbreitet. Es ist besser, wenn wir uns bedeckt halten. Keinen Staub aufwirbeln."

Er hatte recht, auch wenn Misha wünschte, es könnte anders sein. „Was ist mit deiner Familie?"

Dev rollte sich weg und starrte an die Decke. „Ich habe es ihnen noch nicht gesagt. Ich wollte sie nicht… Sie haben kein Problem damit, dass ich schwul bin. Wirklich nicht. Aber ich hatte auch noch nie eine ernsthafte Beziehung, und ich glaube, das hat es ihnen leichter gemacht. Weißt du, was ich meine? Dass ich schwul bin, ist in der Theorie halt einfacher zu akzeptieren als in der Realität. Meine Mom hat schon versucht, mich mit Männern zu verkuppeln. Aber sie weiß, dass ich keine Blind Dates mache, also besteht da keine Gefahr. Ich mache mir Sorgen, wie meine Eltern reagieren werden, wenn ich…" Er sah Misha an. „Wenn wir…"

Misha nickte. „Im Moment kann es unser Geheimnis sein, ja? Warten wir ab, wie wir nach dem Sommer darüber denken." Er strich mit dem Daumen über Devs Unterlippe. „Ein Teil von mir wünscht, ich könnte von den Dächern schreien, was ich für dich empfinde." Er lachte verhalten. „Alle würden sehr schockiert sein, glaube ich. Sie denken, wir hassen einander sehr."

„Das stimmt allerdings." Dev lachte. „Heute Abend im Shuttle zum Hotel meinte Brad so, ‚Wow, diese Russen sind kein bisschen aufgetaut, was? '" Er zog die Konturen von Mishas Gesicht mit der Fingerspitze nach. „Wenn er nur wüsste, wie heiß du bist. Wie leidenschaftlich."

Verlangen erwachte in Misha, und Devs leichte Berührung jagte ihm einen Schauer über den Rücken. „Es genügt, dass du weißt. Vorläufig ist nur für uns. Na ja, und Kisa und Bailey. Und Zoloto. Sonst braucht es niemand zu wissen. Erst, wenn wir entscheiden."

Devs Lippen zuckten. „Ich stelle mir nur gerade die Gesichter vor. Ich glaube, die Feds würden einen kollektiven Herzinfarkt kriegen. Übrigens, sie haben mich und Bailey zu überreden versucht, wieder aktiv zu werden. Wir haben Sue Stabler bei Stars on Ice getroffen, und sie war äußerst charmant und überzeugend."

Misha stockte der Atem. „Euer Verband will, dass ihr weitermacht?" In seinem Kopf überschlugen sich die Gedanken. Dev würde wieder nach Colorado Springs ziehen, um zu trainieren. Um die ganze Welt zu Wettkämpfen reisen. Sie würden sich nur ein paarmal im Jahr sehen. *Nein, nein, nein.*

„Hey, hey." Dev zog Misha enger an sich. „Schon gut. Bailey und ich sind fertig. Das haben wir letztes Jahr beschlossen. Wir werden in Shows auftreten und möglichst viel Geld verdienen, bevor Amerika uns vergisst. Und wir werden es gründlich genießen, nicht jeden Tag morgens um fünf beim Training sein zu müssen."

Misha atmete aus und entspannte sich wieder. „Okay."

„Wir können den ganzen Sommer über zusammen durch Asien reisen, und dann suchen wir uns ein Haus direkt am Meer in LA. Dieses eine Mietobjekt, das du mir gemailt hast, fand ich echt super." Seine Augenlider sanken herab. „Sieht perfekt aus."

„Ich fand das auch." Misha lächelte.

Devs Augen schlossen sich. „Mmm."

„Bequem?" Misha zog die dicke Decke hoch.

„Mm-hm. Ich glaube…" Dev verstummte, den Mund halb geöffnet.

Misha küsste ihn auf die Stirn. „Ich glaube, du schläfst jetzt."

Für eine Weile schloss er die Augen und lauschte auf Devs leises Schnarchen. Er wusste, dass er in sein eigenes Zimmer zurückkehren musste und dass sie morgen Nacht wieder zusammen sein würden. Und übermorgen und überübermorgen und so weiter. Aber er kuschelte sich enger an Dev. Bald würde er gehen, aber jetzt noch nicht.

Kapitel Zwölf

„*CHERT*", BRUMMTE MISHA und fischte sein Handy aus dem feuchten Sand. Das hatte er nun davon, dass er es in die Tasche seines Hoodies gesteckt hatte und nicht in die Hosentasche.

Zoloto umkreiste ihn bellend, ehe sie vor einer heranrollenden Welle davonrannte. Als Misha zum Haus zurücklief, trottete sie hinter ihm her. Nachdem er die wenigen Stufen zur Holzveranda hinaufgegangen war und sich unter einem niedrigen Wasserhahn die Füße abgespült hatte, schlüpfte Misha ins Haus, während Zoloto mit ihrem Gummi-Kauknochen beschäftigt war, und machte die Schiebetür hinter sich zu. Er wollte nicht, dass sie ihm zwischen den Füßen herumlief, wenn er sich um das Handy kümmerte.

Die Sonne wärmte die Vorratskammer der hellen, offenen Küche. Misha füllte braunen Reis aus der Tüte in eine Plastikdose und bettete sein nasses Handy hinein. Mit etwas Glück würden die Reiskörner die Feuchtigkeit absorbieren. Als er gerade vorsichtig den Deckel festdrückte, drang Devs Stimme aus dem Obergeschoss herab.

„Hey, Ma."

Das Wohnzimmer im Erdgeschoss hatte eine Kathedraldecke, und die drei Schlafzimmer im Obergeschoss waren im vorderen und hinteren Teil des Hauses untergebracht. Das Hauptschlafzimmer hatte raumhohe Fenster mit Blick aufs Meer, und Dev nutzte eins der Gästezimmer als eine Art Büro. Dort war er jetzt wahrscheinlich gerade, und Misha überlegte, ob er hinaufgehen und Dev von der Arbeit weglocken sollte. Er lächelte vor sich hin. Es war später Nachmittag – bestimmt brauchte er eine Pause.

„Bei der Arbeit läuft es richtig gut, und ich lerne sehr viel von Mr. Clark. Ich bin gerade dabei, die Trainingspläne der Junior-Eisläufer zu optimieren." Er hielt inne. „Natürlich weiß er, dass ich an Heiligabend die Show in Boston mache. Ma, er hat kein Problem damit, mir freizugeben, damit ich Shows machen kann. Ja, ich weiß, dass NBC seit ewigen Zeiten zum ersten Mal wieder Eiskunstlauf live sendet. Nein, das ist kein Problem. Ja, ich bin vorbereitet. Mr. Clark hat noch ein paar andere Assistenten, und die haben alle mehr Erfahrung als ich."

Misha lächelte vor sich hin. Dev hatte vielleicht noch nicht viel Erfahrung im Coaching, aber er war ein Naturtalent. Misha hatte keinen Zweifel, das Dev eines Tages selbst Eisläufer ausbilden würde.

„Was meinst du damit, Ma? Ich arbeite nur Teilzeit, und er ist damit einverstanden. Ja, ich komme nächste Woche nach Hause, wenn wir proben." Er schwieg erneut. „Nein, wir sind in einem Hotel beim Garden untergebracht. Weil das sehr viel einfacher ist, als jeden Tag von Belmont reinzufahren. Und bevor du fragst, *ja*, natürlich bleibe ich über Weihnachten. Wegen Neujahr weiß ich noch nicht genau. Aber du weißt ja, dass ich keinen großen Wert auf diesen Feiertag lege. Viel Lärm um nichts."

Misha blieb an der Küchentür stehen. Er hatte am einunddreißigsten wieder in LA sein wollen, damit sie zusammen etwas Besonderes unternehmen konnten. Da sie ihre Beziehung immer noch für sich behielten, hatte er daran gedacht, etwas zu kochen – einige der traditionellen Festtagsgerichte von zuhause. Vielleicht einen Neujahrsbaum zu besorgen, wie es in Russland üblich war. Aber vielleicht würde Dev gar nicht feiern wollen.

Misha versuchte, nicht enttäuscht zu sein, scheiterte aber kläglich. Es würde sehr traurig sein, das neue Jahr nicht zu feiern. Selbst als er in Moskau trainiert hatte, hatten er, Kisa und ihre Trainer immer einen Baum und etwas Besonderes zu essen gehabt.

„Moment mal, was? Ma, du verkuppelst mich nicht." Eine Pause. „Ist mir egal, ob er Kardiologe ist! Ich bin nicht interessiert."

Misha wusste, dass er eigentlich wieder rausgehen und nach Zoloto sehen sollte. Aber er musste einfach weiter zuhören.

„Weil… weil ich schon mit jemandem zusammen bin."

Mishas Herz setzte einen Schlag aus.

Dev seufzte vernehmlich. „Beruhige dich. Natürlich wollte ich dir das sagen. Ich sag's dir doch gerade!"

Würde Dev seiner Mutter wirklich endlich sagen, dass er mit seinem verhasstesten Rivalen zusammenlebte? Ja, sie hatten vereinbart, es geheim zu halten, aber inzwischen waren Monate vergangen. Misha wusste, dass sie beide befürchtet hatten, ihre Beziehung würde im wahren Leben nicht halten. Aber er war noch nie so glücklich gewesen.

Er hielt den Atem an, wohl wissend, dass er eigentlich nicht lauschen sollte. Aber er blieb trotzdem wie festgefroren stehen.

Oben sprach Dev weiter. „Es ist jemand vom… Eislaufen. Von der Eisbahn. Also brauchst du mich nicht zu verkuppeln." Kurzes Schweigen. „Sein Name? Er heißt… Misha. Ma, ich muss auflegen. Da ist ein anderer Anruf. Hab' dich lieb!"

In der darauffolgenden Stille telefonierte Dev nicht mit jemand anderem. Misha blieb an der Küchentür stehen und sah zu, wie das Sonnenlicht den hellen Holzfußboden sprenkelte, der sich durch das ganze Haus zog. Er hatte Verständnis für Devs Zögern, seiner Mutter die Wahrheit zu sagen, aber seine Brust fühlte sich trotzdem wie ausgehöhlt an. Wenigstens hatte Dev seinen Namen genannt, obwohl Mrs. Avira ihn nur als Mikhail kennen würde, den sie nicht ausstehen konnte. Den Mann, der ihren Sohn besiegt und seine Träume von einer olympischen Goldmedaille zunichte gemacht hatte.

Erst als Dev bereits auf der Treppe war, schreckte Misha aus seiner Tagträumerei hoch. Er zog sich hastig in die Küche zurück und machte den großen Edelstahlkühlschrank auf. Als Dev hereinkam, drehte Misha sich um, und bei Devs Lächeln tanzten Schmetterlinge in seinem Bauch.

„Hey! Schöner Spaziergang?" Dev küsste ihn unbeschwert und strich mit der Hand über Mishas Hüfte.

„Mir ist nur mein Handy runtergefallen." Misha deutete auf die Plastikdose auf der Arbeitsfläche. „Es heißt, man soll es in Reis einlegen und nicht anschalten. Wir werden sehen."

„Mist. Tut mir leid." Dev bückte sich und spähte von der Seite her in den durchsichtigen Behälter. Er lachte leise. „Ich hab' keine Ahnung, was ich da drin zu sehen erwarte. Aber wenn du ein neues Handy brauchst, kann ich dir sicher günstig eins besorgen, wenn ich eine Partnerkarte zu meinem Tarif dazu buche."

„Obwohl wir nicht… offiziell sind?" Misha machte das Gemüsefach des Kühlschranks auf und kramte ziellos darin herum.

„Na ja, wir können der Telefongesellschaft ja sagen, dass wir zusammenleben. Ich bin mir ziemlich sicher, dass sie keine Pressemitteilung rausgeben werden." Er strich Misha mit der flachen Hand über den Rücken. „Hey, bist du okay? Mach dir keine Gedanken um das Handy. Wir regeln das schon."

„Natürlich", sagte Misha mit einer wegwerfenden Handbewegung und in bewusst unbeschwertem Tonfall. Sie hatten sich geeinigt, dass Dev es seiner Familie sagen konnte, wenn er soweit war, und verärgert zu sein war sinnlos. Er trat zurück, so dass Dev auch in den Kühlschrank schauen konnte. „Was sollen wir essen?"

„Was du willst. Ich bin leicht zufriedenzustellen."

Misha grinste. „Ja, aber worauf hast du Hunger?"

Dev rempelte ihn mit der Schulter an. „Ha, ha."

„Wir könnten ausgehen. Ich habe von einem neuen italienischen Restaurant gelesen, nur ein paar Straßen von hier entfernt.“

Dev spannte sich an. „Aber was ist, wenn uns jemand sieht? Bei den ganzen Smartphones heutzutage ist es ziemlich leicht, erwischt zu werden. Ich glaube, es ist besser, wenn wir zuhause bleiben. Meinst du nicht?“

„Ja, ja.“ Misha zuckte die Achseln. „Es war nur eine Idee.“

„Hey“, murmelte Dev und rieb Misha den Rücken. „Bist du jetzt sauer? Es ist ja nicht so, dass ich nicht will, das weißt du doch. Wenn dich umentschieden hast und es lieber doch nicht geheim halten willst, sag‘ mir das.“

„Nein, natürlich nicht. An unserer Situation hat sich nichts geändert. Aber wir waren in Annecy essen, und niemand hat uns entdeckt. Weißt du noch? Oben in den Bergen?“

Dev lächelte zärtlich. „Das habe ich nicht vergessen. Eines Tages gehen wir nochmal da hin. Inzwischen…“

„Ja.“ Misha drückte Dev einen Kuss auf die Wange. „Na schön, was sollen wir essen?“

„Du weißt, dass mir noch kein Essen untergekommen ist, das mir nicht geschmeckt hat.“

„Du hast den Borschtsch nicht gemocht.“

„Doch!“ Dev gab ihm einen leichten Klaps auf den Arm. „Das denkst du nur, weil ich keinen Nachschlag verlangt habe. Außerdem hat er nicht mal dir geschmeckt!“

Misha schniefte. „Natürlich hat er mir geschmeckt.“

„Das stimmt nicht, und das weißt du auch. Außerdem hast du ihn sowieso nur aus Jux gekocht.“

Ehrlich gesagt war der Borschtsch wässrig gewesen, und Misha brauchte das Rezept seiner Mutter, nicht dieses Ding, das er im Internet gefunden hatte. „Vielleicht“, räumte er ein.

„Ah! Endlich gibt er es zu!“

„Ich gebe gar nichts zu, Vassenka.“ Misha versuchte, nicht zu lächeln. Er nahm die Milch aus dem Kühlschrank und warf Dev einen finsteren Blick zu, als er feststellte, dass der Karton fast leer war. „Warum stellst du das wieder zurück, wenn nur noch ein paar Tropfen drin sind?"

„Da ist noch genug drin!" Dev nahm ihm den Karton ab und schüttelte ihn. „Na ja, okay. Vielleicht nicht. Ich kauf' morgen neue. Aber hey, du hast heute Morgen die Zahnpastatube offen gelassen. *Schon wieder.* Nur zur Info."

„Bitte vielmals um Entschuldigung. Einen Fehler muss ich wohl haben, nicht?"

Dev gab ihm einen spielerischen Klaps auf den Hintern. „Wohl schon. Okay, Abendessen. Kein Borschtsch. Aber auch keinen Kuchen heute Abend. Wir müssen in zwei Wochen in unsere Kostüme passen. Nicht, dass du damit ein Problem hättest, so wie du immer am Strand rumrennst." Er tätschelte sich den Bauch. „Aber wenn ich nicht aufpasse, werden aus den fünf Pfund, die ich zugelegt habe, ganz schnell zehn."

Misha zog Dev an sich und ließ die Hände über die straffen, schlanken Muskeln unter Devs T-Shirt gleiten. „Du bist zu kritisch. Keiner von uns hält sein Wettkampf-Gewicht. Wir sollten essen und glücklich sein. Obwohl wir immer noch unsere Partnerinnen heben müssen, also wollen wir mal hoffen, dass sie nicht *zu* glücklich waren."

Dev lachte. „Das traust du dich bestimmt nicht zu Kisa zu sagen."

„Dafür lege ich zu viel Wert auf meine Gesundheit." Er suchte zwischen den Tangerinen und Bananen in einer Obstschale auf der Kücheninsel herum, bis er einen Apfel fand. „Habe ich erwähnt, dass sie will… wie sagt man? Dass ich sie wegschenke? Bei ihrer Hochzeit."

„Dass du sie zum Altar führst. Das ist toll. Aber Moment mal, heißt das etwa, dass du für die Hochzeit nach Russland fahren würdest? Bist du sicher, dass das okay wäre?" Stirnrunzelnd streichelte Dev Misha den Arm. „Würden die Funktionäre, die wissen, dass du schwul bist, nicht versuchen, das gegen dich zu verwenden? Wo doch gerade so viele Leute verhaftet werden, glaube ich nicht, dass du zurückgehen solltest."

Misha spielte mit dem Stiel des Apfels und versuchte, in möglichst beiläufigem Ton zu sprechen. „Kisa sagt, es wird eine lange Verlobungszeit, so dass ich teilnehmen kann. Nach einiger Zeit werden die Leute mich vergessen haben und ich falle für die Regierung nicht mehr ins Gewicht. Das ist jedenfalls meine große Hoffnung. Und dass diese Regierung fällt und wieder Vernunft und Gerechtigkeit herrschen."

„Das hoffe ich auch. Es tut mir leid, dass du damit fertig werden musst und so weit von deiner Familie weg bist." Dev küsste ihn sanft. „Ach übrigens, ich habe nachgedacht–"

„Hast du? Da kommt nichts Gutes dabei heraus."

Dev lächelte und ignorierte ihn. „Ich habe mir gedacht, ich könnte diesmal versuchen, Kisa besser kennenzulernen. Ebenso wie du Bailey. Auf Tournee sind wir uns in der Öffentlichkeit immer aus dem Weg gegangen, so dass wir vier nie wirklich Zeit miteinander verbracht haben."

Misha zog eine Augenbraue hoch. „Sind wir sicher, dass das eine so gute Idee ist?"

„Bailey und Kisa werden sich bestimmt gut verstehen. Wenn sie sich erst einmal besser kennen. Wahrscheinlich. Vielleicht."

„Wir müssen wohl auf das Beste hoffen, ja?"

„Ja." Dev küsste ihn leicht. „Jetzt lass uns was zu essen machen, und dann schauen wir die nächste *Buffy*-DVD. Wir sind bald am Ende der zweiten Staffel, und das Finale ist *super*."

„Kommt Spike auch darin vor? Er ist lecker."

„Er kommt wieder, keine Sorge. Ich stehe ja mehr auf Angel. Hey, warum grillen wir nicht diese Zucchini und ein paar Steaks?"

Misha nickte und lächelte, als Dev das Fleisch aus dem Gefrierfach nahm und dabei vor sich hin summte. Aus dem Wohnzimmer war ein jämmerliches Kratzen zu hören, und als

Misha die Tür aufmachte und Zoloto hereinließ, begrüßte sie ihn wie ihren längst verloren geglaubten Vater.

IM SCHWACHEN SCHEIN der Mondsichel brachen sich die dunklen Wellen an der Küste und rollten auf den Strand. Misha lehnte die Stirn an das kühle Glas des raumhohen Fensters. Er hätte tagelang aufs Meer hinausblicken können, ohne es je sattzubekommen. Hinter ihm rührte sich etwas; Dev gab ein Schnauben von sich und brummelte dann etwas vor sich hin. „Bist du okay?", fragte er verschlafen.

„Ja. Ich denke nur nach."

Ein Lächeln lag in Devs Stimme. „Da kommt nichts Gutes dabei heraus."

Bettzeug raschelte, das Bett knarrte, und dann war er da und seine Lippen berührten sanft Mishas Nacken. Sie waren beide nackt, und Misha erschauerte, als eine Hand über seinen Hintern strich und die andere sich nach vorn stahl und über seine Brust glitt, während Dev sich an ihn schmiegte.

„Was ist los? Außer, dass du um drei Uhr fünfzehn morgens wach bist."

Misha lehnte sich an Devs Wärme, in die Sicherheit seiner Arme, und verschloss die Augen vor dem Ozean. „Es kommt mir manchmal vor wie ein einziger Traum. Hier zu sein. Mit dir zusammenzusein. In manchen Nächten denke ich, wenn ich das nächste Mal die Augen aufmache, wird das alles verschwunden sein und ich bin wieder in Moskau in dieser winzigen Wohnung. Mit nichts als Training, Training, Training. Nichts als Eis in alle Ewigkeit."

Dev Hände waren sanft. „Jetzt ist es vorbei. Du bist hier. Du bist in Sicherheit."

Misha seufzte. „*Da.*"

Nach kurzem Schweigen sagte Dev leise: „Manchmal ist es eigenartig. Nach all den Jahren, jede Saison derselbe Ablauf. Jetzt wären wir gerade erschöpft von der Grand-Prix-Tour, und du hättest nächste Woche die russischen Meisterschaften, während ich versuchen würde, Weihnachten irgendwie in meinem Trainingsplan unterzubringen. Manchmal wache ich auf und schiebe für einen Moment Panik, weil ich denke, ich hätte verschlafen und meine Trainerin würde mich umbringen."

Misha lachte leise. „Ja. Sehr eigenartig, manchmal. Als ob wir nur so tun, als ob. Uns vor unserem wahren Leben verstecken." Misha erschauerte, als ihm ein Überbleibsel eines Traums durch den Kopf schoss. „Manchmal fürchte ich, dass es an die Tür klopft. Dass sie kommen und mich mitnehmen."

„Aber du hast deinen Teil der Abmachung eingehalten. Der KGB, oder wie auch immer sich das heutzutage nennt, hat keine Macht mehr über dich. Nicht mehr, seit du Gold gewonnen hast."

Misha öffnete die Augen und versuchte, Devs Gesicht in ihrem vom Mond erleuchteten Spiegelbild auf der Scheibe zu erkennen, aber er sah nur die Wellen. Er fasste nach Devs Hand und hob sie an die Lippen, um sie zu küssen. Sie hatten seit den Spielen kaum darüber gesprochen, aber er wusste, dass die Silbermedaille immer eine Enttäuschung für Dev sein würde. Er hatte eine Leidenschaft fürs Eislaufen, die in Misha schon vor Jahren erloschen war, als Funktionäre ihn gezwungen hatten, wieder in Russland zu trainieren. „Ich wünschte, du hättest gewinnen können."

Devs Lachen war ein schroffer Stoß warmer Luft in Mishas Nacken, und sein Körper spannte sich an. „Nein, tust du nicht."

Er hielt Devs Hand fest und seufzte. „Vielleicht nicht. Aber ein Teil von mir wünscht es. Wirklich."

„Und ein Teil von mir ist froh, dass du gewonnen hast." Er schlang Misha die Arme um die Taille, und die Spannung löste sich so schnell, wie sie gekommen war. „Und ein großer Teil von mir kann es immer noch nicht fassen, dass wir beide hier sind. Vor einem Jahr hätte ich gesagt, die Chance, dass ich mal in einem Strandhaus in Santa Monica mit Mikhail Reznikov zusammenlebe, stehen ungefähr eine Trilliarde zu eins."

„Ist das mehr als eine Million?"

„Eindeutig." Dev knabberte an Mishas Schulter.

„Werde ich in Boston deine Eltern kennenlernen?", platzte Misha heraus. Er konnte sich die Frage einfach nicht verkneifen.

Dev wurde still, die Arme immer noch um Mishas Taille. „Willst du sie denn kennenlernen?"

„Ja. Vielleicht. Ich weiß nicht."

„Ich dachte, wir wären uns einig. Wir haben beide gesagt, dass es so besser ist. Wenigstens fürs Erste." Er ließ die Arme sinken und trat zurück.

Misha wandte ihm das Gesicht zu und hob die Hand, um ihm eine verirrte Locke aus der Stirn zu streichen. „Deine Haare werden wieder lang."

„Ich lasse sie mir vor der Show nächste Woche schneiden. Misha, wechsle nicht das Thema." Dev runzelte die Stirn. „Liege ich falsch? Wir haben gesagt, dass wir es für uns behalten wollten, bis... bis ich weiß nicht wann. Ich weiß einfach nicht, ob meine Eltern schon dafür bereit sind."

„Meine Eltern wissen von dir."

„Ich weiß." Dev stieß einen lautlosen Seufzer aus. „Es ist ja nicht so, als ob ich es ihnen nicht sagen wollte. Ich will nur sichergehen, dass es der richtige Moment ist. Und es ist mir schon klar, dass das unglaublich lahm klingt. Aber es ist... kompliziert." Er rieb sich das Gesicht. „Bei der Arbeit gibt es so viel zu lernen, und die Show steht kurz bevor. Mir wird schlecht, wenn ich nur daran denke, es meiner Familie gerade jetzt zu sagen."

„Schon gut. Es ist deine Entscheidung." Misha streichelte Dev über den Kopf. „Reg dich nicht auf."

„Ich fühle mich so sicher hier, mit dir. Ich will nicht, dass alle mit ihrem Scheiß daherkommen und es ruinieren. Nicht, wenn wir uns selbst noch über vieles im Unklaren sind. Du bist dir ja noch nicht einmal sicher, was du später mal machen willst."

„Ich dachte, ich könnte..." Er schüttelte den Kopf. „Es ist albern, wirklich."

„Was denn?" Dev strich mit den Händen über Mishas Flanken. „Sag's mir. Bitte?"

„Schreiben. Ich hatte meinen Laptop mit nach draußen genommen, um E-Mail zu beantworten, und da waren plötzlich Worte in meinem Kopf, die ich sagen wollte. Eine Geschichte über einen Jungen in einem Schloss mit Drachen und Riesen. Siehst du? Es ist Dummheit. Ich habe mir schon immer solche Geschichten ausgedacht, aber wer würde so etwas schon lesen wollen?"

„Ich, zum Beispiel. Und eine Menge Leute. Wenn du Schriftsteller werden willst – dann schreib. Nur zu. Was hast du schon zu verlieren? Ich fände das echt toll."

„Ja?" Aufregung ließ Mishas Herz schneller schlagen. „Obwohl ich auf Russisch schreiben müsste. Meine englische Rechtschreibung ist nicht so gut. Findest du wirklich, das wäre eine lohnende Sache?"

„Absolut." Dev küsste ihn. „Und was meine Eltern angeht... ich möchte ja, dass du sie kennenlernst. Wenn meine Mutter erst mal über die Tatsache hinweg ist, dass sie dir jahrelang böse war, liebt sie dich sicher total."

Misha schmunzelte. „Hmmm. Ja, vielleicht warten wir. Es ist, wie du sagst – kompliziert."

„Sie kommen zu der Show an Heiligabend. Da könntest du sie treffen. Ihnen zeigen, was für ein netter Kerl du bist. Dann ist es kein ganz so großer Schock, wenn ich es ihnen sage. Aber das heißt, dass du dein wahres Ich sein musst. Nicht dein Eislauf – Ich."

Er runzelte die Stirn. „Ich bin mein wahres Ich als Eiskunstläufer.“

Dev verdrehte die Augen. „Du bist distanziert und kalt und perfekt als Eiskunstläufer. Wir haben dich nicht ohne Grund Roboter Reznikov genannt.“ Er ließ die Hände über Mishas Hintern gleiten. „Wenn die Leute nur wüssten, wie du wirklich bist.“ Er knabberte an Mishas Hals, und sein Atem war heiß. „Wie du bist, wenn wir zusammen sind. Ich liebe es, mit dir hier zu sein. Es ist besser, als ich es mir je erträumt hätte.“

„Wirklich?“ Misha war so von Gefühlen übermannt, dass er kaum noch atmen konnte.

„Natürlich.“ Dev küsste Misha zärtlich. „Mir gefällt es hier. Ich liebe meinen neuen Job.“ Er schnaubte belustigt. „Es ist witzig, weißt du. Nur Bailey weiß von dir, aber ich war noch nie so auf jemanden festgelegt. Wir leben zusammen. Wir sind monogam. Ich weiß nicht, warum wir überhaupt noch Kondome benutzen.“

Erregung durchfuhr Misha wie ein Blitz, und alles andere war vergessen. „Du willst das auch? Sex... nur mit uns? Ohne Gummi?“

Dev nickte und atmete plötzlich ganz flach. „Ich weiß, dass ich gesund bin. Hab‘ mich für die Tourneeversicherung testen lassen. Du auch, stimmt’s?“

„Ja. Es ist sicher.“ Mishas Finger kribbelten und er leckte sich die Lippen. „Ich will das sehr. Ich war mir nicht sicher, ob... ob du...“ Bei ihren Telefonsex-Fantasien hatten sie es sich oft ausgemalt, aber die Realität war doch nochmal etwas ganz anderes.

Dev strich Misha ein paar kurze Haarsträhnen aus der Stirn. „Ich habe noch nie jemandem so vertraut, wie ich dir vertraue.“

„*Ya tozhe*“, murmelte Misha. „Ich auch nicht. Ich würde zu gerne spüren, wie du kommst.“ Er schabte mit den Zähnen über Devs Ohrläppchen. „Wie du mich füllst, ohne dass etwas zwischen uns ist. Wie du mich...“

Doch er zögerte, die Worte wirklich zu sagen. Er liebte Dev.

Das wusste er zweifelsfrei. Er glaubte, dass Dev ihn auch liebte, aber keiner von ihnen sprach es aus.

Dann küsste Dev ihn, und Misha hörte auf zu denken. Sie stolperten zum Bett, erforschten sich mit Lippen und Zungen und Händen, als wären ihre Körper Neuland. Devs Bartstoppeln kratzten über Mishas erhitzte Haut, und der Gedanke, dass er Dev ohne eine Barriere zwischen ihnen in sich haben würde, ließ sein Herz schneller schlagen.

Er rollte sich weg und tastete im Nachttisch herum, bis er die Plastiktube gefunden hatte, die sie dort verwahrten. Dann gab er sich Gleitgel auf die Finger, kniete sich hin und griff nach hinten, um sich zu dehnen und bereit zu machen.

Dev stöhnte auf und streichelte sich zu voller Härte, während er zusah. „Genau wie beim ersten Mal. Gott, du bist unglaublich. Du hast ja keine Ahnung, wie sehr ich das wollte. Wie sehr ich mir gewünscht habe, dich ohne Kondom zu ficken. Dich aufzudehnen und dich zu füllen, bis es aus dir rausläuft, an deinen Schenkeln runterrinnt und" –

„*Da, da!* Jetzt. Fick mich jetzt." Misha drehte sich auf den Rücken, zog die Knie bis an die Schultern hoch und öffnete sich.

Dev schob sich über ihn, den Oberkörper auf die Arme gestützt. „Ich wünschte, du könntest dich so sehen. So perfekt." Er leckte in Mishas Mund. „Wenn ich nur daran denke, in dir zu sein, könnte ich schon abspritzen", murmelte er.

Misha packte ihn an den Haaren und zog. „Mach schon. Fick mich. *Voydi v menya.* In mich."

Ihre Blicke trafen sich, als Dev gegen Mishas Öffnung drückte, ihn dehnte, bis die Spitze hineinflutschte. So geil. Ohne Kondom fühlte Misha Devs Schwanz wie ein Brandmal, und er stöhnte wieder und wieder: „*Da. Ya goryu dlya tebya.* Brenne für dich, Vassenka. Mehr, mehr."

Mit einem kräftigen Stoß aus der Hüfte war Dev in ihm, so tief, das Misha glaubte, er würde in zwei Hälften gespalten – und könnte glücklich sterben. Er hob die Beine, legte sie auf Devs Schultern und spannte die Muskeln um seinen Schwanz herum an.

Keuchend packte Dev ihn an den Hüften und legte sich schwer auf ihn. „Du fühlst dich so gut an. Jesus, ist das gut. Ich fühle jeden Zentimeter von dir. Fuck, Misha."

Misha konnte kaum atmen, zusammengefaltet, wie er war. Er rang mit offenem Mund nach Luft und wiegte sich mit Devs Stößen. „Fick mich für immer. Ich liebe deinen Schwanz. Füll mich, bis nichts mehr übrig ist."

Ihre Körper klatschten bei Devs wuchtigen Stößen aneinander, und Misha schwelgte in der heißen Lust, die durch seinen Körper schoss, als Dev genau die richtige Stelle traf – und in der Freiheit, ganz er selbst sein zu können, offen und rückhaltlos.

Schweißtropfen rannen über Devs Gesicht, und Misha leckte sie ab. Ihre Zähne stießen klackernd zusammen, als sie sich zu küssen versuchten. Überall, wo Devs Körper ihn berührte, stand Misha in Flammen, aber nirgends mehr als in seinem Innersten. Devs Schwanz war wie ein exquisites Brandeisen, das ihn gleichzeitig versengte und heilte.

„Ich bin gleich soweit", murmelte Dev. „Jesus. So gut."

Misha spielte mit Devs Nippeln, wohl wissend, dass ihm das den Rest geben würde.

Stöhnend schlug Dev seine Hand weg. „Du zuerst." Er griff nach Mishas Schwanz und trieb ihn mit hämmernden Hüftstößen durch seine Faust. „Komm für mich, Misha. Nur für mich."

„Nur für dich, Vassenka", versprach er und zitterte, als seine Hoden sich zusammenzogen. Als Dev erneut die richtige Stelle in ihm traf, brach Misha zusammen und schrie auf, die Knöchel neben den Ohren. Er flog, und nur Devs Schwanz tief in ihm gab ihm Halt. Als er abspritzte, umklammerte er ihn wie ein Schraubstock, und Dev schnappte nach Luft.

„Oh Gott!" Er warf den Kopf in den Nacken und kam, alle

Muskeln angespannt.

Tief in seinem Innern spürte Misha Devs Erguss, als würde er ihn mit Tinte markieren, und er klemmte den Hintern zusammen und quetschte Dev aus, bis ihm tatsächlich das Sperma aus dem Arsch rann. So etwas hatte er noch nie erlebt. Es war obszön und nass und absolut wundervoll. Er zog Devs Kopf zu sich herunter und küsste ihn, während sie beide noch keuchten und zitterten.

Als Dev sich langsam zurückzog, wimmerte Misha vor Bedauern, die Beine immer noch hochgezogen. Dev setzte sich auf die Fersen, den Mund halb geöffnet, und tauchte die Finger in Mishas gedehnte Öffnung. Er war wie gebannt. Misha fasste nach Devs Handgelenk und zog seine Hand an den Mund, um die klebrigen Finger sauber zu lutschen.

Dev atmete geräuschvoll aus und schüttelte den Kopf. „So gut", flüsterte er. „Das hätten wir schon vor Monaten machen sollen." Behutsam, mit einem sanften Kuss auf jedes Knie, ließ er Mishas Beine von seinen Schultern gleiten. „Du bist unglaublich."

„Du fickst mich, wie ich es mir immer erträumt habe."

Dev küsste ihn und sah ihn mit seinen dunklen Augen eindringlich an. „Immer." Seufzend schmiegte er das Gesicht an Mishas Hals. „Wegen vorhin…ist alles gut zwischen uns?"

Alles, worüber sie geredet hatten, schien jetzt so fern und unwichtig. „Besser als gut, Vassenka."

Gesättigt und zufrieden schliefen sie ein, alle Viere von sich gestreckt, und Mishas letzter Gedanke war, wie schnell sie das wieder tun konnten.

Kapitel Dreizehn

„A LSO."

Misha lächelte verlegen. „Ja. Hier sind wir."

Er heftete den Blick auf die Leute, die sich in der Ankunftshalle drängten. Seit zwanzig Sekunden – seit Dev ihn mit Bailey allein gelassen hatte, um auf die Toilette zu gehen – suchte Misha nach einem Gesprächsthema, aber ihm fiel nichts ein. Bailey blickte lächelnd zu ihm auf. Wie die meisten Paarläuferinnen war sie sehr zierlich; sie reichte Misha nicht einmal bis zur Schulter. Als sich eine Familie mit einem überladenen Gepäckwagen durch die Menge drängte, trat sie näher.

„Das sind wir in der Tat."

„Es war sehr nett von euch, dass ihr gekommen seid und dass Dev sich das Auto von seinem Vater geliehen hat. Die Veranstalter waren sehr überrascht, als ich ihnen sagte, dass Kisa kein Transportmittel braucht."

„Das glaub' ich dir gern. Du hast ihnen vermutlich nicht gesagt, wer sie abholt."

„Nein. Den Teil habe ich ausgelassen." Er blickte auf und deutete auf die Ankunftstafel. „Sie müsste jeden Moment da sein. Wahrscheinlich eine Warteschlange beim Zoll."

„Ja, auf dem Flughafen ist um diese Jahreszeit immer sehr viel los."

Erneutes Schweigen. Dann fragte Misha: „Deine Eltern sind

über Weihnachten in Kalifornien? Dein Bruder lebt in San Francisco?"

„Ja. Seine Frau hat gerade ihr zweites Kind bekommen, und alle sind total aus dem Häuschen. Es ist blöd, dass ich nicht dort sein kann, aber diese Show an Heiligabend wird bestimmt cool. Die NBC fährt dieser Tage voll auf Live-Specials ab. Wenn die Ratings gut sind, schafft Eislaufen es vielleicht sogar wieder regelmäßig in die Prime Time."

Er war sich nicht sicher, was „Prime Time" bedeutete, aber er nickte trotzdem. „Das wäre gut, ja."

„Was macht der Hund? Wer passt auf sie auf, während ihr beide hier seid?"

„Die Nachbarin. Sie hat einen Mops, der oft mit Zoloto spielt. So kann Zoloto wenigstens weiter im Sand herumrennen und sich zuhause fühlen, während wir weg sind. Ich lasse sie nicht gern zurück, aber es ist ja nur für eine Woche oder so."

Sie behielten die Anzeigetafel im Auge, auf der die ankommenden Flüge und die Verspätungen aufleuchteten.

Bailey knöpfte ihre dunkle Cabanjacke auf und legte sie sich über den Arm. Darunter trug sie Jeans und einen grünen Rollkragenpulli, der einen schönen Kontrast zu ihren rötlichen Haaren bildete. Sie klatschte entschlossen in die Hände. „Okay, kämpfen wir uns einfach mal durch diese ganze Peinlichkeit durch, ja?"

Misha wappnete sich. „Okay."

„Da wir uns während der Tour aus dem Weg gegangen sind, weil du und Dev kaum zusammen in einem Raum sein könnt, ohne euch anzugucken, als wolltet ihr euch gleich abknutschen, haben wir zwei nie wirklich, äh… miteinander geredet. Und Dev kann jeden Moment zurückkommen, deshalb wollte ich nur sagen, dass du ihn sehr glücklich machst, und das freut mich." Sie wippte im Stehen auf und ab und ließ ihre Stiefelabsätze klappern. „Das war alles, nehm' ich an. Ich glaube, es wäre cool, wenn wir Freunde sein könnten. Dev ist nämlich mein bester Freund, und ich will nicht, dass es zwischen uns komisch ist.“

„Ich würde mich sehr freuen, wenn wir Freunde sein könnten. Ich…“ Er suchte nach den richtigen Worten. „Dev macht mich auch sehr glücklich.“

Baileys Augen strahlten, und sie lächelte. „Das tut er, nicht wahr? Du bist verrückt nach ihm. Du hast Geschmack, Mikhail. Gefällt mir.“

„Misha. Bitte nenne mich so. Wir sind Freunde, ja?“

„Okay. Misha.“ Sie lächelte erneut. „Klingt gut.“

Wieder fiel ihm nichts mehr ein. Für einen Moment standen sie schweigend im Lärm der Menschenmenge und der krächzenden Lautsprecherdurchsagen. „Dev hat gesagt, dass du im Februar zu Besuch kommen willst.“

„Ja, wenn das für dich okay ist. Bis dahin sterbe ich bestimmt für ein bisschen Sonnenschein. Pittsburgh im Winter? Da bin ich lieber woanders.“

„Ich war noch nie dort. Aber ich bin an Moskauer Winter gewöhnt, also kann ich es mir vorstellen.“

„Vermisst du es? Russland, meine ich. Nicht den Winter. Deine Familie und alles. Die Regierung dort ist zu Zeit echt ätzend. Nicht, dass unsere so viel besser wäre. Aber dieser Anti-Schwulen-Scheiß da drüben ist verrückt. Es ist, als wären sie wirklich in der Zeit zurückgegangen.“

„Ich vermisse es schon, aber die letzten Jahre war es mehr wie ein Gefängnis als wie eine wahre Heimat.“ Er versuchte, den Anflug von Traurigkeit beim Gedanken an seine Familie in St. Petersburg zu ignorieren. „Es gibt Gerüchte über eine neue Partei, die es mit der Regierung aufnehmen will. Aber vielleicht wird nichts daraus.“

Bailey verzog das Gesicht. „Dieser Typ ist ein totaler Diktator. Er ist Scheiße.“

„Ja. Wir hoffen, dass er abgewählt werden kann, aber es gibt so viel Korruption. Die Situation für Homosexuelle wird immer schlimmer. So viel Gewalt und Hass."

Sie drückte ihm den Arm. „Ich bin sehr froh, dass du hierher kommen konntest."

„Ich bin auch froh. Und froh, dass du hier bist. Danke, dass du zu Flughafen gekommen bist."

„Natürlich." Sie zuckte die Achseln. „Es ist eigenartig, hm? Du, Kisa, ich und Dev – wir kennen uns seit Jahren, aber eigentlich haben wir uns bisher überhaupt nicht gekannt. Ich meine, du und Dev, ihr habt euch im letzten Jahr sicher extrem gut kennengelernt. Aber es ist schon komisch, dass man jahrelang mit jemandem zusammen sein kann, ohne sich je wirklich zu kennen. Es ist cool, mal so richtig mit dir zu reden."

„Mir geht es genauso." Er berührte ihre Schulter.

„Hey, Dev hat gesagt, deine Familie kommt nächstes Jahr zu Besuch?"

„Ja, meine Eltern und meine Schwester kommen nächsten März. Meine Nichte und meine Neffen auch. Das wird wunderbar."

„Das ist toll. Dann…wissen sie also von Dev?"

Misha nickte. „Sie freuen sich sehr darauf, ihn kennenzulernen." Er war nervös und gespannt. Es sollte alles perfekt sein. „Wir werden ein sehr volles Haus haben, aber hoffentlich ein glückliches. Ich würde sie gern besuchen, aber mein Vater hat gesagt, ich soll lieber nicht kommen."

„Aber Kisa lebt immer noch dort?", fragte Bailey. „Ja, klar, selbstverständlich, wenn sie jetzt mit dem Flieger aus Russland kommt."

„Ja. Wenn wir nicht in Shows auftreten, ist sie bei ihrer Familie und plant ihre Hochzeit."

„Wow! Sie ist verlobt? Wieso sagt mir das denn keiner?" Sie stieß ihn scherzhaft mit dem Ellbogen an. „Erzähl mir alles. Wer ist der Typ?"

„Alexei. Er unterrichtet die Kleinen an der Schule in ihrer

Stadt. Er und Kisa lieben sich seit ihrer Jugend.“

„*Wirklich?* Ach.“ Bailey räusperte sich. „Ich meine, nicht dass das… ich bin nur… das ist super! Ich freue mich sehr für sie.“

„Es ist schon in Ordnung. Ich weiß, wie Kisa auf andere wirkt. Wie eine Zicke.“

Bailey machte den Mund auf und wieder zu. „Na ja, wir waren über die Jahre im Umkleideraum nicht gerade die dicksten Freundinnen, aber sie ist bestimmt sehr nett. Ich find’s toll, dass sie verlobt ist. Wirklich.“

„Was ist mit dir? Dev sagt, du hast keinen Freund. Das überrascht mich.“

„Überrascht meine Mutter auch.“ Bailey zuckte die Achseln. „Keine Ahnung. Anscheinend finde ich keinen Kerl, der kein kompletter Versager ist. Das ist ein Problem von mir. Sie fliegen scharenweise auf mich, wie idiotische Bienen auf Honig. Aber ich lebe in der Hoffnung, dass ich mal irgendwann einen Kerl finde, der nicht total zum Kotzen ist.“

„Das hoffen wir alle, B.“ Dev tauchte grinsend hinter ihnen auf. Er trat zu Misha und gab ihm einen liebevollen Klaps auf die Hüfte.

Misha lächelte sanft.

„Okay, euch ist aber schon klar, dass ihr euch total pärchenmäßig benehmt, oder? Auf Tournee habt ihr euch nichts anmerken lassen, aber jetzt, nachdem ihr die letzten paar Monate zusammengelebt habt, klebt ihr wie Kletten aneinander, und alle werden es innerhalb einer Nanosekunde wissen. Was meiner Meinung nach total okay ist, nur um das mal festzuhalten. Aber wenn ihr es geheim halten wollt, solltet ihr es lieber machen wie bei einem katholischen Highschool-Tanz und ein bisschen Abstand zwischen euch bringen.“

„Katholischer… Tanz?“, fragte Misha. Bailey redete wie ein Maschinengewehr, und er kam kaum mit.

Bailey winkte ab. „Seht einfach zu, dass ihr nicht ständig aneinander rumfingert. Sweet meinte, sie hätte gehört, dass die Stimmung zwischen uns allen auf der Asien-Tour total angespannt gewesen sei. Also habt ihr es da zustande gebracht, aber jetzt strengt ihr euch besser ein bisschen mehr an."

„Sie meint Caroline Mortimer", fügte Dev hinzu.

„Ach ja, tut mir leid. Sweet Caroline."

„Wie in dem Song", sagte Misha.

„Du kennst den Song?" Bailey Augenbrauen gingen ruckartig nach oben.

„B, er ist aus Russland. Nicht von hinterm Mond", sagte Dev.

Sie schniefte. „Das *weiß* ich. Aber der Song ist alt, Mann. Misha kommt mir nicht wie ein großer Neil-Young-Fan vor."

„Neil Diamond", korrigierte Dev. „Meine Ma würde jetzt sofort ihre alten Platten rausholen, um dir das klarzumachen."

„Ja, ja. Ich kann diese Neils nie auseinanderhalten. Apropos nicht auseinanderhalten können, jetzt mal ganz im Ernst. Wenn ihr euch weiter so anguckt, könnt ihr die Katze auch gleich aus dem Sack lassen."

„Wenn wir uns wie angucken?", fragte Dev und wechselte einen Blick mit Misha.

Misha lächelte. Dev erwiderte das Lächeln.

„Na, *so*." Bailey verdrehte die Augen. „Ihr seid echt hoffnungslos. Oh!" Sie deutete auf eine neue Welle von Menschen, die vom Zoll hereinströmten. „Ich glaube, das ist ihr Flug. Schaut euch die ganzen Pelzmäntel an."

Misha lachte, als Dev die Stirn runzelte. „Sie hat recht. Manche Klischees sind wahr."

Bailey musterte seine schwarze Lederjacke. „Wo ist dein Pelz, Misha? Wenn wir uns das nächste Mal treffen, erwarte ich, dass du eine Nerzkappe trägst. Enttäusch mich nicht."

„Ich werde mein Bestes tun."

„Aber keine echte. Da hätte ich ein viel zu schlechtes Gewissen wegen der armen kleinen Nerze. Kunstpelz ist top."

Dev lächelte sie an, und Misha wusste, dass er sich über ihren freundschaftlichen Umgangston freute. Misha hoffte, dass die Freundlichkeit erhalten bleiben würde, wenn Kisa dazukam. Just in diesem Moment entdeckte er sie und winkte. Sie zwängte sich durch die Menge und zog zwei große Koffer hinter sich her. Wie immer war sie tadellos gekleidet; Diamanten glitzerten an ihren Ohren, und ihr blondes Haar war im Nacken zu einem Knoten gebunden. Ihr dunkler Wollmantel war mit weißem Pelz verbrämt.

Sie schleifte ihre Koffer heran, und Misha hob sie hoch und drückte sie an sich. Ihr Gewicht in seinen Armen und ihr Duft in seiner Nase waren so wunderbar vertraut. Er stellte sie wieder auf die Füße, gab ihr einen Kuss und sagte ihr, wie sehr er sie vermisst hatte. *„Ya skuchal po tebe.“*

„Ya tozhe.“

Rund um sie herum erhob sich leises Gemurmel, und er bemerkte, dass einige der aus Moskau ankommenden Passagiere aufgeregt auf sie deuteten. In Amerika wurde er nur selten erkannt, aber in Russland war das ganz anders. Außerdem bemerkte er, dass einige Leute offenbar höchst verwundert waren, ihn und Kisa mit Dev und Bailey zu sehen.“

Kisa wandte sich mit einem zaghaften Lächeln an Dev und Bailey. „Hallo.“

„Hi.“ Dev streckte ihr unsicher die Hand entgegen, als wäre er hin und her gerissen zwischen einem Handschlag oder etwas Herzlicherem. „Es ist schön, dich zu sehen. Ähm…“

Bailey gab ihm einen Schubs. „Kommt schon, Leute. Wir haben schon zigmal auf dem Podium eine Umarmung gefaket. Das kriegen wir auch in echt hin.“

Lachend umarmten Dev und Kisa sich kurz, und Kisa küsste ihn auf die Wange.

„Hey, nicht nur ein Luftküsschen! Das ist ein echter Fortschritt“, flüsterte Bailey Misha zu. „Okay, jetzt bin ich dran.“ Sie umarmte Kisa und trat zurück. „Diese Goldohrringe sind fabelhaft. Jetzt zeig mir deinen Klunker."

Kisa zog die Brauen zusammen und warf einen Blick zu Misha. „Meinen was?"

„Oh, entschuldige – ich meine deinen Ring", antwortete Bailey.

Mit einem strahlenden Lächeln hob Kisa die linke Hand. Ein quadratisch geschliffener Diamant funkelte an ihrem Finger. „Alexei sagt, auf den hat er seit unserem ersten Kuss gespart."

Bailey stieß einen Pfiff aus. „Alexei hat einen sehr guten Geschmack, und das ist unglaublich liebenswert. Jetzt brauche ich Bilder und alle Einzelheiten."

Misha und Dev wechselten einen Blick. Dev lächelte hoffnungsvoll und griff nach Kisas Koffern. „Na komm. Du bist bestimmt erschöpft."

Misha und Dev zogen je einen Koffer hinter sich her, und sie entflohen den Menschenmassen ins Parkhaus. Dev hatte sich den Cadillac seines Vaters geliehen, der glücklicherweise einen großen Kofferraum hatte. Misha ächzte, als er den ersten Koffer hineinwuchtete. „Wie ich sehe, packst du immer noch alles ein, was du besitzt."

„Eine Frau hat Bedürfnisse, Misha. Ihr Männer versteht das nicht."

Bailey mischte sich ein. „Sie hat recht. Ihr zwei seid vielleicht schwul, aber ihr seid immer noch *Jungs*. Eine Frau braucht Optionen."

„Und *Ded Moroz* hat vielleicht ein paar Dinge für dich geschickt, also beschwer' dich nicht, Misha." Kisa gab ihm einen Klaps und kletterte dann auf den Rücksitz.

Misha hielt inne und überlegte, ob er sich zu Kisa nach hinten setzen sollte, aber Bailey schubste ihn in Richtung Beifahrersitz. Sobald sie aus dem Labyrinth des Parkgeländes heraus waren, meldete Bailey sich zu Wort.

„Wer ist Ded Moroz? Freund von euch?"

Misha und Kisa lachten, und Misha sagte: „Nein. Er ist Groß-vater…" Er grübelte über die Übersetzung nach. „Väterchen Frost. Er ist wie Weihnachtsmann."

„Ihr habt da drüben einen anderen Weihnachtsmann? Kommt er auch an Heiligabend?"

„Nein, an Silvester. In Russland ist das der ganz große Feier-tag. Wir haben einen Neujahrsbaum, und Väterchen Frost kommt und bringt uns Geschenke, zusammen mit seiner Enkelin, *Snegurotschka*." Misha hielt erneut inne. „Schneemädchen würdet ihr sie nennen. Weihnachten ist in Russland erst am siebten Januar."

„Wirklich?", fragte Dev. „Warum?"

„Wir haben einen anderen Kalender für religiöse Tage. Des-halb gibt es auch noch ein Neujahrsfest am dreizehnten Januar. Dann ist nach der alten Zeitrechnung Neujahr."

Kisa fügte hinzu: „Wir haben zwei Wochen lang Fest. Misha und ich konnten kaum teilnehmen, weil wir in dieser Zeit für Europameisterschaft trainiert haben. Aber dieses Jahr werde ich nur Besuche machen und lachen und Tangerinen und *Pelmenyi* essen."

„Ooh, was ist das denn?", fragte Bailey.

„Kleine Teigtaschen mit Fleisch. Wir essen sie mit dicker saurer Sahne", erklärte Kisa.

Bailey seufzte verträumt. „Ist essen nicht das Allerbeste? Nicht, dass wir allzu viel Gewicht zulegen dürfen, während wir noch Shows machen. Aber, Mann, ist es nicht toll, nicht jede einzelne Kalorie zählen zu müssen?"

„Es ist ziemlich gut. In ein paar Jahren werde ich schwanger und wunderbar fett."

„Okay, jetzt musst du mir aber alles über den zukünftigen Vater deiner Kinder erzählen."

Während Bailey plauderte und Kisa ihre Fragen beantwortete,

lächelte Misha vor sich hin. Er war Bailey dankbar für ihre Freundlichkeit und ihre offene Art, mit Menschen zu reden und ihnen die Befangenheit zu nehmen. Er legte Dev eine Hand auf den Schenkel. Dev lächelte, als er an einer roten Ampel hielt. Er setzte zum Sprechen an, aber da klingelte sein Telefon. Mit einem Blick zu Misha hielt er einen Finger hoch und meldete sich schnell.

„Ma? Ich kann jetzt nicht reden, ich bin im Auto. Ich bin bald wieder da. Soll ich irgendwas mitbringen?" Er hielt inne. „Alles klar. Natürlich entrahmte. Nicht zu fassen, dass du Dad endlich die Vollmilch abgewöhnt hast." Eine weitere Pause. „Ja, ich hab' dir doch gesagt, dass ich heute zuhause übernachte. Aber die Proben fangen morgen an. Ma, die Ampel wird grün. Hab' dich lieb." Er beendete den Anruf. „Tut mir leid."

„Schon gut." Misha senkte die Stimme, neigte sich zu ihm und schob die Hand auf Devs Schenkel weiter nach oben. Die Mädels redeten immer noch, und Bailey lachte gerade schallend über irgendwas. „Ich werde dich heute Nacht vermissen."

Dev sah ihn mit glänzenden Augen an. „Ich dich auch. Aber selbst wenn ich im Hotel wäre, waren wir uns doch einig, dass wir uns nicht sehen sollten. Es ist ein Wunder, dass uns auf der Tournee niemand erwischt hat. In der Nacht damals in Seoul war es knapp."

„Diese Nacht war auch–"

„Sag's nicht", zischelte Dev lachend. Er wisperte: „Aber ja. Der Wahnsinn. Jetzt hör auf, mich abzulenken." Er nahm Mishas Hand von seinem Bein und küsste sie kurz, dann legte er sie wieder in Mishas Schoß.

Mit einem Lächeln wandte Misha sich wieder der Unterhaltung auf dem Rücksitz zu.

Kisa nickte gerade. „Ja. Ich finde, sie sind sehr schlecht im Verheimlichen."

„Nicht wahr?", rief Bailey. „*Danke.* Ich glaube, niemand hegt einen Verdacht, weil alle es für völlig unvorstellbar halten, das so etwas jemals passieren könnte. Niemals. Nicht in einer Million Jahren."

„Ich hätte nicht darauf gewettet, dass dies geschieht, soviel ist sicher", sagte Kisa.

Bailey lachte. „Ernsthaft, ist es nicht total schräg? Dass wir alle hier im Auto von Devs Dad rumhängen. Aber weißt du was? Es ist auf gute Art schräg. Kisa, ich glaube, wir sollten uns betrinken und über die beiden da lästern. Dieser Friedensgipfel schreit nach Wodka, und zwar jeder Menge davon."

Misha und Dev wechselten einen Blick, und Dev schüttelte den Kopf, während er die Spur wechselte. „Weißt du noch, wie wir uns gewünscht haben, dass sie Freundinnen werden, Misha?"

„Ein bedauerlicher Wunsch", antwortete Misha.

„Oh ja, und der wird gerade wahr. Passt bloß auf, Jungs", kicherte Bailey.

„Äußerst bedauerlich", sagte Dev lächelnd.

Misha warf einen Blick nach hinten zu Kisa, die ihm voll Zuneigung die Schulter drückte. Mit einem zufriedenen Seufzer lehnte Misha sich zurück und sah die Lichter von Boston vorbeiziehen.

„OKAY, ALLE MITEINANDER!" Alice klatschte in die Hände. „Danke euch allen, dass ihr heute Morgen pünktlich hier seid. Ich weiß, dass viele von euch unter Jetlag leiden, also gehen wir's langsam an. Nehmt euch Zeit zum Aufwärmen und um ein Gefühl für das Eis zu bekommen, und dann fangen wir mit der Gruppen-Eröffnungsnummer an. Es ist ein anspruchsvolles Programm, aber ich weiß, dass ihr alle der Aufgabe gewachsen seid. Wir werden Amerika vom Hocker hauen."

Kisa war bereits auf der Bahn, als Misha noch seine Kufenschoner abnahm. Die weitläufige Arena war leer, bis auf die NBC-Crew, die an der Beleuchtung arbeitete, sowie zahlreiche Produzenten und Produktionsassistenten. Die jungen PAs wuselten mit Klemmbrettern und permanent verkniffenen Gesichtern herum. Misha beobachtete Dev und Bailey, als sie an ihm vorbeiliefen, und zwang sich dann, den Blick loszureißen.

Er stieß sich von der Bande ab und beugte die Knie, um ein Gefühl für das Eis zu bekommen. Es war gut – nicht zu hart und nicht zu weich. Er hatte seit Monaten nicht mehr auf Schlittschuhen gestanden, und plötzlich wurde ihm mit Schrecken klar, dass er seit seiner Kindheit nicht mehr so lange dem Eis ferngeblieben war. Seine Schultern verkrampften sich, und das alte Engegefühl in seiner Brust kehrte zurück, als er um die Bahn glitt. Automatisch griff er nach Kisas Hand, aber sie war auf der anderen Seite der Eisfläche.

Er atmete tief durch und rief sich ins Gedächtnis, dass die Wettkämpfe vorbei waren. Keine Richter mehr, kein Verband. Er war jetzt frei, und die russischen Funktionäre kontrollierten ihn nicht mehr. Der Olympiasieg war seine Fahrkarte in dieses neue Leben gewesen, und alles war in Ordnung.

Kisa tauchte an seiner Seite auf, und sie fassten sich an den Händen. Er lächelte auf sie hinab. „Vermisst du es?"

„Den Wettkampf nicht." Sie drückte ihm die Hand. „Eislaufen mit dir, ja. Lass uns Spaß haben, Misha."

Bei ihren Runden um die Eisbahn kamen sie immer wieder an Dev und Bailey vorbei. Obwohl er Kisa innig liebte, wünschte Misha unwillkürlich, es wäre Devs Hand, die er in seiner hielt. Caroline und ihr Eistanzpartner Grant liefen Arm in Arm und sahen einander voll offener Zuneigung an.

„Eine Romanze erblüht", bemerkte Kisa.

„Ja. Bailey sagt, sie sind endlich… wie war das noch…" Er wechselte zu Englisch. „Sie sind im Sommer endlich‘ miteinander in die Kiste gesprungen‘."

Kisa lachte leise. „Weißt du, Bailey hat noch etwas Interessantes gesagt. Dass ihr fast nie ausgeht, Dev und du, weil ihr beide Angst habt, dass euer Geheimnis gelüftet wird."

Er zuckte die Achseln. „Das ist kein Problem. Es ist besser, vorsichtig zu sein."

„Für wie lange? Jahre?"

Mishas Magen revoltierte.

„Es belastet dich, Misha. Ich kann das deutlich sehen. So viel mehr als früher, als wir im Training waren. Du bist nach Amerika gegangen, um frei zu sein, aber du versteckst dich immer noch."

„Das muss ich. Zumindest bis…"

„Wann? Wann ist der richtige Moment?"

„Können Kisa, Mikhail, Bailey und Dev bitte mal hier rüber kommen?", rief Alice. Sie und ihre beiden Assistenten warteten in einer Ecke der Eisfläche.

Er seufzte, als sie hinliefen. „Keine Ahnung. Aber mir geht's gut. Wirklich." Er küsste sie auf die Wange und drückte ihre Schultern.

Als alle versammelt waren, sagte Alice lächelnd: „Hallo. Zunächst einmal möchte ich sagen, wie begeistert ich bin, dass ihr euch alle bereit erklärt habt, bei dieser Show mitzumachen. Ich dachte, wir könnten doch eine Nummer mit euch vieren machen. Partnerwechsel, alle vier gemeinsam in Formation – sowas in der Art. Wie man hört, seid ihr möglicherweise nicht die besten Freunde, aber die Fans lieben es, Rivalen gemeinsam auf dem Eis zu sehen."

Für einen Moment herrschte Schweigen. Dann meldete Bailey sich zu Wort. „Also, ich finde die Idee super! Meint ihr nicht auch, Leute? Das geht schon klar, Alice. Wir sind schließlich alle Profis." Sie öffnete den Reißverschluss ihrer Kapuzensweatjacke. Alle trugen schlichte Trainingsklamotten – Tanktops und Leggings. „Packen wir's an."

„Unbedingt", stimmte Kisa mit einem leichten Kopfnicken zu.

Misha und Dev nickten ebenfalls, und Misha war sich der vielen Blicke bewusst, die auf sie gerichtet waren. Anscheinend war ihre schauspielerische Leistung während der Asien-Tournee wirklich bombig gewesen, denn alle Anwesenden schienen nur darauf zu warten, dass sie auf dem Eis eine Schlägerei anfingen. Misha hatte geglaubt, er könnte die Täuschung aufrechterhalten, aber der Tag hatte kaum angefangen, und er war schon fast mit den Nerven am Ende.

Alice atmete auf. „Wunderbar. Dann erkläre ich euch jetzt mal genau, was ich vorhabe."

Einer der Regieassistenten in der Nähe hob die Hand. „Außerdem haben wir morgen Abend im Hotel ein gemeinsames Interview für euch vier arrangiert. Hoffentlich ist das kein Problem."

Alle vier sahen sich an, und Misha antwortete. „Wir haben kein Problem." *Außer, dass wir für die Reporter so tun müssen, als wären wir Feinde.*

Mit einem strahlenden Lächeln nickte Alice ihren Assistenten zu. „Okay, dann wollen wir euch mal zeigen, wie wir uns den Ablauf vorgestellt hatten…"

Eine Stunde später hielt Misha Bailey an den Händen, während sie rückwärts lief und sich für die Hebung bereit machte. Dev und Kisa würden dieselbe einfache Stern-Hebung synchron durchführen. Er stemmte Bailey hoch und drehte sie, während sie ihre Hüfte auf seine Hand stützte. Als er sie schwungvoll absetzte, grinste sie ihn an.

„Das macht Spaß."

„Ja, wirklich", stimmte er zu und meinte es auch so. Er warf einen Blick auf einen Eisläufer, der ihnen im Vorbeilaufen aufmerksam zusah. „Ich glaube, du hast einen Bewunderer, Bailey."

Sie folgte seinem Blick und stöhnte gutmütig auf. „Hi, Andrew!" Sie winkte.

Der arme Andrew Quinn errötete bis zu den Wurzeln seiner hellen Haare, wirbelte herum und schoss in die andere Richtung davon. Als sie in der Mitte der Eisfläche mit Dev und Kisa zusammentrafen, wackelte Dev mit den Augenbrauen.

„Du weißt ja, B… er ist seine Zahnspange los."

Sie verdrehte die Augen. „Er ist trotzdem noch ein Teenager."

„Du könntest es viel schlechter treffen. Hast du sogar schon", neckte Dev. „Er hat mich gefragt, ob wir im Januar zu den nationalen Meisterschaften kommen. Als er gehört hat, dass Sue uns als offizielle Botschafter eingeladen hat, war er total begeistert."

„Er ist ein feiner Kerl. Vielleicht überlege ich es mir in ein paar Jahren nochmal, wenn er erst mal Haare im Gesicht hat. Apropos Sue, hast du gesehen, dass sie mit ein paar von den anderen Feds auch hier ist?"

Dev nickte. „Wir müssen nach der Probe hingehen und einen auf Schönwetter machen."

Misha folgte ihrem Blick und spannte sich an. Würde der amerikanische Eislaufverband erneut versuchen, Dev und Bailey zur Rückkehr in den Wettkampf zu überreden?

Kisa deutete auf ein junges Mädchen am anderen Ende der Eisfläche. „Sie haben ein wachsames Auge auf sie."

Das Mädchen war kaum ein Meter fünfzig groß und spindeldürr, mit rabenschwarzem Haar. Sie trug ein pinkfarbenes Trikot und drehte sich rasend schnell in einer Biellmann-Pirouette, ein Bein hinter dem Rücken hochgestreckt und die Kufe mit beiden Händen über dem Kopf haltend.

„Sabrina Pang, die nächste große Hoffnung", sagte Bailey. Sie deutete auf eine Frau, die auf der Tribüne saß und Sabrina sehr aufmerksam beobachtete. „Ihre Mom ist fanatisch. Sie ist früher für China gelaufen, hat es aber nie an die Spitze geschafft. Sie hat Hanako vorhin mit Blicken durchbohrt. Es würde mich nicht überraschen, wenn sie eine Hanako-Voodoo-Puppe in der

Handtasche hätte. Sabrina ist in unserem alten Trainings-Center in Colorado Springs. Erinnerst du dich noch an unsere Trainerin, Louise? Sie denkt, dass es ganz übel werden wird, wenn Sabrina anfängt zu wachsen. Sie ist jetzt vierzehn, und ihr wisst ja, wie es ist, wenn Mädchen Brüste und Hüften kriegen."

Kisa erschauerte. „Die Sprünge, die so einfach waren, kommen einem plötzlich unmöglich vor. Als müsste man alles neu lernen. Es war eine schreckliche Zeit."

„Ja. Und mit einer Eislauf-Mama, die ihre Trainerin auf Schritt und Tritt kritisiert, wird die arme Sabrina höllisch unter Druck stehen. Sie scheint ein nettes Mädchen zu sein. Ich hoffe, sie schafft es."

„Als Mann hat man es da leichter", bemerkte Misha.

Kisa grinste. „Ach was, das merkst du erst jetzt?"

„Untertreibung des Jahrtausends, Reznikov. Demnächst erzählst du uns noch, dass Wasser nass ist", neckte Bailey.

Lachend flüchtete Misha sich an Devs Seite. „Dev, gibst du mir Unterstützung? Lass nicht zu, dass sie sich gegen mich verbünden."

Dev schlang den Arm um Mishas Schultern. „Keine Sorge, ich beschütz' dich. Lasst ihn in Ruhe, Ladys."

Gleich darauf verschwand sein Lächeln und er ließ den Arm sinken und blickte sich nervös in der Arena um. „Wir sollten mit der Probe weitermachen. Kisa, bist du soweit? Können wir nochmal?"

Sie glitten davon, und Misha sah ihnen nach und fühlte sich, als hätte er eine Ohrfeige bekommen.

Bailey nahm seine Hand. „Hey, alles okay mit dir? Er wollte nicht…" Sie senkte die Stimme. „Du willst es doch auch geheim halten, oder?"

Er nickte, obwohl er sich nicht sicher war, ob er das glaubte.

„Ich weiß nämlich, dass er Angst hat, wir würden nicht mehr so viele Shows kriegen, wenn er sich outet. Und dass wir die paar

Sponsoren verlieren könnten, die wir haben. Aber ich habe ihm gesagt, wenn ich zwischen unserer Profi-Karriere und seinem Glück wählen müsste, würde ich mich jederzeit für letzteres entscheiden. Außerdem überraschen uns die Leute vielleicht. Wenn mehr Eisläufer sich endlich outen würden, wäre das keine so große Sache mehr. Ich glaube nicht, dass es das Publikum kümmert. Mir ist es jedenfalls völlig egal."

„Aber es steht viel Geld auf dem Spiel. Ich muss an Kisa denken, genauso wie Dev an dich denkt."

Bailey schüttelte den Kopf. „Wenn sie uns nächstes Jahr nicht bei Stars on Ice dabeihaben wollen, weil ihr schwul seid, dann können sie mich mal. Kisa ist da ganz bei mir. Darüber haben wir bei vielen Erwachsenengetränken sehr ausführlich geredet." Sie seufzte. „Sieh mal, wir wollen doch nur, dass ihr glücklich seid, Dev und du. Und wir unterstützen euch, ganz egal, was ihr tun wollt. Aber macht euch nicht unglücklich, nur weil ihr uns zu beschützen versucht oder irgend so einen Scheiß. Okay?"

„Okay." Was konnte er sonst sagen? „Aber im Moment ist das beste, glaube ich. So bleibt alles einfach. Komm, machen wir die Hebung nochmal."

Als sie losliefen und Fahrt aufnahmen, war Misha sich keineswegs sicher, dass ‚einfach' so ganz das richtige Wort war.

Kapitel Vierzehn

ALS MISHA UND Kisa am nächsten Abend zum Interview erschienen, warteten Dev und Bailey bereits Seite an Seite auf einem plüschbezogenen Zweisitzersofa in der Hotellobby. Ein Christbaum ragte in der Nähe empor, und Weihnachtslieder erfüllten die Luft. Glitzernde Girlanden und Dekorationen schmückten die Rezeption.

Zwei Presseagenten von NBC saßen in der Nähe, um die Fragen mitzuverfolgen. Die Interviewerin, eine Frau mittleren Alters, stand von ihrem Sessel auf und streckte ihnen die Hand entgegen.

„Barbara Fettle vom *Boston Globe*. Freut mich, Sie kennenzulernen." Sie deutete auf ein weiteres Zweisitzersofa neben dem von Dev und Bailey. „Bitte, machen Sie es sich bequem. Weitere Vorstellungen sind hier wohl nicht nötig, nehme ich an."

Alle vier lachten leise und höflich, und Misha wünschte, er wäre woanders. Aber er musste eben seine Rolle spielen. Er versuchte, es sich bequem zu machen. Kisa hatte darauf bestanden, dass er Stoffhosen und Lederschuhe zu seinem blauen Pulli trug, statt wie üblich Jeans und Turnschuhe. Oh, wie sehr er seine Flip-Flops vermisste. Er warf einen Blick zu Dev, der den Blick fest auf die Interviewerin geheftet hielt.

Barbara nahm den beiden Paaren gegenüber auf ihrem Sessel Platz und schaltete ihr Aufnahmegerät ein. „Sie haben alle Ihre

Wettkampfkarriere im Eiskunstlauf beendet. Wie verbringen Sie jetzt Ihren Ruhestand?"

Während Dev von seinem neuen Vorstoß ins Teilzeit-Coaching sprach, nahm Misha das Blumengesteck auf dem Tisch neben Barbara in Augenschein. Sie hatten einen weiteren langen Probentag hinter sich – einen weiteren langen Tag der Verstellung. Er und Dev waren sich ursprünglich einig gewesen, dass sie es nicht riskieren wollten, die Nächte zusammen zu verbringen. Schließlich waren sie nur für eine Woche in Boston. So lange würden sie doch sicher darauf verzichten können, miteinander intim zu sein.

Doch Misha fühlte sich haltlos und verunsichert, wie ausgehungert nach Devs Berührung. Es waren nur ein paar Tage gewesen, aber er sehnte sich danach, Dev in den Armen zu halten und von ihm gehalten zu werden. Ihn lächeln zu sehen und stöhnen zu hören. Ihm einfach nur nah zu sein. Dev hatte ihm vorhin zugeflüstert, dass er nicht warten könne, bis sie wieder zuhause in LA waren, und Misha hatte von ganzem Herzen zugestimmt. Sie würden sich in Mishas Zimmer treffen, sobald sie dem Interview entfliehen konnten.

Wenn er Dev ansah, hatte er laut Bailey Herzchen in den Augen, und Kisa war derselben Meinung. Dasselbe hatten sie über Dev gesagt, was Misha ein albernes Flattern im Magen beschert hatte. Selbst jetzt lächelte er noch vor sich hin.

So sehr er sich über das Wiedersehen mit Kisa gefreut hatte, er sehnte sich danach, wieder mit Dev zuhause zu sein. Sich mit ihm in der Küche über Borschtsch oder im Bad wegen der Zahnpasta zu zanken. Oder mit ihm am Strand um die Wette zu rennen, mit Zoloto auf den Fersen. Im Schlafzimmer, verschwitzt und ineinander verschlungen, beim Sex ohne Kondom, einander zu schmecken und zu berühren und –

„Mikhail?"

Kisa stieß ihn mit dem Ellbogen an, und Misha blickte auf

und fand alle Blicke auf sich gerichtet. „Entschuldigung. Können Sie bitte die Frage wiederholen?"

Barbara lächelte. „Natürlich. Ich hatte nur angemerkt, dass Sie jetzt ebenfalls in Los Angeles leben, nicht wahr?" Sie legte lächelnd den Kopf schräg. „Sind Sie und Dev sich dort schon mal begegnet?"

Misha behielt eine ausdruckslose Miene bei. „Noch nicht." Seine Zunge wurde schwer bei der Lüge.

„Und wie fühlen Sie sich dabei, alle zusammen aufzutreten? Sie waren schließlich etliche Jahre lang Rivalen. Ist es nicht eine Herausforderung, dieses Konkurrenzdenken jetzt einfach abzustellen?"

Bailey ergriff das Wort. „Nun, wir sind alle Sportler, daher glaube ich nicht, dass wir es je völlig abstellen können. Aber bei dieser Show geht es um die Familie und um die Feiertage, und wir gehören zur Eislauf-Familie."

„Es gibt keine Ressentiments? Dev und Bailey, Sie hatten es in Annecy auf diese Goldmedaille abgesehen, und es muss schwer gewesen sein, so nahe heranzukommen."

Die Anspannung, die plötzlich in der Luft lag, war gewaltig. Misha war so froh gewesen, das alles hinter sich zu lassen, und er verfluchte die Frau dafür, es zu erwähnen – obwohl er wusste, dass sie nur ihren Job machte.

„Natürlich war es enttäuschend für uns", sagte Dev. „Aber so ist es nun mal im Sport, und wir missgönnen Kisa und Mikhail ihren hart erkämpften Sieg ganz bestimmt nicht."

„Und sie haben nach den olympischen Spielen hier den Weltmeistertitel gewonnen", fügte Misha hinzu. „Wir haben nicht teilgenommen, und die Goldmedaille gehörte ihnen. Wir haben uns gefreut, ihnen die Chance auf den Sieg zu geben."

Barbaras Augenbrauen schossen in die Höhe. „Dev und Bailey? Was sagen Sie dazu? Hatten Sie das Gefühl, ihr Weltmeistertitel war verdient? Oder war er ein Geschenk von

Ihren abwesenden russischen Konkurrenten?"

Moment mal, Moment mal. Misha rutschte das Herz in die Hose. „Ich wollte damit nicht sagen–"

„Natürlich finden wir, dass wir ihn verdient haben", sagte Bailey in knappem Ton. „Wir haben zwar in Annecy auch eine gute Leistung gezeigt, aber bei den Weltmeisterschaften hatten wir die beiden besten Läufe unseres Lebens. Wir haben nicht den kleinsten Fehler gemacht, und hier in Devs Heimatstadt Weltmeister zu werden war das Highlight unserer Karriere." Ihre Hand krampfte sich um Devs Arm, und Devs Lächeln wirkte gequält. „Und es ist uns eine Freude, an Heiligabend wieder in Boston bei diesem fantastischen Live-Event zu laufen."

Kisa saß wie erstarrt neben Misha. Als er erneut den Mund aufmachte, warf sie ihm einen vernichtenden Blick zu, und er lehnte sich zurück. Die Presseagenten machten finstere Gesichter, entspannten sich jedoch, als Barbara zu Fragen über die Show überging. Sie gaben die Antworten, die NBC von ihnen hören wollte, und Misha sehnte das Ende des Interviews herbei, während er in Gedanken wieder und wieder die vernichtenden Worte durchging, die er fälschlicherweise gesagt hatte. Er wünschte, er könnte sie zurücknehmen.

Als das Interview dann schließlich zu Ende war, summte Kisas Handy, und sie drückte ihn kurz und verschwand dann in Richtung Aufzug. Bailey, die Arme vor der Brust verschränkt, warf Misha ein verkniffenes Lächeln zu. „Bis später." Dann wechselte sie einen Blick mit Dev und verdrehte die Augen.

Ja, sie war zweifellos unglücklich. Als sie wegging, wandte Misha sich an Dev, der die Hand hob.

„Sag' jetzt einfach nichts, okay? Ich muss…" Seine Nasenflügel zitterten, und er warf einen Blick zu Barbara und den Presseagenten, die inzwischen zum Ausgang schlenderten. „Keine Ahnung. Ich kann im Moment nicht mit dir reden."

„Aber" –

In einem Schwall von Gekicher betraten Hanako und Caroline die Lobby. Misha trat instinktiv von Dev zurück, der auf dem Absatz kehrt machte und steifbeinig zu den Aufzügen marschierte. Misha folgte ihm und warf den Mädchen ein abwesendes Lächeln zu, als sie auf dem Weg zur Straße an ihm vorbeikamen. Einer der Aufzüge schloss sich gerade, aber Misha steckte die Hand in den Spalt und die Türen sprangen gehorsam wieder auf.

Dev starrte verbissen geradeaus. Das ältere Paar, mit dem sie den Aufzug teilten, führte eine laute Unterhaltung über eine Ente und ein Boot, und Misha wünschte, sie würden die Klappe halten.

Zwei Knöpfe leuchteten – der für den achten und der für den fünfzehnten Stock. Jetzt wurde Misha selbst ärgerlich. Hatten sie nicht beschlossen, dass Dev heute bei ihm übernachten würde, trotz des Risikos? Würden sie jetzt nicht einmal darüber sprechen? Zornig drückte Misha den Knopf für sein Stockwerk, das siebzehnte.

Die Sekunden dehnten sich in die Länge, während sie nach oben fuhren. Sobald sich die Türen hinter dem älteren Paar geschlossen hatten, wandte Misha sich an Dev. „Warum habe ich dich verärgert?"

„Warum?", fragte Dev ungläubig. „Wenn du das nicht weißt, dann weiß ich nicht, wo ich anfangen soll. Nein, warte, ich weiß es. Weil du ein arrogantes Arschloch warst?"

Misha biss die Zähne zusammen. „Ich wollte niemanden beleidigen. Das weißt du."

„Du hast so getan, als hättet ihr uns einen Gefallen getan, indem ihr nicht an der Weltmeisterschaft teilgenommen habt! Als hätten wir nur gewonnen, weil ihr uns den Sieg geschenkt habt! Wir haben dort die höchste Punktzahl unserer ganzen Karriere erzielt! Wir hätten euch ganz klar schlagen können! Wir haben nach Annecy *so* hart gearbeitet, um die Besten zu sein, und die *waren* wir. Wir haben uns das erkämpft. Nicht als Almosen von euch bekommen."

Mit einem *Bing!* glitten die Türen auf. Kopfschüttelnd stieg Dev aus, aber Misha zerrte ihn zurück in den Aufzug.

„Lass mich sprechen, bevor du mir den Rücken kehrst!"

Devs Augen blitzten. „Na schön! Was hast du zu sagen?"

„Zuerst würde ich sagen, dass du bist wie ein Kind!"

„Und du bist ein arrogantes Arschloch. Ganz wie in alten Zeiten!"

Eine Zeitlang starrten sie einander an und atmeten flach, und dann stolperte Misha rückwärts, von Devs Gewicht gegen die Wand gedrückt. Dev packte ihn am Pulli und küsste ihn wild, und Misha wühlte die Finger in Devs Haare. Sie hatten sich schon so lange nicht mehr ernsthaft gestritten, und Misha schwirrte der Kopf, als Frust und Verlangen aufeinanderprallten.

Er war sich vage bewusst, dass sich die Aufzugstüren öffneten und schlossen, aber er konnte sich nicht von Dev losreißen, der ihm bei ihrem Zungenduell den Oberschenkel zwischen die Beine zwängte. Misha konnte nicht genug bekommen – von Devs Mund und von seinen gebieterischen Berührungen, von seinem kräftigen Körper. Sein Zorn verflog. Er würde auf Knien um Verzeihung flehen, wenn er damit alles zwischen ihnen wieder in Ordnung bringen konnte.

Doch bevor er das tun konnte, riss Dev sich los. „Jesus, wir können doch nicht…" Er schüttelte den Kopf und wischte sich den Mund ab. Der Aufzug war jetzt im obersten Stockwerk, und Dev stolperte blindlings hinaus.

Misha folgte ihm. Der Flur war leer, und Dev stieß eine Tür mit der Aufschrift *ZUM DACHGARTEN* auf. Die Pflanzen waren natürlich längst tot, und nur leere Spaliere schwankten im Wind. Bunte Lichterketten, rund um das Dach ums Geländer geschlungen, warfen einen sanften Schein. Keiner von beiden trug eine Jacke, und Misha steckte die Hände in die Hosentaschen. Sie starrten einander an.

Devs Atem bildete Wolken in der eisigen Luft, als er einen

lautlosen Seufzer ausstieß. „Was du gesagt hast, hat bewirkt, dass Bailey und ich uns wie der letzte Dreck gefühlt haben. Als wäre unsere Goldmedaille nicht echt, weil du und Kisa sie uns überlassen habt, indem ihr nicht angetreten seid. Sieh mal, ihr wart die Besten. Seid ihr immer noch. Wir wissen das. Aber es vor einer Reporterin unter die Nase gerieben zu bekommen war echt scheiße.“

Schuldgefühle packten Misha, als er daran zurückdachte, was er zu der Reporterin gesagt hatte. Ja, er sah ein, wie seine Worte geklungen haben mochten. „Das war nicht meine Absicht, Vassenka. Bitte glaube mir.“ Er griff nach Devs Hand. „Ich habe es nicht so gemeint. Ich freue mich über eure Goldmedaille. Es würde mich sehr traurig machen, wenn ihr nie Weltmeister geworden wärt. Es war verdient. Wenn ich olympisches Gold mit euch teilen könnte, würde ich es tun.“

Devs Schultern sanken herab. „Ich weiß. Ich weiß, dass du das tun würdest.“ Er verflocht ihre Finger miteinander. „Vielleicht können wir einen Wertungsskandal aufdecken, damit sie ein Unentschieden draus machen müssen. Diese französischen Preisrichter sind immer zwielichtig.“

Misha lächelte. „Das ist wahr.“ Sein Lächeln verblasste. „Es tut mir sehr leid, dass ich das gesagt habe. Ich finde, du und Bailey, ihr seid wunderbare Eisläufer. Ihr könntet Russen sein, so anmutig seid ihr. Auf dem Eis wirkt ihr überhaupt nicht amerikanisch.“

Dev brach in Gelächter aus. „Okay, vielleicht solltest du für heute Abend einfach aufhören zu reden. Du trittst gerade von einem Fettnäpfchen ins nächste.“

„Ich trete in … was?“ Misha runzelte die Stirn. „Ah ja. Ins Fettnäpfchen treten. Aber ich wollte euch nur ein Kompliment machen!“

„Hör auf, solange du vorne liegst.“ Dev schlang Misha die Arme um die Taille und küsste ihn sanft. Gleich darauf blickte er sich schuldbewusst um. „Wir sollten reingehen. Das im Aufzug war wirklich dumm von uns. Jeder hätte uns sehen können."

Aber Misha stellte fest, dass ihm das irgendwie egal war. Es sollte ihm nicht egal sein, aber wäre es denn wirklich so furchtbar? Wie lange konnten sie mit diesem Versteckspiel noch weiter machen? „Vielleicht wäre es in Ordnung."

„Was ist mit deiner Familie in Russland?"

„Es geht ihnen gut. Ich mache keine Wettkämpfe mehr. Die Funktionäre haben nichts mehr zu sagen. Vielleicht war ich zu vorsichtig. Hatte zu viel Angst."

„Was ist mit unseren Karrieren? Du weißt, dass wir dann nicht mehr zu so vielen Shows eingeladen werden."

„Ich brauche ihre Shows nicht."

Dev spannte sich an. „Du vielleicht nicht, aber ich. Ich liebe eislaufen. Ich bin noch nicht bereit, es aufzugeben." Er trat zurück und schüttelte den Kopf. „Noch nicht. Ich kann nicht."

„Ich weiß, ich weiß." Misha zog ihn wieder an sich und küsste ihn leicht. „Ich weiß. Schon gut. Es ist unser Geheimnis."

„Okay", flüsterte Dev, immer noch steif.

Misha versuchte, die Stimmung aufzulockern. „Wer weiß? Vielleicht wird es uns noch gefragter machen. Sie werden wollen, dass wir zusammen laufen."

Dev lachte leise. „Wie in *Kufen des Ruhms*? Ja, das kommt bestimmt total gut an. Du bist größer, also wirst du mich wohl heben müssen."

„Kein Problem." Misha beugte die Knie, schlang die Arme um Devs Hüften und hievte ihn ächzend hoch. „Dann musst du aber doch Diät machen. Kisa kann dir Tipps geben." Er drehte sich im Kreis.

Dev warf den Kopf in den Nacken und breitete die Arme aus. „Wir werden den Sport revolutionieren!"

Er war wunderschön in der Nacht, und Misha wollte seinen langen Hals küssen. Lachend stolperten sie herum, bis Misha Dev absetzen musste, wenn er keine Rückenschmerzen riskieren wollte.

Er wusste, dass sie noch weiter reden sollten, aber sie lächelten so mühelos, als sie wieder hineingingen.

Reden konnten sie auch ein andermal.

In Mishas Zimmer, hinter verschlossenen Türen und bei gedämpftem Lampenschein, küsste er Dev erneut. „Du verzeihst mir, ja?"

„Ja. Tut mir leid, dass ich wütend geworden bin."

„Es war sehr schlimm von mir, das zu sagen. Es tut mir leid."

„Ich weiß." Dev lehnte die Stirn an die von Misha. „Wir machen alle mal was Schlimmes."

Das Verlangen, das in Devs Nähe immer glühte, loderte auf. „Vielleicht sollte ich bestraft werden", flüsterte er.

Dev sog hörbar den Atem ein und wich zurück, um Mishas Gesicht in die Hände zu nehmen. „Willst du das?"

„*Da*. Was willst du mit mir machen?" Mishas ganzer Körper kribbelte.

Dev zögerte und sah ihn forschend an. „Was soll ich denn mit dir machen?"

Erregung schoss durch Mishas Adern, als Dev ihm mit seinem schwieligen Daumen über die Unterlippe fuhr. Er platzte mit seinem Wunsch heraus, bevor er den Mut verlor. „Leg' mich übers Knie."

Devs Augen wurden dunkler. Er holte zittrig Luft und trat zurück. „Zieh' dich aus."

Misha gehorchte, und Dev setzte sich langsam auf die Bettkante. Er war immer noch vollständig bekleidet mit Jeans und einem grünen Pulli, und er sah Misha begierig beim Ausziehen zu. Nach der Kälte auf dem Dach fühlte Misha sich, als stünde er in Flammen. Seine Haut war gerötet und sein Schwanz richtete sich auf, ohne berührt worden zu sein. Als er nackt war, blieb er wartend stehen.

„Du bist wunderschön", murmelte Dev. Er räusperte sich. „Jetzt komm her", befahl er.

Misha ging die paar Schritte zum Bett. Erneut wartete er, während Dev ihn mit Blicken verschlang. Er wollte die Hand ausstrecken und Dev berühren, ihn küssen und mit den Fingern durch sein dunkles Haar streichen und ihm sagen, dass er der schönste Mann war, den Misha je gekannt hatte. Doch er hielt still und spielte seine Rolle. Vor gespannter Erwartung war ihm ganz schwindelig.

Mit einer hauchzarten Berührung seiner Fingerspitze fuhr Dev vom Ansatz bis zur Spitze an Mishas Erektion entlang. Misha schluckte mühsam. Er hätte Dev am liebsten angebettelt, ihn in den Mund zu nehmen, aber natürlich tat Dev das nicht. Misha konzentrierte sich aufs Atmen, als Dev sanft seinen Penis und seine Hoden erforschte, als hätte er alle Zeit der Welt. Auf diese Art zur Schau gestellt zu sein ließ Mishas Atem stocken, und tief in seinem Unterleib wuchs das Verlangen. Die federleichten Berührungen ließen ihn zittern.

Ohne Vorwarnung riss Dev ihn über seinen Schoß. Misha ruderte für einen Moment mit den Armen; sein Herz raste, als er um sein Gleichgewicht rang, sich mit den Händen auf den Boden abstützte. Er war zu groß, um in dieser Haltung auch nur einigermaßen anmutig zu sein, aber er ließ sich mit dem Hintern nach oben und herabhängendem Kopf auf Devs Schenkeln nieder.

Er beugte die Knie und versuchte sich zu entspannen. Der grobe Denim von Devs Jeans scheuerte an seiner Leistengegend, und für einen Moment genoss er die köstliche Reibung.

Er wartete.

Das einzige Geräusch im Raum war ihr raues Atmen. Misha sehnte sich nach dem Klatschen von Devs Hand auf seiner Haut und fürchtete sich zugleich ein wenig davor. Aber es kam nichts. Er starrte auf den Teppich – graue Quadrate, wiederholt in geometrischen Mustern. Schließlich, als er schon fast danach schreien zu müssen glaubte, dass etwas – *irgendwas* – passierte, glitten Devs Finger zwischen seine Pobacken, und Misha hielt den

Atem an.

Wie er es zuvor bei Mishas Schwanz und Hoden gemacht hatte, erkundete Dev ihn nur mit federleichten Berührungen, die die zarte Haut kaum streiften, bis Misha sich wand und verzweifelt den Hintern hochwölbte. Devs wachsende Erektion stupste gegen Mishas Hüfte, und Mishas Ständer drückte gegen Devs Oberschenkel. Er wollte eine Hand zwischen sie zwängen und wichsen, aber er widerstand.

Als Dev Mishas Hinterbacken spreizte und mit leichtem Druck seine Rosette betastete, stöhnte Misha auf.

„*Spasibo. Spasibo.* Bitte, Vassenka.“

Er spürte etwas Nasses und stellte mit einem Blick über die Schulter fest, dass Dev auf ihn gespuckt hatte. Dev starrte wie gebannt auf Mishas Anus, während er seinen Speichel verrieb. Als er langsam den Finger hineinschob, hätte Misha vor Erleichterung weinen können. Er spannte die Muskeln um den Finger herum an. Mehr, er wollte mehr. Er schloss die Augen und ließ den Kopf wieder hängen.

„So gierig. So perfekt“, murmelte Dev.

Dann patschte seine Hand auf Mishas Hinterbacke. Misha schrie auf, obwohl der Klaps zu sanft war. „*Da.* Mehr.“

Die ersten paar Schläge waren zaghaft, aber als Misha nach Luft schnappte und seinen Ständer an Dev rieb, wurden die Klapse sicherer. Dev wechselte zwischen den Seiten hin und her und versohlte ihn so kräftig, dass es durchs Zimmer schallte. Mishas Hintern begann zu schmerzen, und es war *herrlich*. Er hatte noch nie auf diese Art mit einem Sexpartner gespielt – er hatte so wenige gehabt, und er war jung gewesen – aber er war sich absolut sicher, dass Dev ihm nie wirklich wehtun würde. Seine Haut fühlte sich heiß an, und er keuchte mit offenem Mund, wollte mehr und weniger zugleich.

Die süße Folter ging weiter, wobei Dev hin und wieder innehielt, um Mishas brennende Haut zu streicheln und an seinem

Anus herumzuspielen. Dann machte er weiter, und Misha war gefangen zwischen Lust und Schmerz, und sein Herz raste vor prickelnder Erregung.

Misha stand in Flammen; sein Schwanz triefte bereits, und jedes laute Klatschen trieb ihn weiter voran, brachte ihn dem Orgasmus näher. Über Devs Schoß liegend fühlte er sich völlig schutzlos und nackt. Frei. Er wand sich, als der Schmerz übermächtig wurde, und Dev hielt ihn mit dem anderen Arm unten, lehnte sich schwer auf seinen Rücken. Misha öffnete die Augen und verdrehte den Hals, um einen Blick auf Devs ausdrucksvolles Gesicht zu erhaschen. Devs Mund war halb geöffnet, sein Blick durchdringend.

„Du kommst erst, wenn ich es sage." Devs Stimme war fest.

Misha konnte nur wimmern und sich fügen, als Dev ihn auf die Rückseite der Oberschenkel schlug. Er ließ den Kopf wieder hängen, da er kurz vor dem Explodieren war und wahrscheinlich trotzdem kommen würde. Aber dann schienen Lust und Vorfreude noch tiefer zu gehen, und er erschauerte, begierig nach mehr. Sein Arsch war wund, und er schrie bei jedem Schlag auf, als Dev sich wieder seinen Hinterbacken zuwandte. Schweiß rann ihm in die Augen, und seine Arme und Beine zitterten.

Plötzlich zog Dev ihn hoch, und Misha landete zwischen Devs Beinen auf den Knien. Devs Hände ruhten fest auf seinen Schultern. „Lass mich sehen, wie du kommst."

Misha hatte sich noch kaum berührt, da kam er auch schon und spritzte die Tagesdecke voll, die über das Fußende des Bettes herabhing. Sein Orgasmus brandete über ihn hinweg, und die Lust war so intensiv, dass er die Augen schließen musste und mit offenem Mund den Kopf in den Nacken warf. Er wäre umgefallen, hätte Dev ihn nicht so sicher und fest im Griff gehabt.

Er wankte, als Dev sich bewegte, und öffnete immer noch nicht die Augen, als Dev ihn über die Matratze beugte. Schwer atmend drückte er die Wange auf die Tagesdecke, die warm war, nachdem Dev dort gesessen hatte. Er hörte Devs leises Fluchen, untermalt vom Ratschen eines Reißverschlusses. Dann spürte er Devs Erektion an seinem Hintern und machte sich auf einen harten Fick gefasst.

Doch Dev steckte ihm den Schwanz nur zwischen die Hinterbacken. Ächzend ließ er ihn auf und ab gleiten, und sein Pulli scheuerte an Mishas wunder Haut. Schon nach wenigen Stößen kam Dev und spritzte auf Mishas Hintern ab. Er stöhnte und ließ den Kopf auf Mishas Rücken sinken. Sein Atem war heiß.

„Oh mein Gott. Du bist fantastisch. Habe ich dir das schon mal gesagt? Das bist du nämlich.“

Misha hätte gern geantwortet, konnte jedoch nicht genug Willenskraft dafür aufbringen.

Mit sanften Händen hob Dev Mishas Hüften an und half ihm, soweit ins Bett zu kriechen, dass er sich auf den Bauch plumpsen lassen konnte. Dev klappte neben ihm zusammen, immer noch voll bekleidet bis auf Jeans und Unterhose, die über die Hüften heruntergezogen waren, so dass sein erschlaffender Schwanz heraushing. Er streichelte Misha mit der flachen Hand über den Rücken.

„Okay?“

Misha brachte genug Energie für ein Lächeln auf. „*Da*. Sehr gut sogar.“

„Ich habe dir nicht wehgetan? Ich meine, nicht zu sehr? Ich meine, nur auf gute Art?“ Dev runzelte die Stirn und strich über Mishas zarte Haut. „Du bist total rot.“

„Es war perfekt.“

Dev stützte sich auf den Ellbogen und beugte sich vor, um Mishas Hintern zu inspizieren. „Bist du sicher?“

„Ich bin sicher. Sonst würde ich es sagen.“

„Okay.“ Für einen Moment wirkte Dev verwirrt, und er lächelte verlegen. „Sowas habe ich noch nie gemacht.“

„Ich auch nicht.“ Misha hob die Hand und strich Devs Locken zurück. „Aber es hat mir gefallen. Ich glaube, dir auch?"

„Oh ja. Es hat mir gefallen."

Dev lächelte sein wunderschönes Lächeln, bei dem Mishas Magen immer einen Purzelbaum schlug, und Misha zog ihn an sich und küsste ihn träge. „Dann sind wir uns einig."

„Das sind wir." Dev kuschelte sich an ihn. „Wir sollten uns sauber machen."

„Hmm. In einer Minute." Misha rutschte herum. Das Brennen auf seiner Haut ließ allmählich nach und wich einem kribbelnden Schmerz, den er sehr angenehm fand. „Ich hoffe, ich stürze morgen nicht. Vielleicht sollten wir das nicht machen, wenn wir am nächsten Tag aufs Eis müssen."

Dev lachte. „Gute Idee." Er stemmte sich hoch und beugte sich wieder über Mishas Hintern. „Keine Sorge, ich küsse dir den Schmerz weg."

Misha schloss die Augen, als er die behutsame Berührung von Devs weichen Lippen auf seiner wunden Haut spürte. Er stöhnte auf vor Enttäuschung, als Dev den Kopf hob.

„Aber beim nächsten Mal sollten wir ein Safewort haben. Nur falls es zu weit geht. Weißt du, was ich meine?"

Misha schaute über seine Schulter. „Wie ein Codewort für ‚stopp'. Unser kleines Geheimnis, ja?"

Dev lächelte zärtlich. „*Da.*" Er neigte den Kopf und küsste Mishas Hintern nochmal.

Mit einem zufriedenen Brummen schloss Misha die Augen. Dieses Geheimnis würde er mit Freuden für sich behalten.

Kapitel Fünfzehn

„ORCHIDEEN – MEINE Lieblingsblumen." Bailey berührte ein zartes, violettes Blütenblatt und hielt den Blumenstrauß beschützend im Arm. „Aber das hast du natürlich gewusst. Danke, Misha." Sie stellte sich auf die Zehenspitzen und drückte ihm einen Kuss auf die Wange. Dann winkte sie ihn in ihr Hotelzimmer und machte die Tür hinter ihm zu. „Ich stell' die nur schnell ins Wasser."

„Ich hoffe, du verzeihst meine Gedankenlosigkeit." Er spielte mit der Lasche am Reißverschluss seines Kapuzenshirts. Es würde sich auf seine Beziehung mit Dev auswirken, wenn Bailey böse auf ihn war. Doch abgesehen davon war Misha aufrichtig zerknirscht. Er mochte Bailey und wollte sie nicht verärgern.

„Entschuldigung akzeptiert", rief Bailey aus dem Bad, wo sie die Blumen in ein Wasserglas quetschte. Sie kam heraus und nahm ihre Handtasche vom Bett. „Wir haben alle unsere Momente. Ist alles cool zwischen dir und Dev?"

Ein Anflug von Erregung durchfuhr ihn. „Ja."

Ihre Augenbrauen gingen hoch bis zum Anschlag. „Oh, verstehe. Ihr habt euch versöhnt, aber so richtig, was? Du *strahlst* ja praktisch."

Er machte sich nicht die Mühe, es abzustreiten und lächelte nur schüchtern.

„Ich find's wunderbar." Sie grinste. „Okay, wir machen uns

besser auf die Socken.“

Als Misha die Tür aufmachte, nuschelte Bailey etwas von Lipgloss und lief zurück ins Bad. Er drehte sich um und blinzelte beim Anblick der zierlichen Blondine, die mit erhobener Faust im Türrahmen stand. „Caroline.“

Sie blinzelte ebenfalls. „Mikhail! Tut mir leid, ich habe anscheinend das falsche Zimmer erwischt.“ Sie schielte an ihm vorbei ins Zimmer und machte plötzlich große Augen.

Im nächsten Moment stand Bailey neben ihm. „Sweet! Hey. Ich dachte, wir treffen uns in der Lobby? Ich wollte gerade runtergehen.“

„Entschuldige. Ich wollte mir deine Teamjacke borgen, weil Grant, dieser Blödmann, heute Morgen beim Frühstück Tomatensaft über meine verschüttet hat. Wir haben nachher einen Fototermin mit diesem Reporter aus Buffalo.“ Sie sah Misha an. „Da kommt Grant her. Aus Buffalo. Das ist in New York. Bundesstaat, meine ich. Natürlich. Aber du brauchst deine Jacke wahrscheinlich selbst, Bailey, also kann ich meine auch einfach reinigen lassen, oder wir tragen auf den Bildern eben keine Jacken, das ist schon okay. Völlig okay.“

Caroline war noch keine zwanzig, und sie faselte herum, wie sie es in Mishas Gegenwart immer tat. Er war sich nicht sicher, ob es an ihm lag oder ob das einfach ihr Normalzustand war — nervös und unsicher.

„Das ist kein Problem. Ich hole sie nur schnell“, sagte Bailey.

Misha und Caroline lächelten sich verlegen an. Misha räusperte sich. „Ich war nur hier, um…“ Dann wusste er frustrierenderweise nicht mehr weiter.

„Alles cool! Geht mich nichts an. Ich hätte nicht einfach unangekündigt aufkreuzen sollen.“

Bailey erschien wieder und drückte Caroline die blaue Jacke mit rotweißen Verzierungen in die Hand. „Hier, bitte, Sweet. Mikhail und ich sind auf dem Sprung, weil wir uns gleich mit Dev und Kisa treffen. Wir haben später nochmal ein gemeinsames Interview, und da wollten wir vorher unsere Antworten durchgehen."

„Oh, okay. Natürlich." Caroline nickte eifrig. „Also dann, tschüss!" Sie hastete davon und verschwand um die Ecke in Richtung der Aufzüge.

Bailey seufzte. „Na super."

„Sie denkt, dass wir…" Mikhail deutete erst auf sich, dann auf Bailey.

„Jau."

„Sie wird mit anderen reden?"

Bailey schnaubte und schloss ihre Zimmertür. „Wir sind Eiskunstläufer. Klatsch ist sowas wie unsere fünfte und wichtigste Lebensmittelgruppe. Ihre Daumen tippen zweifellos eben in diesem Augenblick die Geschichte unserer skandalösen Affäre." Sie hakte sich bei ihm unter. „Das Positive daran ist, dass keiner wegen dir und Dev Verdacht schöpfen wird."

KISA RUNZELTE DIE Stirn, während sie und Mikhail ihre Runden um die Eisbahn zogen. „Ist etwas passiert? Warum flüstern sie?"

Bailey hatte natürlich recht gehabt, und es war offensichtlich, dass sich das Gerücht von ihrer angeblichen Affäre unter den Mitwirkenden verbreitet hatte, als hätte Caroline ein Feuerwerk losgelassen. Andrew starrte ihn im Vorbeilaufen finster an, und Misha seufzte. „Sie denken, Bailey und ich wären ein Paar."

Kisa lachte. „Nah dran, aber nicht ganz. Wie um alles in der Welt kommen sie denn auf sowas?"

Nachdem Misha sie ins Bild gesetzt hatte, lachte sie noch mehr.

Er schniefte. „Das ist nicht witzig! Sieh nur, wie Andrew mich anstarrt. Ich will kein Bösewicht sein."

„Misha, wir sind schon seit Jahren die Bösen. Beachte sie einfach gar nicht."

Dev und Bailey machten gerade am anderen Ende der Eisfläche eine Pause, lehnten an der Bande und aßen Bananen. Misha wünschte, Dev würde aufblicken, als er näherkam, aber vergeblich.

„Kisa und Mikhail?", rief eine der PA's. „Ihr könnt jetzt euer Solo üben."

Die meisten anderen Eisläufer hielten sich auf der Tribüne auf, aßen eine Kleinigkeit und unterhielten sich, während Dev und Bailey immer noch in ihrer Ecke waren. Misha wandte sich ab, zog seine schwarze Aufwärmjacke aus und zupfte sein graues T-Shirt zurecht. *Zeit, sich zu konzentrieren.* Er und Kisa nahmen ihre Anfangsposition ein, fassten sich an den Händen und sahen sich liebevoll in die Augen. Als die Musik einsetzte, atmete Misha tief durch. Es war „Time after Time", ein alter Song, den Kisa schon seit ihrer Kindheit liebte, als ihre Mutter ihn heimlich über einen Piratensender gehört hatte. Er war perfekt für ein Schaulaufen – ergreifend und romantisch und voller Nostalgie für viele im Publikum.

Beim Schaulaufen machten sie nie Synchronsprünge, genausowenig wie die meisten anderen Paare. Das Risiko war zu groß, da ein Sturz beim Schaulaufen die ganze Aufführung ruinieren konnte. Später würde noch ein geworfener dreifacher Toeloop kommen, da Kisa den im Schlaf landen konnte, und ihr erstes größeres Kunststück würde der geworfene Dreifach-Twist sein – eins ihrer besten Elemente.

Sie umrundeten die Bahn mit Kreuzschritten, bis der Refrain begann, und Mikhail fasste Kisa an der Taille. Beide liefen rückwärts, und als Kisa sich vom Eis abstieß und hochsprang, drehte Misha sich um und rutschte mit der linken Kufe ein wenig zur Seite, um seinen Körper zu öffnen und sie über seinen Kopf zu katapultieren. Sie wirbelte durch die Luft, und er hob die Arme, um sie –

Alles wurde schwarz, und Schmerz explodierte unter seinem Auge. Er grapschte blindlings nach Kisa, als er das Gleichgewicht verlor und rückwärts aufs Eis krachte. Der Aufprall raubte ihm den Atem. Kisa fiel auf ihn drauf, und er blinzelte und versuchte, seine Sicht zu klären. Für einen Moment sah er nur helle Lichter, dann schwebte Kisas entsetztes Gesicht über ihm. Sie sagte etwas, aber er konnte sie nicht verstehen.

Dann, als hätte er Ohrenstöpsel herausgenommen, kamen die Geräusche zurück. Er hörte die PA's und die Produzenten panisch nach den Sanitätern rufen, und Kisa kniete an seiner Seite und berührte sanft sein Gesicht. Dann tauchte Dev mit wildem Blick an seiner anderen Seite auf.

„Misha!" Dev berührte seinen Kopf und seinen Körper, als tastete er nach Verletzungen. „Kannst du mich hören?"

„Natürlich." Misha versuchte, sich aufzusetzen, aber Kisa und Dev hielten ihn unten.

Bailey stand mit verkniffenem Gesicht hinter Dev.

„Nein. Du hast dir bei dem Sturz vielleicht den Kopf gestoßen", sagte Dev. Er strich Misha die Haare aus dem Gesicht. „Schon gut. Du wirst schon wieder." Er nahm Mishas Hand. „Tut es weh? Natürlich tut es weh. Du hast gerade einen Ellbogen ins Gesicht gekriegt."

Tränen rannen über Kisas Wangen. „Es war meine Schuld. Ich habe mich nicht fest genug abgestoßen. Ich war zu niedrig."

„Schschsch." Misha tätschelte sie. „Mir geht es gut. Wirklich. Ich kann aufstehen." Seine Wange pochte, und er hatte wahrscheinlich ein paar Prellungen am Rücken, aber er war sicher, dass er nicht mit dem Kopf aufgeschlagen war. Allerdings hatte er überall so große Schmerzen, dass er das nicht genau sagen konnte.

„Nein!" Dev drückte ihm weiter die Hand auf die Brust. „Warte einfach." Er drehte den Kopf und brüllte über die Schulter: „Ernsthaft, wo bleiben die Sanitäter?" Dann küsste er Misha auf die Stirn. „Bleib einfach liegen. Warte, bis sie dich untersucht haben.“

Zu Mishas Füßen legten Caroline und Hanako einhellig die Köpfe schräg und sahen verblüfft zu. Andrew und Grant wechselten einen Blick und schauten dann wieder Misha und Dev an.

Grant räusperte sich. „Ähm… was ist hier los? Seid ihr zwei…“

„Ja, sie ficken!“, verkündete Bailey. Sie beugte sich über Devs Schulter. „Wie geht’s dir, Misha? Hältst du durch?“

„Gut. Lasst mich aufstehen.“ Er versuchte, sich zu bewegen, aber Kisa und Dev waren unerbittlich.

„Aber ich dachte…“ Caroline verstummte. „*Dev* und *Mikhail?* Augenblick mal, Mikhail ist *schwul?*“

„Ja!“, antworteten Bailey, Dev und Kisa einstimmig.

Misha lachte und verzog dann das Gesicht, als sein Rücken sich verkrampfte. Die Sanitäter drängten sich durch die Menschenansammlung und wiesen Dev und Kisa an, ihnen Platz zu machen. Sie tasteten Misha ab und leuchteten ihm in die Augen, stellten ihm Fragen und bestanden auf eine Halskrause und ein Backboard. Als Misha protestierte, schritt einer der Produzenten ein.

„Es ist eine Frage der Haftung. Sie werden zur Untersuchung ins Krankenhaus gebracht. Keine Widerrede.“

„Aber…“ Grummelnd gab Misha nach.

„Kisa und ich fahren im Krankenwagen mit“, erklärte Dev dem Produzenten entschlossen.

Die anderen Eisläufer standen immer noch in der Nähe und schauten mehr oder weniger entgeistert zwischen Misha und Dev hin und her, als Misha auf eine Trage geladen wurde.

Bailey verdrehte die Augen. „Nur damit das klar ist, ihr seid eben alle blind wie die Maulwürfe. Und wenn man erst mal den Schock überwunden hat, sind sie echt total liebenswert. Also kommt schon drüber weg.“ Sie drückte Misha den Arm. „Gut, dass du so einen harten Schädel hast, was?“

„Sehr stabil", stimmte Misha zu.

Dann wurde er vom Eis und zum Hintereingang der Arena gerollt. Er konnte nur die hohe, kreuz und quer von Rohrleitungen durchzogene Betondecke sehen. Hin und wieder erhaschte er einen Blick auf den Kopf eines Sanitäters, und seine Brust schnürte sich zusammen, obwohl er sicher war, dass Kisa und Dev dichtauf folgten. Er entspannte sich ein wenig, als er das Gepolter ihrer Kufenschoner hörte, in denen sie rennen mussten, um aufzuholen.

Schneeflocken landeten feucht auf seinem Gesicht, als er nach draußen gerollt und in einen wartenden Krankenwagen verfrachtet wurde.

„Tut mir leid, aber es kann nur eine Person mitfahren", sagte ein Sanitäter in der Nähe. Seine Stimme klang zu laut in Mishas Ohren. Da sein Kopf ruhiggestellt war, konnte er nur das Dach des Krankenwagens deutlich erkennen. Als er nach unten schielte, hockte Dev neben ihm und Kisa stand auf den Stufen.

In Kisas Augen schimmerten Tränen. „Ich fahre mit Taxi."

„Nein, du kommst mit uns." Dev zog sie auf seinen Schoß und funkelte den Sanitäter wütend an. „Kein Problem, wir passen beide rein."

Misha konnte den Sanitäter nicht sehen, aber nach einem kurzen Moment seufzte der Mann: „Okay, okay, aber nur, weil das Krankenhaus ganz in der Nähe ist."

Als sie unter Sirenengeheul davonbrausten, überprüfte der Sanitäter Mishas Vitalzeichen und setzte sich dann ans Kopfende der Bahre. Dev beugte sich vor und lächelte zittrig. „Bailey hat recht. Du wirst schon wieder."

„Bitte macht euch keine Sorgen."

„Natürlich machen wir uns Sorgen." Kisa umklammerte seinen Oberschenkel. „Du lässt alle Untersuchungen machen." Sie wandte sich an den Sanitäter. „Glauben Sie, es ist etwas gebrochen?"

Der Sanitäter untersuchte behutsam Mishas Wange. „Ich glaube nicht."

„Wie geht's deinem Ellbogen?", fragte Misha.

„Tut weh." Kisa lächelte schwach. „Du hast wirklich einen sehr harten Kopf."

Dev beobachtete ihn immer noch ängstlich, und Misha griff nach seiner kalten, schweißigen Hand. „Mach dir nicht so viele Sorgen, Vassenka."

„Es gibt nur so vieles, was—" Dev stieß den Atem aus. „Sind wir bald da?", fragte er den Sanitäter.

„In weniger als einer Minute. Aber ich glaube, es ist wirklich alles in Ordnung mit ihm. Keine Anzeichen für Kopftrauma."

„Okay." Dev nickte. „Okay. Du wirst wieder gesund, Misha."

„Das sage ich doch."

Dev küsste ihn sanft. „Und du hast immer recht."

„ ‚Immer' würde ich nicht sagen", murmelte Kisa.

„Da ist was dran", antwortete Dev.

„Moment, Moment, jetzt verbündet ihr euch gegen mich. Das ist unfair." Misha zuckte zusammen, als er zu lächeln versuchte. Der Krankenwagen wurde langsamer.

Gleich darauf wurde Misha zur Untersuchung weggebracht. Ihm tat zwar alles weh, aber sein Herz sang.

„OKAY, JETZT SETZ dich hin." Dev lotste Misha behutsam zum Bett, kniete sich vor ihm auf den Boden und machte sich daran, ihm die Turnschuhe aufzuschnüren.

„Ich kann mir selbst die Schuhe ausziehen!" Misha lachte. „Ich bin doch kein Invalide. Es geht mir gut, Vassenka."

„Nur, weil du keine Gehirnerschütterung hast, heißt das noch lange nicht, dass du nicht verletzt bist. Du bist ganz schön hart aufs Eis geknallt." Dev zog Misha die Schuhe und die Socken aus und stand auf. „Arme hoch."

Misha gehorchte, und Dev zog ihm das T-Shirt aus. „Wirst du mich auch waschen, wenn du mich ganz ausgezogen hast?" Er grinste anzüglich. „Das würde mir gefallen."

„Das ist nicht witzig!" Dev fuhr sich mit den Händen durch seine zerzausten Haare. „Gott, Misha. Ich kann nicht…" Er stieß scharf den Atem aus.

Misha blinzelte und griff nach ihm, aber Dev tigerte bereits zwischen ihm und dem Badezimmer auf und ab.

„Ich bin okay. Es ist nur eine Prellung." Misha berührte seine geschwollene, schmerzende Wange. Glücklicherweise hatte Kisas Ellbogen sein Auge verfehlt und ihm nicht das Jochbein gebrochen. Die leichten Blutergüsse auf seinem Rücken waren nicht der Rede wert. „Warum bist du so ernst?"

„Weil du mich zu Tode erschreckt hast! Du weißt, was für Kopfverletzungen passieren können, wenn ein Wurf so daneben geht. Ich habe alle nach Luft schnappen gehört, und ich war ganz am anderen Ende der Eisbahn, als ich gesehen habe, wie ihr zu Boden gegangen seid. Ich hatte solche Angst. In diesem Moment war es, als könnte ich alles sehen, was wir noch nicht gemacht haben. Alles, was wir verlieren würden, wenn dir was zustoßen würde. Alles, was ich verlieren würde, wenn ich dich nicht mehr hätte."

Misha, der immer noch auf der Bettkante saß, suchte nach den richtigen Worten. Er wäre gern zu ihm gegangen, aber Dev stand anscheinend kurz davor, aus der Haut zu fahren. „Ich bin hier. Du hast nichts verloren. Hab keine Angst."

„Aber ich habe Angst." Dev atmete tief durch und begann, wieder auf dem Teppich hin und her zu tigern. „Ich habe Angst. Deshalb habe ich meinen Eltern nicht von dir erzählt. Deshalb sollte es niemand wissen. Es war so gut – mit dir zusammenzuziehen, einen neuen Job zu finden, mich zum Trainer ausbilden zu lassen. Mit dir zusammenzusein… es war perfekt. Ich warte nur darauf, dass das dicke Ende nachkommt."

Misha runzelte die Stirn. „Das dicke Ende?"

„Entschuldige, das ist ein Sprichwort. Es bedeutet, man wartet nur darauf, dass was schief geht, wenn alles in Ordnung ist. Weil das alles einfach zu schön ist, um wahr zu sein. Und ich liebe meine Eltern und meine Familie, aber … ich weiß wirklich nicht, was sie davon halten werden, dass wir zusammen sind. Ich will nicht, dass irgendjemand das ruiniert. Ich will dich ganz für mich behalten, in unserer eigenen kleinen Welt. Ich will dich beschützen."

Wortlos streckte Misha die Hand aus. Dev kam zu ihm, nahm seine Hand und fiel vor ihm auf die Knie. Misha streichelte ihm übers Haar und sah ihm in die Augen. „Ich wünsche dasselbe für dich. Ich habe meine eigenen Ängste."

„Wir kriegen das schon hin." Dev rieb mit den Händen leicht an Mishas Oberschenkeln auf und ab. „Stimmt's?"

„Stimmt." Jedenfalls hoffte Misha das inbrünstig.

Als Dev ihn umarmte, zuckte Misha unwillkürlich zusammen, und Dev wich sofort zurück.

„Mist. Entschuldige." Er stand auf und gab Misha einen leichten Schubs. „Leg dich hin. Du musst dich ausruhen."

Misha gehorchte und ließ sich von Dev vollends ausziehen. Doch als Dev ihm die Unterhose ließ, schnaubte Misha und streifte sie selbst ab. „Komm. Ich bin nicht tödlich verwundet. Ich will deinen Körper spüren."

Dev schüttelte den Kopf. „Du musst dich ausruhen."

„Ja, mit dir im Arm. Weg mit den Klamotten."

„Bist du aber herrschsüchtig heute!" Aber Dev kickte bereits mit einem leichten Lächeln seine Jeans mitsamt der Unterhose beiseite.

Misha grinste. „Vielleicht kommandiere ich heute dich herum." Er sah zu, wie Dev seine restlichen Sachen auszog.

„Zu deinen Diensten." Dev blieb neben dem Bett stehen, und

das gedämpfte Licht im Zimmer schattierte die Konturen seiner schlanken Muskeln. Er senkte die Stimme. „Was soll ich machen?"

„Komm näher." Er winkte Dev zu sich und bedeutete ihm, sich rittlings über ihn zu knien. Für einen Moment nahm Misha einfach seinen Anblick in sich auf, die dunklen Härchen auf seiner Brust und seinem Bauch bis hinunter zu seinem Schwanz, der sich bereits leicht nach oben bog. Ein Lächeln spielte um Devs volle Lippen, und seine Augen strahlten vor Vorfreude. Misha legte die Hände auf Devs kräftige Oberschenkel. „Befriedige dich selbst."

Dev nahm sofort seinen Schwanz in die Hand und begann ihn zu streicheln. „So?"

„*Da.* Werde hart für mich."

Es dauerte nicht lange. Mit leicht geöffnetem Mund bearbeitete Dev seinen Schaft, zog die Vorhaut zurück und onanierte, bis die Eichel prall und feucht war. Misha stibitzte mit der Fingerspitze einen Tropfen und kostete. Das entlockte Dev ein Stöhnen, und seine Muskeln spielten, als er sich weiter vorantrieb. Schweiß glitzerte in der Vertiefung zwischen seinen Schlüsselbeinen.

„*Tak krasivo.* Du bist wunderschön", murmelte Misha und streichelte Devs Beine.

„Du auch. Fuck, ja." Er keuchte auf und rieb schneller. Seine andere Hand stahl sich nach unten zu seinen Hoden.

„Fass deine Nippel an. Drück' sie so, wie du es von mir magst."

Dev schluckte krampfhaft. Er hob die Hand und spielte mit seinen Nippeln, bis sie steif waren, während er sich mit der anderen Hand noch schneller und fester den Schwanz rieb. „Jesus, Misha, ich komme gleich. Willst du mich in dir haben?"

Misha dachte an die erste Nacht in Tokio. „Komm auf mich."

Dev schrie auf und tat genau das, die Augen weit geöffnet, als er erschauerte und auf Mishas Bauch und Brust abspritzte. „Oh, Mann", murmelte er und stützte sich mit einer Hand an Mishas Schulter ab, bis er wieder zu Atem gekommen war. „Fuck", wiederholte er.

Mishas Herz hämmerte, und er hatte nur vom Zusehen einen Ständer. „Gib es mir in den Mund."

Devs Augen weiteten sich, und er wischte schnell mit dem Finger über Mishas Brust und hielt ihn hoch. Misha umschloss seinen Finger mit den Lippen und saugte ihn ein, umspielte ihn mit der Zunge und genoss den salzig-herben Geschmack. Er gab Devs Finger mit einem feuchten *Plopp* frei. „Jeden Tropfen."

Dev gehorchte eifrig und stöhnte leise, als Misha seinen Finger wieder und wieder sauberleckte. Als nichts mehr da war, wartete Dev atemlos. „Was soll ich jetzt machen?"

„*Sosi menya.*" Dev runzelte die Stirn, und Misha übersetzte. „Blas' mir einen."

Wie ein geölter Blitz rutschte Dev nach hinten und bückte sich, um Mishas triefenden Schwanz zu schlucken. Er lutschte an der Eichel, fuhr mit der Zunge an der Unterseite des Schafts entlang und umschloss den Ansatz mit der Hand. Er saugte so fest, dass sich seine Wangen höhlten.

„Fuck, fuck, fuck", murmelte Misha. „*Moy khorosho.*" Dev blickte unter seinen Wimpern hervor zu ihm auf, und Misha streichelte ihm über die Haare. „Mein Guter. Bring mich zum Kommen."

Mit einem spitzbübischen Lächeln hob Dev den Kopf und lutschte an seinem Zeigefinger, dann nahm er Mishas Schwanz wieder in den Mund. Misha stemmte sich hoch, und Dev schob die Hand unter ihn und tastete nach seinem Loch. Er drang langsam ein und fand genau den richtigen Winkel, der Misha vom Bett hochschnellen ließ. Seine Eier zogen sich zusammen, und der Orgasmus fegte durch seinen Körper, während Dev ihn tief einsaugte.

Er erschauerte, als Dev ihn mit Finger, Zunge und Lippen verwöhnte und erst aufhörte, als Misha nach ihm griff. „Genug."

Behutsam streckte Dev sich neben ihm aus und küsste ihn

sanft. „Wie fühlst du dich?"

„Bin nicht aus Glas, Vassenka." Er zog Dev lächelnd an sich und schloss die Augen, vom Schlaf übermannt. „Das war die beste Medizin."

Kapitel Sechzehn

„Ich habe wichtige Neuigkeiten, Misha." Papas Stimme kam ziemlich zittrig über die knisternde Telefonverbindung, und das Russisch klang schnell und drängend.

Misha stockte der Atem. Er setzte sich ruckartig im Bett auf, sofort hellwach, und zuckte bei der plötzlichen Bewegung zusammen. „Ja? Ist etwas passiert? Geht es allen gut? Mama? Elena?"

„Ja, ja. Es sind gute Neuigkeiten."

Mit einem langen, lautlosen Seufzer sackte Misha wieder auf sein Kissen. Nach der letzten Probe heute Nachmittag war er nochmal in sein Zimmer gegangen, um zu duschen und ein Nickerchen zu machen. Dev hatte weitere Interviews zu geben, daher war Misha allein. „Du hast mir richtig Angst gemacht. Was ist passiert?"

„Wir hatten hier Kommunalwahlen. Viele neue Kandidaten waren erfolgreich. Nicht nur hier in St. Petersburg, sondern im ganzen Land. Die Dinge ändern sich, Misha. Das Volk wird gehört. Ich weiß, dass die Führung in Moskau nicht kampflos abtreten wird, aber wir haben zum ersten Mal seit Jahren große Hoffnungen."

Mishas Herz schlug höher. „Was meinst du, werden sie das Gesetz ändern?"

„Das bleibt zu hoffen. Mehr und mehr Stimmen werden laut.

Die Kirche verliert an Einfluss. Es kommt einem so vor, als würden wir uns wieder vorwärtsbewegen."

Für einen Moment konnte Misha nicht sprechen, weil er einen Kloß in der Kehle hatte. „Vielleicht kann ich aufhören, mich zu verstecken."

„Dafür bete ich."

Misha rang bebend nach Luft und hatte plötzlich Tränen in den Augen.

„Jetzt machst du mir Angst, Misha. Das sollten doch erfreuliche Nachrichten sein. Stimmt etwas nicht?"

Mishas Brust war unerträglich eng, und für einen Moment dachte er, der Unfall hätte vielleicht doch mehr Schaden angerichtet, als sie geglaubt hatten. Doch dann brach sich das Schluchzen Bahn, obwohl er es zu unterdrücken versuchte.

Laut schniefend wischte er sich mit dem Unterarm über das Gesicht. „Tut mir leid, Papa."

„Sag mir, was los ist."

„Ich dachte..." Misha schniefte erneut und holte tief Luft. „Ich dachte, ich könnte glücklich im Verborgenen leben. Dass ich in meinem kleinen Haus am Meer frei und zufrieden sein würde. Dass es mir egal wäre, wenn wir uns verstecken müssten, solange ich Dev nur bei mir hätte."

„Aber es macht dir etwas aus."

Er stieß erneut den Atem aus, als weitere Tränen kamen. „Ja, Papa. Es macht mir was aus. Ich bin so glücklich mit ihm, aber wir können noch nicht einmal zusammen auf den Markt gehen. Oder ins Restaurant oder Riesenrad fahren. Es ist nur ein halbes Leben. Aber ich mache mir Sorgen um dich und Mama und Elena und die Kinder, und um Kisa und ihre Familie, obwohl ich jetzt so weit weg bin. Ich habe Angst, dass es doch noch irgendwelche Vergeltungsmaßnahmen für meine Rebellion geben könnte. Das würde ich mir nie verzeihen, Papa."

Die Stimme seines Vaters wurde streng. „Misha, so darfst du

nicht denken. Damit ist jetzt Schluss, hörst du? Wir waren uns einig, dass du vorläufig von zuhause fernbleiben solltest, aber für uns besteht wenig Gefahr. Schon gar nicht jetzt, wo die Regierung an Macht verliert. Wir müssen tapfer sein. Wir müssen für das einstehen, was recht ist. Für die Wahrheit. Sag mir eins – ist das der Grund, warum du weiter im Verborgenen lebst? Uns zuliebe?"

„Nicht nur, aber auch. Papa, wenn sie euch verfolgen würden…"

„Genug!", blaffte sein Vater. „Misha, ich habe keine Angst. Du musst dein Leben leben. Sei frei. Du bist Olympiasieger. Du bist für unser Volk ein Held. Versteck dich nicht. Die Menschen müssen die Wahrheit hören. In Ehrlichkeit liegt Macht."

Misha starrte an die Decke. Er zitterte am ganzen Körper. „Glaubst du das, Papa?"

„Ja."

„Aber so einfach ist das nicht. Es geht nicht nur um Russland. Du weiß nicht, wie es im Eislaufen ist. Wenn alle von mir und Dev wüssten, können wir vielleicht nicht mehr bei Shows auftreten. Wir müssen an Kisa und Bailey denken. Wir dürfen nicht selbstsüchtig sein."

„Und habt ihr sie gefragt?"

„Na ja…"

„Du weißt, dass Kisa dich mehr liebt als Geld. Das weißt du."

„Ja." Baileys Worte kamen ihm wieder in den Sinn. „… *macht euch nicht unglücklich, weil ihr uns beschützen wollt oder irgend so ein Scheiß.*"

„Wenn du nicht mutig bist, wer sonst?"

„Aber…" Misha dachte an Dev, und sein Herz krampfte sich zusammen. „Dev hat noch nicht einmal seinen Eltern von mir erzählt."

„Wenn er sich für dich schämt—"

„Nein, nein. Das nicht. Aber er hat Angst."

„Dann musst du umso mehr Mut zeigen."

Ein leises Klopfen an der Tür schreckte Misha auf, und er zuckte zusammen, als er sich hochstemmte und sein Rücken protestierte.

„Zimmerservice."

Er hatte vergessen, dass er sich ein frühes Abendessen bestellt hatte. „Papa, ich muss Schluss machen."

„Denk' an das, was ich dir gesagt habe. Versprich es mir."

„Ja. Ich verspreche es. Danke, Papa. Ich hab' dich lieb. Sag das auch Mama und Elena von mir."

„Unsere ganze Liebe begleitet dich, Misha."

Misha eilte zur Tür und gab dem jungen Mann, der ihm das Essen brachte, ein Trinkgeld. Im Moment hatte er keinerlei Appetit mehr auf den gegrillten Lachs mit Reis, doch als er sich zum Kauen und Schlucken zwang, hallten ihm die Worte seines Vaters laut im Ohr.

„Dann musst du umso mehr Mut zeigen."

ALS KISA DIE Tür aufmachte, gab sie einen leisen, erschrockenen Laut von sich und griff nach Mishas Hand. „Du hast geweint."

Sie mussten in zehn Minuten unten beim Shuttle zur Arena sein, aber Misha ließ sich von ihr ins Zimmer führen und stellte sein Köfferchen neben der Tür ab. „Ich hatte gehofft, dass man es nicht sieht."

„Hast du Schmerzen? Wir sollten nicht auftreten! Ich wusste doch, dass es zu viel war."

„Nein, nein. Das ist es nicht."

„Was ist denn dann passiert? Meine Mutter hat mir heute so gute Neuigkeiten erzählt, von den Wahlen. Hast du es nicht gehört?" Sie rieb ihm die Arme. „Was hast du denn?"

„Würde es dir wirklich nichts ausmachen, wenn es kein Geheimnis mehr wäre? Wer ich wirklich bin?"

Kisas Miene wurde sanft. „Oh, Misha. Musst du noch fragen? Natürlich nicht."

„Selbst wenn dann Schluss wäre mit dem Eislaufen? Du liebst es doch so sehr."

„Das stimmt. Aber ja, selbst dann. Ich glaube allerdings nicht, dass es so kommen wird. Vielleicht überraschen uns die Leute ja. Und selbst wenn nicht… Ich glaube, dann wirst du dich besser fühlen." Sie legte ihm eine Hand auf die Brust. „Hier warst du immer schwer, und ich möchte, dass du fliegst, so wie ich es auf dem Eis tue."

Wieder brannten ihm Tränen in den Augen. „Aber was, wenn du wieder nach Hause fährst und—"

„Was?" Ihre Augen blitzten. „Was können sie schon machen? Die Menschen lieben uns, Misha. Unser Volk. Die Veränderung findet bereits statt. Da bin ich sicher." Sie wischte sich eine Träne von der Wange und schnalzte missbilligend mit der Zunge. „Komm, wir richten dich ein bisschen her." Sie schubste ihn zum Bett.

Misha setzte sich ans Fußende, während Kisa ihren Koffer aufmachte und ihre riesige Schminktasche herauszog.

„Erst die Augentropfen. Schau nach oben."

Er gehorchte, öffnete und schloss weisungsgemäß die Augen, während Kisa Make-up auftrug und mit dem Puderpinsel zu Werke ging. Als ihr Zimmertelefon klingelte, fluchte sie und antwortete kurz angebunden, dass sie gleich runterkommen würden.

„Das Shuttle kann ein paar Minuten warten. Wir sind schließlich Olympiasieger."

Misha lächelte sanft. „Ja. Das sind wir."

Sie strich mit der Fingerspitze über den Bluterguss auf Mishas Wange. „So. Man sieht es kaum, und deine Augen sind längst nicht mehr so verschwollen." Sie küsste ihn auf die Stirn. „Keine Tränen mehr bis nach der Show, okay?"

„Ja.“

Kisa zögerte. „Hast du Dev gesagt, was du wirklich für ihn empfindest?“

Die Schwere kehrte zurück. „Nein.“

„Weißt du, ich war mir anfangs nicht sicher, was ich davon halten sollte. Ehrlich gesagt hätte ich nicht gedacht, dass es über den Sommer hinaus halten würde. Aber ich sehe, dass er dich sehr glücklich macht. Du bedeutest ihm sehr viel. Er ist ein guter Mensch.“

Misha schluckte mühsam. „Ja.“

„Im Krankenhaus konnte er keine fünf Minuten stillsitzen. Du bist in seinem Herzen. Und er ist in deinem, ja?“

Misha nickte und schluckte ein Aufwallen von Gefühlen hinunter.

„Dann musst du ihm die Wahrheit sagen.“ Sie zog an seiner Hand. „Na schön, gehen wir, bevor sie uns suchen kommen.“

Er hielt ihre Hand fest, hob sie an die Lippen und küsste sie.

Draußen vor dem Hotel wartete der Shuttlebus mit den anderen Eisläufern. Kisa und Mikhail beeilten sich beim Einsteigen, murmelten Entschuldigungen und setzten sich auf den freien Sitz ganz vorn. Als Misha sich kurz zu Dev und Bailey umblickte, die ein paar Reihen weiter hinten saßen, betrachtete Dev ihn mit zusammengezogenen Augenbrauen und Sorgenfalten auf der Stirn.

Misha wäre am liebsten sofort zu ihm gegangen und hätte ihm seine Gefühle gestanden, aber stattdessen warf er ihm ein, wie er hoffte, beruhigendes Lächeln zu und drehte sich dann wieder um. Der brechend volle kleine Bus war nicht der richtige Ort, und er musste sich wieder auf die Show konzentrieren. Die NBC bezahlte ihn gut, und es war ihm wichtig, sein Bestes zu geben. Er musste alles andere hintanstellen und seinen Job erledigen.

Sein Handy vibrierte in der Hosentasche, und er zog es heraus.

Was ist mit dir? Bist du okay?

Misha tippte rasch eine Antwort an Dev.

Nur müde. Keine Sorge.

Devs Antwort kam fast sofort.

Ich mach mir trotzdem Sorgen.

Ein Lächeln schlich sich auf Mishas Lippen, und ihm wurde warm ums Herz.

Heute ist euer Heiligabend. Sei fröhlich, Vassenka. Alles ist gut.

Eine der PA's, die ebenfalls ganz vorn im Bus saßen, stand auf und räusperte sich. „Wir sind fast da, deshalb wollte ich nur sichergehen, dass alle ihren Ablaufplan bis zum Beginn der Show kennen. Dev und Bailey, das Lokalfernsehen möchte ein kurzes Feature mit euch machen, und auch mit Andrew, Grant und Caroline." Sie zog ihr Clipboard zu Rate. „Mikhail und Kisa, die NBC will einen kurzen Spot drehen, der den Unfall praktisch erklärt."

„Moment mal, ihr wollt nicht, dass die Leute zuhause denken, er wäre in eine Kneipenschlägerei geraten?", fragte Bailey.

Die PA schnaubte. „Passt nicht ganz zu unserem ‚Friede auf Erden und den Menschen ein Wohlgefallen'-Vibe." Sie warf einen Blick auf Misha. „Echt gut überschminkt. Aber mit HD kommt der blaue Fleck trotzdem einwandfrei durch."

Mishas Handy bebte erneut.

Ich kann's kaum erwarten, wieder mit dir allein zu sein.

Seine Antwort bestand aus einigen begeisterten Emojis und einem Lächeln über die Schulter. Hoffentlich würde Dev noch genauso scharf darauf sein, ihn zu sehen, wenn er hörte, was Misha auf der Seele lag.

„NATÜRLICH ERINNERN WIR uns alle an den schrecklichen Zusammenstoß beim Training kurz vor ihrem Auftritt bei den Olympischen Spielen. Kisa, Sie waren eine Inspiration für uns alle, als sie trotz der Schmerzen mit einer verletzten Rippe diesen Lauf durchgezogen haben."

Mishas Magen rebellierte bei der Erinnerung daran, wie der andere Eisläufer in Kisa hinein gekracht war, und an den dumpfen Schlag bei ihrem Aufprall auf der Bande.

„Was hat es Ihnen nach diesem schrecklichen Unfall bedeutet, die Goldmedaille zu gewinnen?"

Während Kisa die Frage der Reporterin beantwortete, verdrehte Misha gedanklich die Augen – natürlich war er sich der Kamera bewusst, die auf sie gerichtet war. Er wünschte wirklich, Journalisten würden nicht immer so dumme Fragen stellen. Was hatte es ihr bedeutet? Alles, selbstverständlich.

Die Frau wandte sich mit ihrem Zahnpastalächeln an ihn. „Und damit wären wir bei Ihnen, Mikhail, denn diesmal sind Sie der Verletzte. Können Sie uns berichten, was passiert ist?"

Misha lächelte. „Es war eigentlich kaum der Rede wert. Nur ein kleiner Unfall beim dreifachen Twist. Mir geht es gut. Anscheinend haben wir einfach Pech."

„Ich habe scharfe Ellenbögen", ergänzte Kisa. „Aber er ist sehr hart im Nehmen."

„Ich würde sagen, das sind Sie beide!" Die Frau schmunzelte. „Freut mich, dass Sie okay sind, Mikhail. Wir können es kaum erwarten, Sie beide heute Abend auf dem Eis zu sehen. Genau das Richtige, um die Feiertage einzuläuten. Fröhliche Weihnachten!"

Sie nickten und lächelten, und dann war es gottseidank vorbei. Misha eilte zum Umkleideraum, aber Dev war bereits weg, oder vielleicht war er noch gar nicht da gewesen. Misha schlüpfte in sein erstes Kostüm – ein rotes Seidenhemd und eine grüne Hose, was alle Männer bei der Eröffnungsnummer trugen – und tigerte rastlos auf und ab.

Andrew räusperte sich. „Alles gut bei dir? Du wirkst ein bisschen nervös. Was komisch ist, weil du normalerweise beängstigend ruhig bist."

Misha hätte ihn am liebsten angeschnauzt, aber er beherrschte sich und lächelte stattdessen verkrampft. „Ich habe es immer gut kaschiert.“

Grant lachte. „Kann man wohl sagen. Du hast eine Menge immer gut kaschiert.“

„Mann, ey!“, flüsterte Andrew.

Grant hob die Hände, das rote Hemd halb zugeknöpft. „War nicht böse gemeint. Es ist cool. Du und Dev? Total cool. Ich hab‘ das nur nicht kommen sehen, weiter nichts.“

„Schon gut. Danke.“ Misha flüchtete aus dem Umkleideraum. Wenn er Dev nicht sehen konnte, brauchte er Luft und Ruhe. Er verkrümelte sich in eine der hintersten Ecken des Backstage-Bereichs, um sich zu sammeln.

Es war dumm, nervös zu sein. Es gab keine streng dreinblickenden Preisrichter, die jede seiner Bewegungen beobachteten. Keine Medaillen standen auf dem Spiel. Er war im Laufe der Jahre in hunderten von Shows und Galas gelaufen, und diese sollte nicht anders sein.

Natürlich wusste er, dass er nicht wegen der Show nervös war. Als er einen Flur entlang ging und seine Kufenschoner über den Beton klackerten, gingen ihm wieder die Worte seines Vaters im Kopf herum.

„Dann musst du umso mehr Mut zeigen.“

Was, wenn er zu viel von Dev verlangte? Sich zu outen war nicht leicht, und er wollte Dev nicht unter Druck setzen. Er wollte nicht die falsche Entscheidung treffen – die unbesonnene Entscheidung – ganz egal, was sein Vater und Kisa sagten.

Eine laute Frauenstimme riss ihn aus seinen Gedanken, und er spähte um eine Ecke. An einer Tür stand eine kleine, rundliche, indisch aussehende Frau und stritt sich mit einem Wachmann vom Sicherheitsdienst. Sie trug eine Bluse aus goldfarbenem Glitzerstoff, ihre Ohren waren mit großen Creolen geschmückt und ihr schulterlanges schwarzes Haar war perfekt frisiert. Als sie mit den Händen gestikulierte, klirrten zahlreiche Armreifen aneinander.

„Hören Sie, ich muss unbedingt zu meinem Sohn. Ich muss ihm etwas sehr Wichtiges geben."

Der junge Sicherheitsmann schüttelte den Kopf. „Tut mir leid, Ma'am, aber ich kann Sie nicht in den Backstagebereich lassen."

„Mein Sohn ist der Star dieser Show! Was, denken Sie etwa, ich bin eine Verbrecherin? Ich muss ihn nur für eine Minute sprechen."

Der Wachmann trat von einem Fuß auf den anderen. „Ich wünschte, ich könnte Ihnen helfen, aber ich kann vor der Show niemanden reinlassen."

Sie schnaubte, begleitet von grimmigem Geklimper. „Na schön, junger Mann. Können Sie ihm dann etwas von mir geben?" Sie öffnete ihre Handtasche.

„Das kann ich machen", sagte Misha, bevor er es sich anders überlegen konnte.

Mrs. Avira und der Sicherheitsmann drehten sich ruckartig um, und Misha kam hinter seiner Ecke hervor und ging auf sie zu. Er hatte feuchte Hände, und er bemühte sich um ein freundliches Lächeln, versagte aber wahrscheinlich kläglich. „Ich sehe Dev gleich."

Ein paar Sekunden lang blinzelte Mrs. Avira nur. Dann setzte sie ein Lächeln auf. „Wenn es keine Umstände macht, wäre das sehr nett von Ihnen."

„Kein Problem."

„Hat jemand Sie geschlagen?" Sie deutete auf sein Gesicht.

Misha schnaubte belustigt. „Nein. Kisa und ich hatten nur einen kleinen Unfall beim Triple-Twist."

Mrs. Avira verzog das Gesicht. „Ah, ja. Der Ellbogen. Devassy hatte auch oft genug ein blaues Auge, aber nie etwas gebrochen, Gott sei Dank."

Misha schwirrte der Kopf. So viele Fragen lagen ihm auf der Zunge, aber natürlich konnte er keine davon aussprechen. *Wie war Dev als kleiner Junge? Haben Sie Fotos? Videos? Hat er schon immer so gern in der Pfanne gebratene Erdnussbuttersandwiches mit Bananen gemocht? Kann ich den Rest Ihrer Familie kennenlernen? Hat er geweint, als er als Kind diese kleine Narbe am Ellbogen bekommen hat? Hat –*

„Hier, bitte." Mrs. Avira zog eine Silberkette aus ihrer Handtasche, an der der winzige Jadeelefant hing. „Das ist sein Glücksbringer. Ich weiß, das ist kein Wettbewerb, aber er hat ihn mir geliehen, und ich finde, er sollte ihn zurückhaben." Sie hielt Misha die Kette hin.

Er nahm sie ihr behutsam ab. „Den gebe ich ihm gleich."

Sie lächelte steif. „Nun denn, vielen Dank. Ich gehe jetzt besser meinen Mann suchen. Eine gute Show wünsche ich Ihnen, Mr. Reznikov."

„Bitte, nennen Sie mich—" Er stockte. „Mikhail."

„Dann sollten Sie mich Jolly nennen." Sie nickte. „Danke, dass sie mein Päckchen abliefern. Jetzt gehe ich aber, bevor dieser junge Mann noch Herzrasen bekommt. Wo ich doch so eine gefährliche Person bin, nicht? Man kann mich nicht hinter die Bühne lassen."

„Ich halte Sie nicht für gefährlich!" Der Sicherheitsmann hatte einen feuerroten Kopf.

Sie schnalzte missbilligend mit der Zunge. „Ich scherze doch nur. So empfindlich!" Damit verschwand sie, und das Klirren ihrer Armreifen hallte nach, als die Tür mit einem dumpfen Schlag ins Schloss fiel.

Der Wachmann zog eine Grimasse. „Danke für die Hilfe, Mann."

„Keine Ursache." Misha machte sich mit dem Talisman in der Hand eilig auf den Rückweg. Sein Herz raste, und als er Dev entdeckte, der mit Bailey und ein paar anderen Eisläufern beim Eingang zur Eisfläche stand, wurde ihm schlecht.

In der Nähe der Gruppe kam er zum Stehen und öffnete den Mund, brachte aber kein Wort heraus. Eigentlich hätte er sich auf seinen Job konzentrieren müssen, aber er bekam kaum Luft. Es war, als flatterte in seinem Brustkorb ein Vogel mit den Flügeln. Er umklammerte die Halskette so fest, dass der Elefant sich in seine Handfläche grub.

Dev starrte ihn mit großen Augen an und packte ihn an den Schultern. „Was ist passiert? Bist du okay? Ist dir schwindelig?" Er wandte sich an Bailey. „Hol den Sanitäter!"

„*Nyet*." Misha winkte ab. „Ich… wir müssen sprechen."

Eine PA, die sich in der Nähe herumdrückte, räusperte sich. „Einundzwanzig Minuten bis Showtime. Wenn ihr das Büro da benutzen wollt, das ist leer."

Misha versuchte, ihr dankend zuzulächeln, als Dev ihn hinein-führte. In dem kleinen, kargen Raum gab es nur einen Schreibtisch und ein paar Stühle. Die grauen Betonwände waren kahl, abgesehen von einem Kalender, auf dem ein Deutscher Schäferhund mit heraushängender Zunge abgebildet war.

„Setz dich." Dev führte ihn zu einem Stuhl. „Ich wusste doch, du hättest dich mehr ausruhen sollen."

Aber Misha schüttelte ihn ab und blieb stehen. „Das ist es nicht." Er streckte Dev die Hand entgegen. „Hier. Von deiner Mutter."

Dev blinzelte. „Meiner… was?" Er nahm die Silberkette und streichelte den Jadeelefanten. „Du hast meine Mutter gesehen?"

„Sie wollte dir das geben, aber der Wachmann hat es nicht erlaubt. Ich habe ihr gesagt, ich würde es tun. Sie bestand darauf, dass du ihn für die Show zurückhaben sollst."

„Oh. Ich…" Dev schüttelte den Kopf. „Danke? Aber warum bist du so durch den Wind? Hat sie was zu dir gesagt? Was auch immer es war, ich bin sicher, sie hat's nicht so gemeint. Sie sagt vieles! So ist sie eben. Sie hat das Herz auf dem richtigen Fleck, das schwöre ich."

„Es war nichts, was sie gesagt hat." Seine Kehle war staubtro-cken. „Es war, was ich nicht sagen konnte. Vassenka, ich kann so nicht weitermachen."

Devs Stimme war kaum mehr als ein Flüstern. „Was sagst du da?"

„In Angst zu leben ist nicht wirklich leben. Mein Vater meint das auch. Wir haben vorhin geredet. Er..." Misha atmete tief durch. „Wir sind uns einig, dass es an der Zeit ist, ehrlich zu sein. In Russland ändern sich die Dinge. Wenn die Leute wüssten, wer ich wirklich bin, werden sie Homosexuelle vielleicht mit anderen Augen sehen. Vielleicht kann ich meinem Land zeigen, dass wir nicht der Feind sind."

„Und... was heißt das jetzt?"

„Ich dachte, ich könnte es. Dass ich weiter im Verborgenen leben könnte. Aber damals war es anders. Ich habe in Moskau trainiert, und ich hatte keine Liebhaber. Es war einfach, es zu verheimlichen. Aber jetzt gibt es dich, und ich will nicht heucheln. Ich will mit dir essen gehen. Auf der Straße deine Hand halten und keine Angst mehr haben."

„Das will ich auch. Gott, so sehr. Aber wir kennen beide die Gründe, warum wir das nicht tun sollten. Ich will nicht, dass sich zwischen uns etwas ändert. Ich will nicht verlieren, was wir haben." Er schluckte krampfhaft. „Ich habe Angst, Misha. Ich—"

Ein scharfes Klopfen an der Tür ließ beide zusammenfahren. Die Stimme der PA erklang. „Wir brauchen alle Mitwirkenden am Tunnel."

Sie starrten einander schweigend an.

„Hallo? Tut mir leid, aber ihr müsst jetzt dort sein."

Misha biss sich auf die Zunge, um die unschuldige junge Frau nicht lauthals zu beschimpfen. Es blieb ihnen nichts anderes übrig, als ihr Bestes zu tun.

Im Hauptbereich warteten Bailey, Kisa und die anderen Eisläufer.

Kisa starrte ihn ängstlich an und hob die Hand, um an seinen Haaren herumzumachen. „Ist alles in Ordnung mit dir?", fragte sie leise.

„Ja", log er und betete, dass es wahr werden würde.

Neben ihm machte Dev sich mit dem Verschluss der Kette zu schaffen und fluchte vor sich hin, als ihm der Anhänger auf den Betonboden fiel.

„Komm, ich helf' dir", sagte Bailey.

„Ich krieg' das schon hin!" fauchte Dev und riss die Kette an sich. Er schloss die Augen. „Entschuldige, B. War nicht so gemeint."

Bailey nickte und strich das goldfarbene Kleid glatt, das sie wie alle Frauen bei der Eröffnungsnummer trug. Sie warf einen Blick zu Misha. „Okay. Alles cool. Wir sind alle cool, stimmt's?"

Misha nickte.

„Ja. Das wird eine super Show." Dev versuchte zu lächeln. Er griff wieder um seinen Nacken. Ohne nachzudenken legte Misha seine Hände auf die von Dev. „Lass mich."

Dev erschauerte und ließ die Hände sinken. Mishas Finger streiften Devs Haut, als er die Kette schloss und nach vorn griff, um den Elefanten unter Devs Hemd zu stecken. Dev packte seine Hand so fest, dass es fast wehtat. Misha stockte der Atem, und er lehnte die Stirn an Devs Locken.

Ich darf ihn nicht verlieren.

„Okay, alle miteinander! Gleich ist Showtime!" Alice klatschte in die Hände. „Vergesst nicht, was ich euch gesagt habe…"

Während sie ihre Last-Minute-Anweisungen erteilte, trat Misha zurück und ließ Devs Hand los.

Es standen vielleicht keine Medaillen auf dem Spiel, aber sie hatten einen Job zu erledigen.

Kapitel Siebzehn

„FROHES FEST, BOSTON! Seid ihr bereit für einen Eiskunst-lauf-Abend auf Weltniveau?"

Während der Ansager das Publikum in Stimmung brachte, streckte Misha die Arme über den Kopf und rollte behutsam den Nacken. Die Mitwirkenden warteten in einem aus Vorhängen bestehenden Tunnel, der in einer Ecke der Bahn auf die Eisfläche hinausführte. Sie standen alle auf ihren Plätzen, Kisa an Mikhails Seite und Dev und Bailey vor ihnen. Eine PA schritt die Reihe ab.

„Wir haben heute Abend volles Haus, und vergesst nicht, wir sind live." Sie ging weiter, das Clipboard an die Brust gedrückt.

Bailey schnaubte. „Denen ist aber schon klar, dass jeder Wettkampf, an dem wir je teilgenommen haben, live war, selbst wenn er nicht im Fernsehen übertragen wurde, oder?"

Eine Stimme ertönte. „Zwanzig Sekunden bis Sendebeginn!"

„Wir schaffen das", verkündete Bailey.

„Sabrina, du startest in drei, zwei, eins – los!" Ein Crewmitglied bediente einen Flaschenzug, der die Vorhänge dramatisch beiseite fegte.

Die kleine Sabrina glitt hinaus aufs Eis, und alle anderen folgten ihr der Reihe nach, Misha und Kisa Hand in Hand wie immer. Misha lächelte strahlend und schaltete seinen Verstand auf Autopilot, da sein Körper die Choreographie im Schlaf beherrschte. Die Eisläufer schwärmten aus und schlängelten sich nach einem komplizierten Muster durch – und umeinander, während Mariah Careys „All I Want for Christmas" die Arena erfüllte.

Song um Song eilte der Abend dahin. Ihr Soloauftritt brachte Misha und Kisa stehende Ovationen vom Publikum ein. Trotz allem war Misha imstande, sich in der Darbietung zu verlieren. Sein Lächeln war echt, und er gab den Menschen die Show, die sie verdienten.

Die Arena brummte, und als Misha, Kisa, Dev und Bailey für ihre Gruppennummer das Eis betraten, jubelte die Menge. Die Frauen trugen rotweiße Nikolaus-Kleidchen, Misha und Dev schwarze Hosen und rote Seidenhemden.

Zu „Up on the Rooftop" führten sie eine Figur nach der anderen aus, glitten mit wechselnden Partnern paarweise und auch zu viert synchron über die Eisfläche. Das große Finale bestand in einer Hebesequenz, und Misha verspürte ein Ziepen im Rücken, als er Bailey über den Kopf stemmte, sich dann zu Kisa umdrehte und die Hebung mit ihr wiederholte. Die Zuschauer pfiffen und applaudierten, und alle vier verneigten sich.

Kisa und Bailey machten einen Knicks, während Dev und Misha sich hinter ihnen verbeugten. Als Misha sich aufrichtete, fasste Dev ihn an der Hand. Er sah ihn an, und sein Herz pochte vor Freude. Dev drückte ihm die Hand, ein Lächeln auf seinem schönen Gesicht. Einfach nur Devs Hand zu halten, während alle zusahen, ließ ein Lachen aus Mishas Brust hervorsprudeln.

Mit einem Grinsen ergriff Bailey Devs freie Hand, und Kisa glitt an Mishas andere Seite. In einer Reihe liefen sie quer über die Eisfläche zurück zum Tunnel, Hand in Hand.

Als sie wieder hinter dem Vorhang war, quiekste Caroline: „Das war sooo süß! Echt super."

Eine Regieassistentin tauchte auf. „Den Schluss hättet ihr anders machen müssen – immer abwechselnd Mann, Frau, Mann, Frau."

„Ups!" Bailey zuckte die Achseln. „'tschuldigung. Haben wir

wohl vergessen."

Misha und Dev hielten sich immer noch an den Händen, und sie starrten die Regieassistentin trotzig an, bis sie in ihr Headset brummelnd davoneilte.

Andrew verdrehte die Augen. „Gott, ist doch egal. Ist ja nicht so, als hättet ihr rumgeknutscht. Welches Jahr haben wir eigentlich?"

Bailey stürmte vor und gab Andrew einen Kuss. „Du bist ein richtig cooler Typ, weißt du das?"

„Ich – ich—" stotterte Andrew mit offenem Mund.

Bailey klopfte ihm auf die Schulter und schnappte sich Dev. „Wir müssen uns umziehen für unser Solo!"

Mit einem hoffnungsvollen Lächeln drückte Dev Mishas Hand und folgte ihr. Andrew stand da wie erstarrt. Dann hob er die Hand und berührte seine Lippen.

„Es ist ein Weihnachtswunder", sagte Grant mit einem gutmütigen Grinsen.

„Dieses amerikanische Weihnachten ist wirklich eine ganz wunderbare Zeit", bemerkte Kisa. Sie schlang Misha die Arme um die Taille und raunte ihm zu: „Das war ein schönes Statement, nicht? Ein gutes Zeichen. Vielleicht sind Tränen nicht nötig, Misha."

Misha schwirrte der Kopf. War es das? Hatte Dev beschlossen, sich gemeinsam mit ihm zu outen? War es möglich? Oder war es nur ein flüchtiger Moment gewesen? Schließlich war es nicht gerade ungewöhnlich, sich an den Händen zu halten, wenn man sich verneigte. Das Publikum würde sich bestimmt nichts dabei denken. Was hatte es zu bedeuten?

„Kostümwechsel! Mikhail, Sie haben neun Minuten", mahnte eine PA.

Erneut schaltete er seinen Verstand aus. Der Rest der Show war vorüber, ehe er es sich versah, und Misha fand sich mitten im Gewühl des Backstagebereichs wieder. Alle hatten sich umgezogen und trugen wieder Jeans, Pullis und Jacken, aber Dev war spät dran, da er und Bailey noch weggerufen worden waren, um eine Weihnachtsbotschaft für das Lokalfernsehen zu filmen.

Alles wird gut. Sei tapfer. Sei tapfer.

„Tolle Show", sagte eine der PA's im Vorbeigehen.

Misha nickte und lächelte. Er trank einen Schluck Wasser aus seiner Flasche, und genau in diesem Moment tauchte Bailey auf. Sie rannte an ihm vorbei, und als Misha sich umdrehte, fiel sie gerade Mrs Avira um den Hals. Mishas Puls schnellte in die Höhe, und seine Ruhe verflüchtigte sich.

„Ma!" Bailey umarmte Devs Mutter fest.

Misha blickte sich nach Dev um und schluckte mühsam, da er immer noch nirgendwo zu sehen war. Kisa erschien, tätschelte ihm den Rücken und flüsterte ihm zu, sich keine Sorgen zu machen. Caroline und Grant standen mit ihren Eltern in der Nähe und wechselten einen bedeutungsvollen Blick.

Bailey nahm Mrs. Avira den Mantel ab und hängte ihn über einen Stuhl, dann umarmte sie auch Devs Vater. „Wie schön, dass ihr beide hier seid!"

„Ihr wart fabelhaft, einfach fabelhaft!" rief Mrs. Avira.

Der stämmige Mann neben ihr nickte. Er hatte eine Halbglatze und trug eine Brille und einen perfekt gebügelten Anzug.

„Und wie hübsch du warst!" Sie wandte sich an Caroline, Grant und ihre Eltern. „Hat sie nicht bildschön ausgesehen? Ich bin so stolz. Ich werde nie eine Schwiegertochter haben, aber ich habe meine Bailey, also brauche ich keine." Sie tätschelte Bailey die Wange.

„Ma, erinnert ihr euch noch an Caroline und Grant? Und ihre Eltern?"

Dr. Avira nickte. „Wie schön, Sie alle wiederzusehen. Kinder, ihr wart wunderbar. Wir hoffen, euch nächsten Monat die Landesmeisterschaften gewinnen zu sehen."

Mrs. Aviras Blick fiel auf Mikhail und Kisa, und ihr Lächeln fror ein. In diesem Moment tauchte Dev auf, und Misha war sich sicher, dass alle sein Herz pochen hören konnten. Er umklammerte seine Wasserflasche, und seine feuchten Hände kamen nicht nur vom Kondenswasser.

„Ma, Dad." Dev umarmte seine Eltern. „Danke fürs Kommen."

Seine Mutter schnalzte tadelnd mit der Zunge. „Als ob wir uns ein solches Ereignis entgehen lassen würden, Devassy."

Mit steifen Schultern wandte Dev sich Misha und Kisa zu. „Ich glaube, ihr kennt euch noch nicht. Ma, Dad, das sind—"

„Doch, natürlich wissen wir, wer das ist!" Mrs. Avira lachte nervös. „Kisa und Mikhail. Mikhail und ich haben vorhin schon miteinander gesprochen." Sie nickte höflich, und Dr. Avira ebenfalls.

„Nein", sagte Dev. Alle Blicke richteten sich auf ihn. „Ich meine, ja, du hast mit ihm gesprochen, aber…" Er trat näher. „Ma, das ist Misha."

Misha erstarrte und wagte nicht einmal zu blinzeln. Alle standen reglos da wie bei einem lebenden Bild. Dr. Avira neigte den Kopf, während seine Frau Dev ausdruckslos anstarrte.

Dev räusperte sich und preschte weiter vor. „Das ist der Misha, mit dem ich in Kalifornien zusammen war. Mehr als das, um ehrlich zu sein. Wir haben dort ein Haus gemietet. Wir leben zusammen. Ich liebe ihn. Das hätte ich euch schon eher sagen sollen. Und wahrscheinlich nicht in aller Öffentlichkeit. Vielleicht können wir irgendwo hingehen und reden."

„Verliebt?", platzte Misha heraus.

Sämtliche Aktivitäten im Backstagebereich waren zum Erliegen gekommen, und in der Stille lachte Dev unsicher. „Ja. Ich hätte es dir sagen sollen. Und auch das wahrscheinlich lieber unter vier Augen. Auf jeden Fall unter vier Augen. Aber ja, Misha, ich liebe dich."

Misha konnte kaum atmen. Die Wasserflasche knisterte in

seinem Griff.

Dev schaute weg. „Ähm, das ist vermutlich ein Schock, und ich will dich nicht unter Druck setzen, falls du nicht dasselbe empfindest. Wie auch immer, ich sollte wahrscheinlich—"

„Natürlich empfinde ich dasselbe." Misha trat vor, und die Wasserflasche landete auf dem Boden, als er Dev in die Arme nahm. Die Worte strömten wie warmer Honig über seine Zunge. „Ich habe so viel Liebe für dich, Vassenka. Mehr, als ich mir je erträumt hätte."

„Misha, ich habe ganz falsch gelegen." Dev umklammerte ihn.

Misha wusste nicht genau, wie lange sie sich in den Armen gehalten hatten, als sie zurücktraten und sich Devs Eltern stellten. In der Stille schwenkte Mrs. Aviras bestürzter Blick von Dev zu ihm und wieder zurück, und Misha rauschte das Blut in den Ohren. Er überlegte, ob er etwas sagen sollte, aber alle weiteren Worte blieben ihm in der Kehle stecken.

Dr. Avira fragte mit leiser Stimme: „Seit wann geht das schon, Devassy?"

„Seit Annecy. Na ja, eigentlich schon seit dem Grand-Prix-Finale in Kyoto, aber—"

Ein vielstimmiges Luftschnappen ging durch den Raum, und Misha bemerkte, dass ihr Publikum größer geworden war. Andere Eisläufer, ihre Familien und Mitglieder des Produktionsteams hatten sich hinter ihm versammelt und sahen wie gebannt zu. Mrs. Avira fasste sich an die Brust.

„Oha", flüsterte Andrew irgendwo in der Nähe. „So lange schon? Das erklärt einiges!"

Bailey wandte sich an Devs Eltern. „Okay, ihr seid im Moment völlig geplättet, und das verstehe ich. Ging mir genauso. Aber sie passen wirklich gut zusammen. Es ist total verrückt, aber es funktioniert. Ihr wisst, dass ich nicht einfach jedem mein Gütesiegel geben würde. Misha hat es verdient. Das ganze kalte, autoritäre Getue? Er ist wirklich nicht so. Und er macht Dev sowas von glücklich."

Während die Aviras das alles schweigend auf sich wirken lie-ßen, hatte Misha das Gefühl, sein Herz würde gleich explodieren.

Dr. Avira holte tief Luft und richtete sich zu seiner vollen Größe auf. Er streckte die Hand aus. „Nun denn. Freut mich, Sie kennenzulernen, Mikhail."

Mikhail drückte ihm dankbar die Hand und konnte endlich wieder atmen. „Ganz meinerseits, Sir. Bitte nennen Sie mich Misha." Er wandte sich an Devs Mutter. „Mrs. Avira, ich freue mich sehr, Sie kennenzulernen." Er streckte die Hand aus.

Einen endlosen Moment lang starrte sie ihn nur an. Dann, mit einem tiefen Seufzer, wischte sie seine Hand beiseite und umarmte ihn. „Ich habe doch gesagt, du sollst mich Jolly nennen."

Sie war klein, und Misha musste sich bücken. Sein Rücken schmerzte, aber das war ihm egal. Sie roch nach Jasmin und Gewürznelken, und er drückte sie fest an sich. Als sie zurücktrat, nickte sie resolut.

„Du kommst morgen zu Weihnachten." Es war keine Frage. Sie sah Kisa an. „Wann fährst du nach Russland zurück?"

Kisa lächelte zaghaft. „Äh, am sechsundzwanzigsten."

„Dann kommst du morgen auch." Sie wandte sich an ihren Mann. „Wir müssen Sara sagen, dass sie den Kardiologen nicht mitbringen soll. Er wird wahrscheinlich sowieso in die Klinik gerufen. Wer braucht ihn schon?" An Dev gewandt, flüsterte sie hörbar: „Er sieht sowieso nicht besonders gut aus. Nicht wie dein Misha." Sie schnalzte mit der Zunge. „Sogar mit dem blauen Auge. Du solltest dieses Gesicht beschützen."

Dev küsste sie auf die Wange. „Ich hab' dich lieb, Ma."

„Natürlich. Welcher Junge liebt seine Mutter nicht? Und jetzt erzählst du uns von Anfang an, was in Kalifornien vor sich gegangen ist, Devassy." Sie blickte sich unter der versammelten Menschenmenge um. „In Ordnung, die Vorstellung ist beendet." Sie machte ‚husch, husch' mit den Händen, dass ihre Armreifen klirrten. „Fröhliche Weihnachten!“

Als wäre ein Bann gebrochen, zerstreute sich ihr Publikum. Die Crew ging wieder an die Arbeit und die anderen Eisläufer verabschiedeten sich, bis nur noch Kisa und Bailey bei ihnen waren. Sie standen ein wenig abseits und unterhielten sich leise, die Köpfe zusammengesteckt.

Devs Mutter tätschelte ihrem Sohn die Wange. „Du bist verliebt, eh? Wurde auch Zeit. Habe ich das nicht erst neulich zu Susantante gesagt?“ Sie sah ihren Mann an, der nickte.

Misha meldete sich zu Wort. „Ich bin auch restlos verliebt.“ Es war so wunderbar, das laut auszusprechen, dass er am liebsten lauthals gelacht hätte.

Mrs. Avira nickte energisch. „Nun ja, natürlich bist du verliebt! Wer könnte meinen Sohn nicht lieben? Du müsstest verrückt sein.“

„Reif fürs Irrenhaus“, sagte Dr. Avira. „Er ist ein guter Junge.“

„Das ist er“, stimmte Misha zu.

„Ich wusste allerdings nicht, dass du auch homosexuell bist.“ Mrs. Avira musterte ihn prüfend. „Das hätte ich nicht vermutet. Was sagen deine Eltern? Haben sie Devassy schon kennengelernt? Erzähle uns von ihnen.“

„Noch nicht. Meine Familie kommt dieses Frühjahr zu Besuch.“ Misha sah Dev an. „Vielleicht könntet ihr auch kommen?“

Dev nickte. „Das wäre super. Dad, kannst du dir frei nehmen?“

„Natürlich kann er! Wann hat dein Vater zum letzten Mal Urlaub genommen? Es ist so lange her, dass ich mich kaum daran erinnern kann. Sollen die anderen Chirurgen doch zur Abwechslung mal die Arbeit machen.“

Und schon machten sie Zukunftspläne, redeten von Disneyland und dem Santa Monica Pier, und Misha lächelte so viel, dass ihm das Gesicht wehtat.

ALS SIE SICH schließlich auf den Weg zum Hotel machten, nachdem sie sich von den Aviras verabschiedet hatten, war Misha angenehm müde, und der Adrenalinrausch nach der Aufführung war fast verflogen. Bailey und Kisa stiegen draußen in den Transportbus, aber Misha genoss es, die eisige Luft zu atmen. „Können wir zu Fuß gehen?", fragte er Dev.

„Klar. Es ist nicht so weit."

Eine frische Schneeschicht bedeckte die Straßen, und nur wenige Autos fuhren vorbei. Dicke Schneeflocken schwebten vom Himmel und blieben in Devs schwarzen Haaren hängen. Der Wind war ruhig, und als sie dahinschlenderten und trotz der Handschuhe Händchen hielten, atmete Misha die Nachtluft in tiefen Zügen ein. Die Stadt erstrahlte in weihnachtlichen Farben – Lichterketten, Kränze und Dekorationen glitzerten unter dem Schnee.

„Ich fass' es nicht, dass ich solche Angst hatte, es meinen Eltern zu sagen. Ich hätte ihnen mehr zutrauen sollen. Aber es tut mir leid, dass es so öffentlich war. Eigentlich wollte ich es ihnen privat sagen, aber als ich sie dort bei dir gesehen habe, konnte ich es keine Sekunde länger für mich behalten."

„Es macht mir nichts aus. Es war..." Misha suchte nach den richtigen Worten. „Es hat gut getan, öffentlich für etwas erklärt zu werden. Weißt du, was ich meine?"

Dev küsste ihn leicht. „Ich weiß genau, was du meinst."

In der Stille erhob sich leiser Gesang, der stärke wurde, als sie sich einer Kirche näherten.

„*It came upon the midnight clear, that glorious song of old...*"

Dev schaute auf die Uhr. „Es ist fast Weihnachten. Aber ich weiß ja, dass du erst im Januar feierst."

„Dann feiere ich eben zweimal. Es gibt viel zu feiern, ja?"

Dev grinste. „*Da.*"

Als sie die Kirche erreichten, schallte der Chorgesang von drinnen in die Nacht hinaus. *„The world in solemn stillness lay, to hear the angels sing."*

„Wie wird es morgen sein?", fragte Misha.

„Chaotisch. Haufenweise Essen und massenhaft Leute. Ich bin zwar ein Einzelkind, aber ich habe eine Menge Cousins und Cousinen. Normalerweise kommen alle so gegen drei. Wir setzen uns nicht an den Tisch – da ist nicht genug Platz. Deshalb stellen Ma und meine Tanten da einfach das Essen hin, und dann ist es ein Buffet, und man sucht sich irgendwo einen Platz zum Sitzen – im Wohnzimmer, in der Küche, wo auch immer. Hauptsächlich gibt es indisches Essen, aber auch einen gefüllten Truthahn. Saratante macht die beste hausgemachte Cranberrysoße."

„Glaubst du, sie werden mich mögen?" Er hatte ein mulmiges Gefühl im Bauch, als wäre er ein kleiner Junge.

„Natürlich. Sei einfach du selbst." Dev lächelte, als sie im dichter werdenden Schneefall die Straße überquerten. „Sie werden dich lieben."

„Es wird aber ein Schock für sie sein. Dass wir zusammen sind."

Dev grinste. „Es wird heute Abend ein Schock für sie sein, wenn sie es von meiner Mutter hören. Glaub' mir, bis morgen weiß es die ganze Familie. Und die gesamte südindische Bevölkerung in Boston wahrscheinlich auch. Ach was, die der ganzen Ostküste."

Misha lachte und rutschte dann prompt auf dem Bürgersteig aus, als seine Turnschuhe auf einer unter dem Schnee verborgenen vereisten Stelle ausglitten. Er klammerte sich an Dev und ruderte mit dem anderen Arm, aber sie fielen trotzdem hin und landeten alle beide unbeholfen auf dem Hinterteil.

„Aua. Danke, dass du mich mit umgerissen hast." Dev knuffte ihn spielerisch mit dem Ellbogen. „Wir werden langsam zu alt für sowas. Seit wieviel Jahren stehen wir nun schon auf dem Eis? Und jetzt können wir uns nicht mal mehr auf den Füßen halten. Das ist demütigend."

Der Schnee war inzwischen ein paar Zentimeter tief und bedeckte die Lichterketten, die sich über ihnen von Baum zu Baum schwangen. Auf dem Bürgersteig war niemand außer ihnen, und in den Straßen herrschte die Ruhe vor dem Sturm, bevor die Mitternachtsmesse endete. „Wenn wir schon mal hier unten sind…" Misha legte sich in die unberührte Schneedecke auf dem Rasen vor der Kirche, streckte alle Viere von sich und ruderte mit Armen und Beinen. „*Snezhnyy* Engel."

Dev klopfe sich überflüssigerweise den Schnee von der Jeans, stand auf und ließ sich dann neben Misha auf den Rasen fallen. Er wedelte mit Armen und Beinen, und ihre Handschuhe berührten sich bei jedem Auf und Ab. „Das habe ich seit meiner Kindheit nicht mehr gemacht. Wir werden beide klatschnass."

„Dann müssen wir zusammen ein langes, heißes Bad nehmen."

„Klingt schrecklich."

„Ja. Ein sehr schlimmes Weihnachten."

„Ganz schlimm."

Misha starrte Dev an, der neben ihm im Schnee zappelte. *Wir lieben uns.* Er konnte kaum glauben, dass es real war, aber nichts hatte sich je so wahr angefühlt.

Als die Uhr Zwölf schlug, machten sie Engel und lauschten dem nächsten Lied des Chors.

„*Stille Nacht, heilige Nacht…*"

Epilog

ES WAR BEREITS dunkel, als Misha in Richtung Meer abbog. Er hatte sich ein schickes Entertainment-System für seinen Honda geleistet, und das machte die vielen Staus in LA wenigstens etwas erträglicher. Um einem Freund von Devs Boss einen Gefallen zu tun, hatte Misha sich bereit erklärt, dem wiedereröffneten Trainingszentrum in Lake Arrowhead einen Besuch abzustatten. Aber die langsame Fahrt zurück in die City ließ ihn das Lenkrad umklammern und unterdrückt fluchen. Es war Silvester, aber die Rushhour war so schlimm wie immer.

„Deshalb bleibe ich lieber am Strand", brummte er vor sich hin.

Es war angenehm gewesen, mit dem jungen Eiskunstlaufpaar zu arbeiten und ihnen Ratschläge zu geben. Er hatte kein Interesse daran, als Coach zu arbeiten, aber es war eine Geburtstagsüberraschung für die junge Frau gewesen, die gekreischt und ganz rote Wangen bekommen hatte, als er ohne Vorwarnung aufs Eis kam. Sie hatten viele Fotos gemacht, und sie hatte ein paar Tränen vergossen und ihn so ziemlich alles signieren lassen, was in ihrem Rucksack war. Als kleine Extraüberraschung hatte er mit ihr an einer einfachen Lasso-Hebung gearbeitet und sie so hoch und schnell über das Eis gewirbelt, wie es ihrem Partner auf seinem Level nicht im Traum eingefallen wäre.

Misha lächelte vor sich hin. Es war ein schöner Tag gewesen, auch wenn er das Schreiben vermisst hatte. Er hatte zig Ideen für Geschichten im Kopf, und während der Heimfahrt im Schleichverkehr hatte er wenigstens einige davon in sein neues Smartphone diktieren können.

Trotzdem war er müde und bereit für ein kühles Bier und einen ruhigen Abend, als er schließlich in der Auffahrt parkte. Dev musste bis sieben Uhr arbeiten, und im Haus brannte dann auch tatsächlich kein Licht. Misha hatte Neujahr gebührend feiern wollen, aber Dev schien nicht sonderlich interessiert zu sein. Trotzdem würde Misha wenigstens einen Olivier-Salat machen.

Als er auf die grüngestrichene Haustür zuging, bemerkte er die zugezogenen Vorhänge und runzelte die Stirn. Er war sich sicher, dass er sie offen gelassen hatte. Er und Dev schlossen nur selten die Gardinen; sie ließen lieber das Sonnenlicht herein.

Misha drehte den Schlüssel und öffnete die Tür. Drinnen war alles still. *Nicht, dass sich ein Dieb die Mühe machen würde, die Vorhänge zuzuziehen.* Doch als er blinzelte, stellte er fest, dass aus dem hinteren Teil des Hauses ein merkwürdiges, sanftes Leuchten in den Flur drang. Er rief: „Dev? Bist du da?"

Keine Antwort. Misha hatte Zoloto zur Nachbarin gebracht, bevor er nach Lake Arrowhead aufgebrochen war, also kam kein Hund angerannt, um ihn zu begrüßen. Ein seltsames Gefühl kribbelte in seinem Nacken. Irgendwas stimmte hier nicht. Er machte die Tür hinter sich zu und schlich auf Zehenspitzen um die Ecke ins offene Wohnzimmer, wo sie ihren Fernseher und eine Couch mit Blick auf den Strand und das Meer dahinter hatten. *„Bozhe moi!"*

Die große Kiefer stand in der Ecke neben der Schiebetür zur Veranda und warf ihr buntes Licht auf das helle Holz und bis hinauf an die hohe Decke – rot, pink, grün, blau und gelb. Funkelnder Baumschmuck hing an den Zweigen, und ganz oben schimmerte eine vergoldete Glasspitze. Neben dem Baum stand Dev, gekleidet in einen blauen Samtmantel und eine Zipfelmütze, beides mit weißem Pelz verbrämt und mit glitzernden Schneeflocken bestickt.

„Tut mir leid, Dev ist nicht hier. Ich bin Väterchen Frost. Frohes neues Jahr."

Misha lachte vor Freude. „Ich kann es nicht glauben, Vassenka. Du hast das für mich gemacht?"

„Natürlich." Dev deutete auf den Baum. „Der Baumschmuck stammt zum Teil von Kisa. Die Matrioschka-Anhänger sind toll." Er breitete die Arme aus und ließ erkennen, dass er unter dem dicken Mantel nackt war. „Und natürlich hat sie mir das Outfit mitgebracht. Gefällt's dir?"

Misha durchquerte das Zimmer und nahm ihn in die Arme. „Sehr." Er lachte in sich hinein. „Väterchen Frost war noch nie so sexy. Und jetzt verstehe ich, warum Kisa so große Koffer dabei hatte. Ihr habt das vor ihrer Ankunft geplant?"

Dev strich den Zipfel seiner Mütze gerade. „Jawohl. Ich habe sie über E-Mail gefragt, was ihr normalerweise an den Feiertagen macht. Ich weiß, es ist schwer, dass du nicht zuhause sein kannst." Er deutete mit einer Handbewegung an sich hinab und zuckte die Achseln. „Das hier ist irgendwie albern, aber ich dachte, es gefällt dir vielleicht."

Misha stellte fest, dass er nicht aufhören konnte zu grinsen. „Es ist alles, was ich mir wünschen könnte. Dies ist mein Zuhause. Es gibt keinen besseren Ort für mich."

Mit einem strahlenden Lächeln küsste Dev ihn. „Ich hätte nie gedacht, dass es so sein könnte. Noch vor gut einem Jahr warst du praktisch ein Fremder." Seine Finger strichen sanft über Mishas Gesicht. „Gott, ich habe dich früher so sehr gehasst, und jetzt bedeutest du mir alles."

Misha legte seine Stirn an die von Dev. „Wir sind jetzt ein Team. Vielleicht nicht auf dem Eis, aber du bist mein Partner."

„Immer."

Sie hielten einander in den Armen, und Misha vergrub das

Gesicht im weichen Stoff von Devs Mantel. Als sie sich küssten, dachte Misha zuerst, er könnte für immer mit solchen zärtlichen, sanften Küssen im Regenbogenschein des Baums zufrieden sein. Doch bald begann sein Blut zu rauschen, und er zerrte sich die Kleider vom Leib, bis sie beide nackt auf dem Mantel lagen, der über den Holzboden gebreitet war. Sie liebten sich mit Mund und Händen, ineinander verschlungen, und verwöhnten einander, bis sie beide erschöpft und gesättigt waren.

Dev strich Misha das schweißfeuchte Haar aus der Stirn. „Wenn ich Väterchen Frost bin, gewähre ich dir dann einen Neujahrswunsch? So wie wir den Weihnachtsmann um etwas bitten, was wir unbedingt haben wollen?"

Misha drückte Dev einen Kuss auf den Hals, wo sein Puls immer noch flatterte. „Ich habe meinen Wunsch aufgebraucht. Was wünschst du dir?"

Zolotos aufgeregtes Bellen vom Strand her schreckte sie auf. Dev stemmte sich stöhnend hoch und warf den Mantel über. „Carol hat gesagt, sie bringt sie gegen neun zurück." Er winkte durch die Scheibe.

Misha setzte sich auf und winkte ihrer Nachbarin ebenfalls zu, viel zu zufrieden und warm, um sich um seine Nacktheit zu scheren. Zoloto sprang über die Holzveranda, und Carols Lachen widerhallte von den Wellen, als Dev die Schiebetür öffnete.

„Danke, Carol! Wir sind dir was schuldig!" rief Dev.

Sie winkte, immer noch lachend, und machte sich auf den Heimweg.

Zoloto kam hereingeschossen und rannte schliddernd und mit heraushängender Zunge zwischen Misha und Dev hin und her wie ein Wirbelwind. Dev nahm sie hoch und küsste sie auf den Kopf.

„Wie geht es unserem Mädchen? Willst du mir helfen, das Abendessen fertig zu machen? Oder reißt du lieber die Anhänger vom Baum und sabberst alles voll?"

Zoloto bellte und leckte ihm das Gesicht.

„Ich glaube, sie sagt, die zweite Möglichkeit gefällt ihr besser." Misha lachte. „Komm, ich nehme sie. Machst du ein traditionelles russisches Neujahrsessen? Oder deine berühmten Tiefkühl-Hackbällchen?"

Mit einer theatralischen Geste schnappte Dev sich seine Zipfelmütze und setzte sie auf. „Väterchen Frost ist gekränkt, dass du überhaupt fragst." Er machte auf dem Absatz kehrt und marschierte in die Küche. An der Tür drehte er sich noch einmal um. „Und ja, Hackbällchen. Und einen Salat, für den mir Kisa das Rezept gegeben hat. Und Pizzataschen und einen Key Lime Cheesecake. Es ist eine russisch/amerikanische Melange."

Misha grinste. „Klingt perfekt."

Kurz vor Mitternacht kuschelten sie in ihren Schlafanzügen auf der Couch, mit dem blauen Samtmantel als Decke und Zoloto zwischen sich. Misha schubste Dev mit der Schulter an. „Jetzt hast du mir gar nicht gesagt, was du dir gewünscht hast."

Im Fernsehen begann der Countdown auf dem Times Square. Natürlich war er vorher an der Ostküste aufgezeichnet worden, aber Misha verspürte trotzdem ein erwartungsvolles Kribbeln. *„Zehn, neun, acht—"*

Dev atmete tief ein und nahm Mishas Hand. „Nur... das hier."

„Drei, zwei, eins- Frohes neues Jahr!"
Zoloto jaulte, sie küssten sich und die Zukunft begann.

Ende

Über die Autorin

Keira strebt in ihren schwulen Liebesromanen nach der perfekten Mischung aus Charakter, Handlung und Leidenschaft. Sie schreibt alles Mögliche, von abenteuerlichen Piratengeschichten bis hin zu herzerwärmenden Weihnachtsromanzen. Ihre liebsten Genres sind Enemies-to-Lovers, Altersunterschied, erzwungene Nähe und leidenschaftliche erste Male. Und obwohl sie ihren Protagonisten weder Herzschmerz noch Drama erspart, garantiert Keira immer ein Happy End !

Mehr unter:
keiraandrews.com